錢穆先生（文見第一頁）

曾虛白先生（文見二三頁）

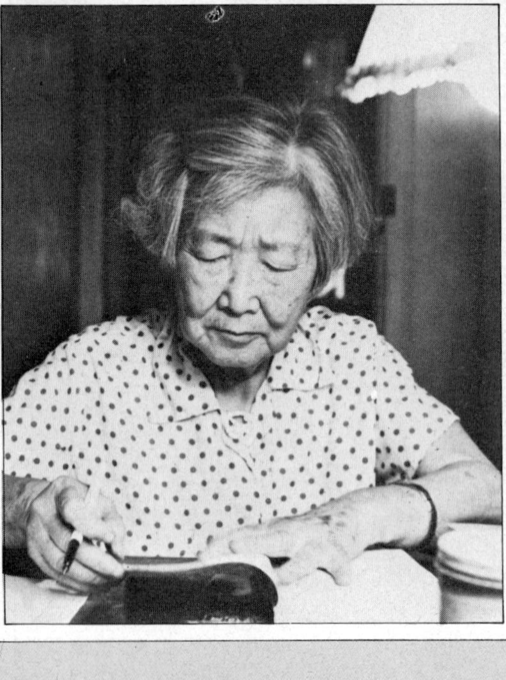

上：任卓宣先生（文見三九頁）
左：蘇雪林女士（文見五五頁）

臺靜農先生（文見七一頁）

鄭騫先生（文見九一頁）

下：王集叢先生（文見一三一頁）
左：楊雲萍先生（文見一〇五頁）

右：王夢鷗先生（文見一四三頁）
下：潘重規先生（文見一五七頁）

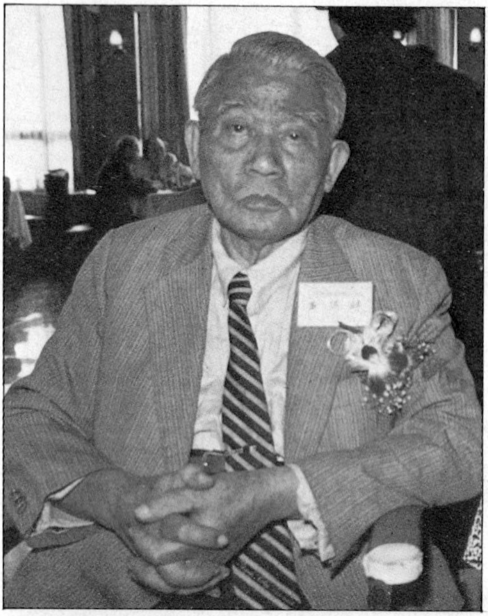

黃得時先生（文見一七九頁）

高明先生（文見二〇七頁）

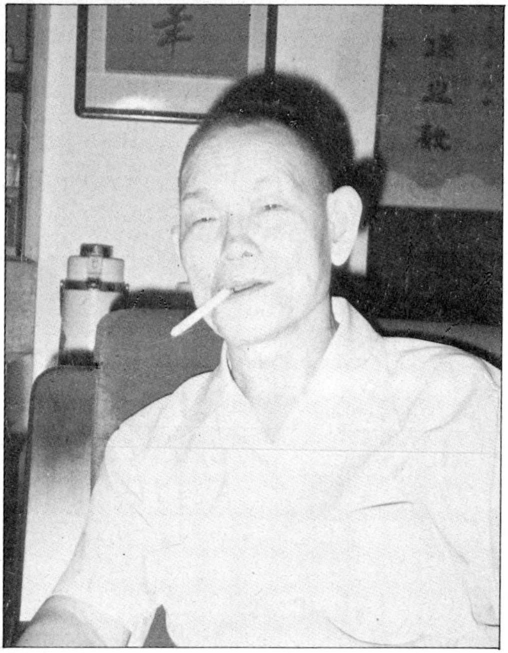

右：史紫忱先生（文見二五一頁）
上：胡秋原先生（文見二二九頁）

周策縱先生（文見二七五頁）

智慧的薪傳

十五位學界耆宿

文訊叢刊⑩

行政院新聞局策劃・文訊雜誌社主編

序

■邵玉銘

近年來，我們社會中常有一種慨嘆，認爲當前只重物質不重文化，以致經濟猛然起飛，文化却仍然落後。

其實橫剖縱觀，仍然可看出：我們在精神文明上已有長足的進步，不可一筆抹殺。只因文化無法立竿見影，影響力是漸近的，一般人較難感覺到文化的脈動。

今天建一座水庫，明天修一條公路，後天開一個港口，大後天蓋一間工廠，有形的「無中生有」，人人看得到，而且極可能立刻承受其利，感受十分明顯。文化則不然，誠如十年樹木百年樹人，一個社會的風習，一個民族的氣質，要三五十年以上才能漸次成長，而這數十年間，需要多少靈慧的腋集，才智的凝聚，水準才得以提升，漸漸顯現其光華。

近半個多世紀來，我國文藝界有重大的改變。如今，俊彥爭麗，燦耀奪目，老、中、青各領風騷，充分看得出半個多世紀以來，瓜緜傳承。

學術界亦復如是，青年學者輩出，這何嘗不是數十年來，偉岸前輩之啓迪領引？

筆者束髮受業，迄今四十年，受教於多位學術界及文藝界大師，雖宮牆九仞，未能窺其一二，仍然孺慕景仰不已。自七十六年四月到任行政院新聞局服務，有更多機會親炙學界及文藝界耆老，更深爲敬服。並且領悟：這麼多文化人，一步步立下我國文化的里程碑。

念及何不趁他們筆健，彙成專集？而民國七十二年七月起，「文訊」雜誌曾系列介紹文藝界、學術界前輩生平與作品，迄今五年，尚未成專書，殊爲可惜。因此特別情商「文訊」編輯部，整理彙集，並請各位前輩自選一篇代表作。

「智慧的薪傳」共輯有錢穆、曾虛白、任卓宣、蘇雪林、臺靜農、鄭騫、楊雲萍、王集叢、潘重規、王夢鷗、黃得時、高明、胡秋原、史紫忱、周策縱十五位學術界大師之作品、傳記。

「筆墨長青」則錄有何容、謝冰瑩、韋瀚章、郭水潭、陳紀瀅、陳火泉、楊熾昌、何凡、龍瑛宗、巫永福、趙友培、王文漪、林芳年、楊乃藩、琦君、張秀亞等十六位文藝大家之生平與代表作。

三十一位雖然不能囊括全部文化界前輩，但他們各有風範與代表性。值此五四運動七十周年前夕，出版「筆墨長青」、「智慧的薪傳」專輯，希望確實紀錄印證半個世紀來文化界的耕耘成果。

對於三十一位學術界文藝界前輩，謹致謝忱，也特別感佩「文訊」雜誌編輯羣五年來之努力與苦心。

（民國七十八年三月）

目錄

●**錢穆**，字賓四，江蘇無錫人，民前十七年生。曾任燕京、北大、清華、師大、西南聯大等校教職，大陸淪陷後於香港創辦新亞書院，著有「論語文解」、「國學概論」、「中國近三百年來學術史」、「國史大綱」、「中國文化史導論」、「中國學術思想史論叢」（八冊）、「孔子與論語」、「現代中國學術論衡」等六十餘種。

文化的傳薪者

獨具史識的一代鴻儒錢賓四先生

■邵世光

每個禮拜一下午，士林外雙溪東吳大學校園內的素書樓客室中，一代鴻儒錢賓四先生為中國文化大學史學研究所學生授課。七十五年六月九日講完最後一堂課，距賓四先生民國元年執教江蘇省無錫鄉間小學，已七十五寒暑。

●「橋」和「驕」的掌故

賓四先生於清光緒二十一年（民國前十七年，甲午戰爭次一年），生於江蘇省無錫南延鄉嘯傲涇七房橋之五世同堂，世代書香。他的父親錢公諱承沛，在家設館授徒，文行忠信，普受尊崇。先生七歲入塾即見聰慧，能背誦三國演義，曾在鴉片館說演，衆人皆誇。其父不置一辭。翌日，父子路過一橋。賓四先生清楚記得當時的對話——先父問：「識橋字否？」余答曰：「木字旁。」問：「以木字易馬字為旁，識否？」余答曰：「識，乃驕字。」先父又問：「驕字何義，知否？」余又點頭曰：「知。」先父因挽余臂，輕聲問曰：「汝昨夜有近此驕字否？」余聞言如聞震雷，俯首默不語。兒時即知：「讀書當知言外意。寫一字，或有三字未寫。寫一句，或有三句未寫。遇此等處，當運用自己聰明，始解讀書。」

父母對子女，從無疾言厲色。偶有過失，轉益溫婉，冀自悔悟。其幼年教悔類皆如此。

十歲進新式小學——無錫蕩口鎮之果育學校，以能爲文而得跳升兩級，至高小而志學韓愈。曾以嗚呼二字起首爲文，賓四先生嘗言：「諸同學因向余揶揄言，汝作文乃能學歐陽修。顧師莊語曰：汝等莫輕作戲謔，此生他日有進，當能學韓愈。余驟聞震撼，自此遂心存韓愈其人。入中學後，一意誦韓集。」

年十三越級報考常州府中學堂，後轉南京鍾英中學。喜讀曾文正公家訓，賓四先生曾經說：「星期六下午上唱歌課，教室中無桌椅，長凳數條，同學駢坐。余身旁一同學攜一小書，余取閱，大喜不忍釋手，遂覓機溜出室外，去另一室讀之終卷，以回書主。然是夜竟不能寐，翌晨，早餐前，竟出校門上街至一書肆。時店肆皆排列長木板爲門，方逐一拆卸。余見店主人，急問有曾文正公家訓否。蓋即余昨晚所讀也。店主人謂有之，惟當連家書同買。余問價付款，取書，即欲行。店主人握余臂，問從何處來。余答府中學堂。店主人謂，今方清晨，汝必尚未早餐，可留此同進餐，亦得片刻談。余留，店主人大讚余，曰，汝年尚幼，能知讀曾文正家訓，此大佳事。此後可常來，店中書可任意翻閱，並可借汝攜返校閱後歸回。自後余乃常去。」先生少年讀書愛書之情躍然紙上，書店主人惜才關愛之景亦在目前。

●讀古人書，每反身向己

民國元年，先生任教秦家水渠三兼小學。民國二年起至民國八年，往來於蕩口鴻模學校與梅村無錫縣立第四高等小學。其間成「論語文解」一書，上海商務印書館印行，爲先生正式著書之第一部。讀書亦逐字逐句反己從日常生活上求體會。如：「一日，沛若言，先生愛讀論語，有一條云：『子之所慎，齋、戰、疾。』今先生患傷風，雖不發燒，亦小疾。可弗慌張，然亦不當大意。宜依論語守此小心謹慎一慎字，使疾不加深，則數日自癒。」又一日讀范曄後漢書，「忽念余讀書皆遵曾文正家書家訓，然文正教人，必自首至尾通讀全書。而余多則隨意繙閱，當痛戒。即從此書起，以下逐篇讀畢，即補讀以上者。全書畢，再誦他書。余之立意凡遇一書必從頭到尾讀，自此日始。」讀古人書，每反身向己，如讀鍾英中學時，得常州府中的同學約，是時正讀曾文正求闕齋記，即常念當自求己闕。「自念余亦多活動，少果決。因此每晨起，並預立一意，竟日不違。日必如此，以資練習。念今日去舊校，可在校長談，不當留宿。及到校，晚餐後，自修時間過，寢室門已開放。余急欲行，同學堅留弗捨。但余堅不留。忽而風雨驟來，余意仍不變。出校門，沿圍牆一石路，過玉梅橋轉彎，成一直角形，直到市區。路邊曠野，另一草徑穿越斜向，如三角形之一弦，可省路。余逕趨草徑，風益橫，雨益厲。一手持傘，一手持燈籠，傘不能撐，燈亦熄，面前漆黑。時離校門尚不遠，意欲折回，又念清晨立志不可違，乃堅意向前。而草徑已迷失，石塊樹根遍脚下。危險萬狀，只得爬行，重得上石路。滿身盡彩，淋漓不已。入市區，進旅店，急作一柬，囑旅店派人去借衣，余擁被臥床以待。是夜，苦頭吃盡，而別有一滋味在心頭。此後余遇一決定，即不肯輕易轉變，每念及此夜事。」先生少年讀書立志有若此。

又新文化運動起，每視舊傳統如毒蛇猛獸，誤認固有舊文化與歐西新潮流水火不相容，而一意全盤西化，高喊打倒孔家店。當時人競謂中國乃一封建社會，又中國自秦以下乃一專制政體，先生考諸史籍，始知新文化運動者，實於自己舊文化認識不清，從此更奮力苦學，讀書更勤，而得著書立說，力挽狂瀾，賦中國古籍舊知識以新生命、文化老傳統以新意義。

●悠悠歲月，講學述作

民國八年秋，轉任后宅鎮泰伯市立第一初級小學校長。十一年轉至縣立第一高等小學。未盈月，得集美學校聘，初赴廈門。時年二十八。距民國元年初入三兼，已十年半。

十二年秋，教無錫省立第三師範。分任文字學、論語、孟子及國學概論課。乃成「論語要略」、「孟子要略」、「國學概論」三書，又有「惠施公孫龍」一册，由商務出版。

民國十六年秋，轉入蘇州省立中學任教。十七年春成「墨子」、「王守仁」二書。並在蘇中力作「先秦諸子繫年」一書。顧頡剛見稿乃曰：「君之繫年稿僅匆匆繙閱，君似不宜長在中學教國文，宜去大學教歷史。」乃推薦先生至中山大學任課。得聘，因蘇中校長挽留乃辭。又促先生爲燕京學報撰文，讀康有爲「新學僞經考」生疑，乃撰「劉向歆父子年譜」一文，顧刊之，並又推薦先生至燕京大學任教。

十九年秋，三十六歲，應北平燕京大學聘，爲先生生活又一轉變。此距十一年赴廈門集美任教中學又得八年。留燕京一年而去。除成「先秦諸子繫年」，並撰「周官著作時代考」及「周初地理考」二文，刊載燕京學報。

二十年，赴北大，爲在大學講授歷史課程之始。任教科目有中國上古史、秦漢史及近三百年學術史、中國政治制度史及通史。

二十六年，往雲南西南聯大。住宜良北山岩泉上下寺，撰「國史大綱」，每星期四天半，不發一言，潛心著述，並於每星期四赴昆明授課，一年而成。先生業師呂思勉譽「此書所論誠成千載隻眼也」。

二十八年，顧頡剛邀先生赴流亡成都之山東齊魯大學國學研究所。編齊魯學報，並成「史記地名考」。二十九年夏，重返後方，齊魯大學在成都南郊華西壩，國學研究所在北郊賴家園，常南北穿城。又半年，至嘉定武漢大學講學。三十二年齊魯國學研究所停辦，先生轉去華西大學任教，後又至四川大學。

抗戰勝利後，三十五年秋，往雲南五華學院，並兼雲南大學。三十七年春轉赴江南大學，任文學院院長，印成「中國文化史導論」，並作「湖上閒思錄」及「莊子纂箋」。

三十八年春假，應華僑大學聘，赴廣州。秋季，僑大遷回香港。

三十八年秋亞洲文商夜校正式開學，租九龍偉晴街華南中學課室三間。至三十九年秋，另立案創校，易名新亞書院。三十九年冬來臺，「莊子纂箋」成稿。並在陸軍官校及台北師範學院講演四次，成「文化學大義」，又由國防部總政治部邀，續作七次演講，成「中國歷史精神」。又將各校講演辭撰寫成文，爲「人生十論」一書。

四十年寫「中國思想史」及「宋明理學概述」。

四十一年應邀來臺講「歷代政治得失」五講。

四十三年在青潭，講「中國思想通俗講話」四講。

四十九年耶魯講學，成「論語新解」。

五十三年夏辭新亞院長職。撰「朱子新學案」。

五十四年，赴馬來亞講學。

五十六年十月遷臺北。五十七年七月遷素書樓。

五十八年十一月，「朱子新學案」完稿。應中國文化學院歷史研究所聘。在臺定居後，編「中國學術思想史論叢」，集「中國文學演講集」。年八十作「八十憶雙親」。八十四歲新亞設錢賓四先生學術講座，邀爲第一次演講人，後集成「從中國歷史來看中國民族性及中國文化」。八十七歲（七十年）彙編「古史地理論叢」，續成「理學三書隨劄」，「朱子四書集義精要隨劄」及「周子通書隨劄」、「近思錄隨劄」，「中國學術之傳統與現代」。

●文化與文學

先生年方十齡，即知用心於東西文化之得失優劣，當許多人棄舊傳統舊文化如敝屣，賓四先生却縫綴出耀眼錦繡。可惜國人棄之唯恐不及，而不肯回身相向。而先生仍灑脫磊落，言之諄諄，應以「人不知而不慍」。並寄「後生可畏，焉知來者不如今」，先生信天命，信人性，信於天命人性中有一共同趨向的善。信古人，信師友，信來者，更信自己，中國人沒有發展出自己的宗教，原來這信的宗教情緒，全依在天和人上了，依在人和己上了。

素書樓客室，不是寺廟，不是教堂，先生所傳，却是另一種福音。

歷史自有古今的不同，更有中外之不同，怎能單把我們這一代的意見，來批判各時代的事實呢？先生勸人讀書時常說：「該虛心的把自己的現代頭腦放在一旁，客觀的來讀古人的書，然後知道它和我們的異同，而後再用你的主觀來批判它的是非、高下、得失。」正如晦翁詩云：「欲識遙遙千古意，莫將新語勘塵編」。今昌言文化復興，對過去或全無所知或認識不清，當依何復興？則中國古籍之一番舊知識顯不可棄。中國人與西方人各有其路，各自走了一段歷史路程，難以相比，故欲從西方史或新頭腦來認識中國人，則必將面目全非。「中國人應該走中國人自己的路」，這是先生堅定意念，亦是衷心企求。先生從未言西方文化不好，只說不同。只說「天不同、地不同、民族性不同、所走的路不同。」中國人要救中國，只有一條路，就是中國文化，從舊文化舊傳統中再生長。進步要有所依，提起一步之前，要站穩另一隻脚，要雙脚站穩了，才能起步。比起現在先要毀滅了自己，全學他人，自是大大不同。先生談文化問題，不講文化的高下，不談文化的是非，講文化的異同。從文化大體系言，以和合與分別來作中西比較，在學術思想上則以通與作衡論。文化是一個民族生活的總體，把每一民族的一切生活包括起來稱爲文化。它是一切生活的總體。中國人有中國人的生活，這生活就是它的生命，這生命的表現，就成爲它的文化。「中國文化是中國的，西洋文化是西洋的。我是中國人，我當然看重中國文化。」賓四先生說得理直氣壯、直截了當。

當一個中國人，先生喜勸人讀中國書，而猶喜文學。曾說「若講中國文化，講思想與哲學，有些處不如講文學更好些。」文學對我們最親切，正是每人人生中的好朋友。勸人讀詩該一家一家讀，又該照著編年先後通體讀。如讀杜詩，倘使對詩的時代背景都不知道，那對這詩一定知道得很淺，杜甫在梓州到甘肅一路的詩，和成都草堂詩不同，和出三峽到湖南一路上又不同。該拿他全部的詩，配合人生背景，才能了解他的詩究竟好在那裏。「正因文學是人生最親切的東西，而中國文學又是最真實的人生寫照，所以學詩就成爲學做人的一條徑直大道了。」又說：「文化定要從全部人生來講。所以我說中國要有新文化，一定要有新文學。文學開新，是文化開新的第一步。一個光明的時代來臨，必先從文學起。一個衰敗的時代來臨，也必從文學起。但我們只該喜歡文學就夠了，不必定要自己去做一文學家。不要空想必做一詩人，詩應是到了非寫不可時方該寫。若內心不覺有這要求，能讀人家詩就很夠。我們不必每人自己要做一個文學家，可是不能不懂文學，不通文那總是一大缺憾。這一缺憾，似乎比不懂歷史不懂哲學還更大。」

●從心所欲，自得規矩

賓四先生並集論語、孟子、老子、莊子爲新四書。認爲此四書爲現代中國讀書人、知識份子應讀的書。除先秦四部外並建議：禪宗慧能的「六祖壇經」；朱子集周濂溪、程明道、程伊川、張橫渠四家言之「近思錄」；代表理學家陸王一派，王陽明的「近思錄」，合之爲新七經。

論語應是一部中國人人人必讀的書，教人讀論語，可分章讀，通一章即有一章之用，遇不懂處暫時跳過，俟讀了一遍再讀第二遍，從前不懂的逐漸可懂。如果反覆讀過十遍八遍以上，一個普通人，應可通其十分之六七，如是也就夠了。

又常以明道先生話勸人當能自己尋向上去。讀書需知自己性之所近，或愛文學、或鍾理學、或近史學，必得勉力向學，自尋上去，艱困以成。如先生少時讀浦二田之古文眉詮，與姚惜抱之古文辭類纂，何以同是選幾篇古文，而姚氏書甚得後代推崇，浦氏書遠遜？先生乃欲窺姚選用意，遂立意先讀唐宋八大家。而王荊公文集發現許多王安石的好文章未選入，而爲先生所喜愛的學術文，乃至周、張、二程、朱夫子，此爲先生學術上之大轉變，乃從治古文轉治理學家言。今日治學門道更多，自己發現自己可能的路，「知道自己」是最大的學問。

十室之邑必有忠信如丘者，不如丘之好學。先生之好學亦並世鮮見。荀子勸學篇云：「君子之學入乎耳，著乎心，布乎四體，形乎動靜，一可以爲法則。小人之學，入乎耳，出乎口，口耳之間則四寸耳，曷足以美七尺之軀哉？」先生讀書反求諸己，躬行實踐，坐立行臥莫不從心所欲而自得規矩。生活已成藝術，博聞以古而擇善以從，出處辭受，皆有深義。如先生教集美學校及燕京大學，都是生活上大轉變，由小學轉任中學，及由中學轉教大學，却一年以辭，没計劃，未前瞻個人生活。如辭新亞院長職，爲傳文化薪火而創新亞書院，任十五年院長後，毅然辭職，爲而不有的胸襟與氣魄，辭受之間，自有斟酌。

「學而時習之，不亦悅乎！有朋自遠方來，不亦樂乎，人不知而不慍，不亦君子乎。」先生學不厭，教不倦，在長時期教讀生涯，有無窮樂趣，而將生命、工作、娛樂合一。七十五年，歷任小學、中學、大學、博碩士班，先生海外講學更是史無前例。生於前清，看盡現代中國社會之演變，先生「八十憶雙親」及「師友雜憶」兩書，不異中國社會史，「師友雜憶」中盡說受何人影響而有何所得，宛若全無自己所獲。其師友之言辭笑貌，有深留腦際，如在目前者，賓四先生認爲成爲今日此一人，非一人獨成之，胥賴先後諸友之輔成。先生一知己至交亡故，結詩爲集，嘆曰：「是我死了，你仍留我心中，而世上已無人知我。」此見中國人生命觀，不限一己之軀體。父母生命，師友之生命，皆成自己生命之一部份。

●素書樓中

錢夫人胡美琦女士，係出名門。曾就讀新亞書院。民國四十一年四月，賓四先生應邀在臺北驚聲堂講演，屋頂塌陷，泥塊擊中先生頭部。胡女士前往探視。出院後轉往台中養病，胡女士在省立臺中師範圖書館工作，得便照顧陪伴。民國四十五年元月締婚姻。錢夫人畢業於師大歷史系，曾赴美加州大學深造，實爲難得一遇之奇女子。有「樓廊閒話」一書，記錄夫婦平日言談所用心。亦師亦友亦夫婦，盡見真情。

夫婦之配有命，而夫婦之情在內不在外，不在外面所愛之對象，而在自己內部愛此對象之一心。成於中，形於外。夫人對先生生活起居，照拂無微不至，飲饍烹調，衣著裁剪，常不假他人。先生年事漸高，又患眼疾，書函著作，亦得夫人之助。每天爲先生讀報、讀稿、改稿、調理健康食品，艾灸按摩，以至注射補針，一日忙碌，入夜後讀書，並擅繪事，能吹簫，暇時對弈，蒔花種樹，巧手精心佈局庭園堂屋，院落朗朗高逸，宅屋親和典雅，豈是常人得爲？

先生病久，夫人成良醫，去年一年纏綿病榻，又一度小腦中風，仰不能望天，俯不得觀地，步不能移，舌苔不下，不得言語，夫人憂心如焚，形疲神乏，日夜不能寐，告之先生：「你一定要好起來，你不是對中國充滿信心？你不想看到中國好起來？」是夫人一番話鼓舞了賓四先生，還是一番深情感天動地。？

即使先生病重時，也只停過兩堂課，無力言語，也要講課，禮拜一下午的課堂，是夫人考量先生病情的體溫計，常常上完課，再也無力說話了，甚至不能進食。漸漸的，聲音宏亮了，神采飛揚了，擊掌頓足寫黑板，真是大喜啊！却是夫人熬過多少目不交睫的日夜，羣醫訪遍，悉心守護之功。

夫人上課前必須編講義，充分準備，深得教讀之樂，爲了照顧賓四先生，乃辭文化大學歷史系課程，（賓四先生的健康、成就，已是夫人最大的功業。）婦德、婦容、婦言、婦工，夫人無一不備。夫婦之生命，已互爲自己生命之一部分。

大病初癒後，聽說先生要戒煙了，從病房帶回來的一包香煙，還沒抽完已經潮了。先生一句話，說戒就戒了，一個寒假裡，想像不出素書樓少了煙靄是何光景。講課前劃火，點煙，一個聲音，接著一片火光，撥雲見日劃出一片朗朗晴空，點燃一盞盞文化薪火。先生真的戒煙了，其決心毅力非常人。原來先生自幼即抽香煙，進府中學堂，乃有煙癮。及教小學，一日上課，課文勸戒煙。先生告諸生，已染此習，已無奈何。諸生年幼，當力戒。「下課後，終覺今日上課太無聊，豈得以無奈何自諉，他日何以教誨諸生。遂決心戒煙，竟形之夢寐中。後遂數十年不抽，直待任江南大學文學院院長時，厭於常出席開會，始再抽煙。」由江南大學開戒距又戒煙，又四十年。

先生平日每天必聽新聞報告，勸學生要學會看報紙，報上的消息是最新的歷史知識，今日治中國史，必要通世界史，要關心世界大事。先生看重時間，坐立行臥，一只小鐘必隨之。時代不同，社會不同，今閒雜事多，近日先生勸人學象山，勸人生活當簡，易得人生情味。先生又喜談親身經驗，親切自然，娓娓道來，讓人回味再三，其中每有深意。

素書樓弟子中有連續聽課十數年者，有每週高雄往返者，有大學教授、中學老師、研究人員、修課學生、大學學生，有隨老師來的，有修完學分續來的。

先生日常生活簡單，常說「物質生活是容易滿足的」。人莫不飲食而鮮能知味。一湯一菜而足，獨沽一味，而能識其意味深長，何必食前方丈而無下箸之處。先生飲食，執箸如執毛筆，少見人如此。衣中式短衫或長袍，（先生著中衫，早年仍著皮鞋，讀書至「足容當重」，自省足輕，乃著厚重皮鞋，立意重足容。至定居臺灣，方改穿中鞋。）

「居移氣，養移體」，居室之養更重於飲食之養，素書樓十數年前黃土亂石，小樹雜花，經一番長養已根深葉茂，花木扶疏，自成氣象，是臺北鮮見依時序有不同風貌的庭園。屋宇更親切有味。樓下廳堂、書室，樓上書房、臥室，並有樓廊，夫人「樓廊閒話」即指此。

此際，當碩學鴻儒積一生學養智慧，化作一聲嘆息，幽幽一句：「你是中國人，不要罵中國。」是此沈痛之情，能不動容？

筆者資質魯鈍，受教賓四先生之門，不能發其精神氣象於萬一，只得「高山仰止，景行景止，雖不能至，然心嚮往之。」

（原載於75年8月「文訊」25期）

〈錢穆作品選〉

群與孤

人生有羣與孤兩面，不能偏無，但亦不能無偏向。爲求平衡，於是尚羣居者轉爲孤，尚孤往者轉重羣。姑舉農業社會與工商社會，或鄉下人與城裏人爲例說之。

農業社會以鄉下人爲主，工商社會以城裏人爲主。似乎鄉下人常見爲羣，而城裏人必羣居聚處。其實不然。農村人都以家庭爲主，又安土重遷，生於斯，老於斯，死而葬於斯，又有宗族鄉黨，户宅與墳墓相毗連。不僅與生人爲羣，亦復與死人爲羣。故農業社會實是一羣居社會，而城市工商社會則不然。

工業人各操一藝，如梓匠輪輿，皆封閉在各自之工作場所，可以互不相關。農業人，同此田野，同此耕耘。在雙方心理上，農業是和合羣而不孤。工業是分散的，孤而不羣。商人更甚。各是一店舖，同賣一種貨品，如藥材等。可以一條街盡是藥材舖，而相互孤立，有競爭，非合作，不成爲一羣。

工商人亦各有家，但與農業家庭不同。農業家庭乃成工作一單位。日出而作，日落而息。春耕夏耘，秋收冬藏。舉家人隨其工作之變異而内心有合一之感。故農民心理，個人與家庭，工作與生活，常若成爲一體，不加分別，工人則不然，主要工作在於一人，憑其一人之工作養其家，家人不易參與此工作，其工作又是朝夕不異，寒暑如一。故在工人心理上，每視己之與家，工作之與生活，若可各別而爲二。莊子言，大馬之捶鉤者，年八十矣，而不失毫芒，大馬曰：子巧與，有道與。曰：臣有守不。臣之年二十而好捶鉤，於物無視也，非鉤無察也。故工人之用心常孤。輪扁之告桓公曰：臣斲輪徐，則甘而不固。疾則苦而不入。不徐不疾，得之於手而應於心，口不能言。臣不能以喻之子，臣之子亦不能受之於臣。是以行年七十而老斲輪。然則雖父子傳業，其工作之甘苦則不能傳。捶鉤之與斲輪，年達七十八十，其家可以有曾孫，然所操工藝，則存其一心，不得與家人共喻，故其心則常孤。古人以家業世世相傳爲疇人。然農與工傳業不同。國語云：人與人相疇，家與家相疇。後漢書云：農服先捶之畎畝。農尚辛勞，不尚技巧，亦與人同之。且農業必通於天時地利，而成其和。不如工之較可自外於其他萬物，而專一以成其技巧。故雖同稱疇人，而演繁露必曰：疇人者，籌人也，以算數名之。此見農之傳業與工之傳業有不同。在農人每見其業之可以相通而爲羣，而業工者則每感其爲分別而成孤。

抑且莊子所言業工者之技巧，乃對農業時代之工業言。迄於近世工商社會之工業，轉以機器爲主，一工廠麕集數百千工人，不啻爲一機器之奴。縱言工作八小時，晨往晚返，在其工作時間，轉苦無所用心，而其心之孤可想。逮其歸，乃始見爲有生活，故生活與工作更見隔絕。而工作外之生活，若惟剩有消遣與娛樂。家庭又未必爲其消遣與娛樂之最佳場所。於是歌廳舞場劇院餐室乃至電影院與電機專供其消遣娛樂者，其中之意義價值，乃轉若在其家人之上。

業商者則更甚，雖曰貿易通有無，必投入羣中以爲業。然往往離家去鄉，獨出孤往。重利輕別，久而不歸，故商人心理，尤易抱孤獨感。

人生常求平衡，習於羣居生活者，一旦離羣孤處，其心易生異樣感覺，故中國詩人好詠孤況。孤寂雖若有不償，而孤清之生活亦覺可喜。抑且其人生既偏重於羣的一面，故能孤立孤往，孤獨超羣，每易見爲可貴。而心情之孤，實因其人之不能忘其羣而然。蓋習於羣居之人生，雖處孤境，其心猶常有羣。而偏向於孤的一面之人生，其身雖處羣境，其心亦猶不忘其爲孤。

農業文化與工商文化，在物質生活上，其相異處易見，而在其精神心理方面之相異，則非善觀人生者不能知。徒見工商城市人好羣，農村鄉裏人好孤，此皆皮膚之見。於雙方內心深處藏於隱微，則窺見不易。此乃文化相異處，即親身生活其中者，亦難自知，更何論於他人之瞭解。

西方工商社會，好言自由戀愛，一若視此爲人生主要一事項。其文學作品，亦多以此爲主題。實因男女雙方，自始即都抱一種孤立感。雙方既各自孤立，其結合爲夫婦，進入共同生活，宜必先有一番戀愛之情，庶使兩心結爲一心，然此兩心之孤立則始終存在。故自由離婚，亦爲順理成章之事。甚有認結婚即爲戀愛之墳墓者。夫婦如此，則家庭之結合，其內情亦可想。在其物質生活上，固有一團結。但在精神生活上，未必與之相稱。故西方工商社會，則必尚小家庭。老年分居，成爲必然之事。中國以農業文化爲傳統，首尚家庭團居，年老不離其家。爲父母必尚慈，爲子女必尚孝。兄弟姐妹相處又尚弟。一家人相互間以一心相處。孝弟之道即仁道，即是人與人相處之道，而以家庭爲其出發點。孔子曰：爲仁由己。仁道貴於由一己做起。父母之慈，子女之孝，皆貴於雙方之各自分別遵循。其修行固在己，其對象則在己以外之他人即屬羣。故中國人自嬰孩幼小，即在此種羣居心情培育長大。與人相處，極少孤立感。人與人無甚深之隔別。男大當婚，女大當嫁，此若人間一例行事。父母之命，媒妁之言，皆爲我謀，不爲剝奪我自由。夫婦結合，乃是一種羣居生活之開始，惟求和好。相親相愛，事屬當然。故戀愛之主要在婚後，不在婚前。但夫婦在相愛中又須相敬如賓，當保留有對方之地位，此乃在羣之中求別，在合之中求分，求孤與羣之平衡，不如西方人自幼至老，皆重個人自由，婚姻必先戀愛，則在別之中求羣，在分之中求合。雙方人生目標，本無大異，而途徑有不同。此非深透雙方人文心理，則不易有瞭解。

西方人因在孤的心情中生活，故自外面觀之，若其甚愛羣，如日常健康運動，中國人，往往屬個人的。如八段錦太極拳之類。西方人則愛羣體運動，乃成爲競技性，則參加運動者，仍在羣體中發揮其孤獨感。尤其是參加競技者尚屬少數，圍而觀者，則每在萬人數萬人以上，外面看是大羣體，其實仍是個別娛樂。中國之舊俗，此等現象較少見。中國人主要在從羣中求有孤，西方人主要在從孤中求有羣。雙方之心理出發點不同，斯其表顯在外之一切事象亦不同，農業文化與工商文化之實質相異，當從其內心求之。若僅從物質生活經濟條件作外面觀察，則自難中其肯綮，得其癥結之所在也。

即就宗教言，西方耶教信仰，本屬個別的。各由每一人之內心直接上通於上帝與耶穌。其在同一教堂，同作禮拜，同唱讚美詩，同爲祈禱，正亦是從孤中求有羣。西方社會每星期必有此一共同儀式，乃爲西方孤立人生一莫大之調劑。及至近代，科學與宗教，顯相對立，然終不能偏發。中國人亦信天，並信祖宗。於天之下，共同存此人類，成爲一體。於祖宗之下，共同存此宗族，亦共同成爲一體。孔子曰：人而不仁如禮何，人而不仁如樂何。在禮樂之共同儀式下，尤貴保留有各別之心情。此則爲從羣中求孤之一例，與耶教心情，顯有不同。

人生所內蘊之心情，每於文學中流露宣達，中西雙方人生不同，亦可於其文學中尋取。西方文學重戲劇與小說，莫不以爲人事爲主，但非個人的。分立的人，不易成一本戲劇與一本小說。中國文學則重詩歌，詩歌所詠，常屬個人，不屬羣衆。常屬個人之內在心情，而非外在之人事。在中國詩歌中，又常愛詠一孤字。其僅詠心情境界而不明落一孤字者姑不論，專就其明白拈出一孤字者，在古今詩人中，幾乎觸目皆是，隨手可得。此下試略加申釋。

如張衡賦，何孤行之煢煢兮？陶潛辭，懷良辰以孤往。又詩曰：中宵尚孤征。又陳子昂詩：日暮且孤征。杜甫詩：片雲天共遠，永夜月同孤。又曰：骨肉滿眼身羈孤。又謝絳詩：夜永影常孤。又蘇舜欽詩：江湖信美矣，心迹益更孤。陸游詩：燈孤伴獨吟。又曰：僵臥空山夢亦孤。元好問詩：雪屋燈青客枕孤。此等詩句，皆明著一孤字。但讀者當知詩人之心情，正爲常有其家人或更大之鄉里親族之一羣，乃至於一國之與天下，存在其胸懷中。所以以孤爲詠正以詠其離羣之獨，則詠孤正所以詠羣。心情之孤，正從其羣居生活中來，商人重利輕離別，隻身孤羈，在其心中，不覺有孤，此自不見於吟詠。其遠行探勝，結隊旅行，江湖信美，正足怡情悅性，亦不感有孤。其一得從事於藝術學業工作者，永夜一燈，正是其工作之美好時光，其心中亦不存有孤獨感。

正爲人生求平衡，中國文化傳統，重羣居生活，故於自然現象中偶值景物之孤，往往別有會心，特加欣賞。書經已稱嶧陽孤桐。如陶潛詩：萬物各有託，孤雲獨無依。謝靈運詩：亂流正趨絕，孤嶼媚中川。此皆傳誦千古之名詩句。又如柳貫詩：千峯不盡夕陽孤。庾信詩：石路一松孤。元好問詩：霜松映鶴孤。楊萬里詩：夕陽雅照一塔孤。水經注：獨秀孤峙。何以中國詩人於自然景物中獨愛此一孤？一則人生遇孤獨，此等景物，可以相慰。元稹詩所謂我與雲心兩共孤是也。此正見愛孤之內心乃由愛羣而來。二則爲仁由己，人生大道，正貴從孤往獨行之士率先提倡。老子云：六親不和有孝慈，國家昏亂有忠臣。此爲菲薄忠孝而發。但教孝，本求羣道之和。教忠，本求羣道之治。而忠孝諸德，亦必先期於人類中之少數。故尊孤亦即爲善羣。

晉書：挺峻節而孤標。舊唐書：塵外孤標。沈約賦：貞操與日月俱懸，孤芳隨山壑共遠。柳宗元詩：孤賞向日暮。孟郊詩：孤懷吐明月。陳與義詩：先生孤唱發陽春。韋應物詩：孤抱瑩玄冰。歐陽修詩：倏然發孤詠。陳傅良詩：忽然一長嘯。孤響起空寂。凡此之孤，皆須人立意追求。岑參詩：來尋野寺孤。蘇軾詩：中休得小菴，孤絕寄雲表。陸游詩：偶來徙倚小亭孤。此等小亭小菴野寺之孤，亦成爲中國畫家之絕好題材。中國詩人皆愛取孤處入詩，陰鏗詩：天際晚帆孤。孟浩然詩：開軒琴月孤。僧皎然詩，清影片雲孤。司空圖詩：人影塔前孤。蘇軾詩，茅簷出沒晨煙孤。此等詩句，豈不皆可入畫。昧者不察，乃謂中國詩人畫家，其心無羣。王昌齡詩：誰知孤隱情。張九齡詩：孤興與誰悉。齊書薛侃傳：欹園琴之孤弄。李羣玉詩：雅操入孤琴。張羽詩：歲寒誰可語，莫逆有孤琴。白玉蟾詞：何處笛，一聲孤。羣中不能無孤，而孤者終不見諒於羣。孔子已勉之，曰：德不孤，必有鄰。至於其孤而至極，孔子亦曰：知我者其天乎！可見此孤中乃寓甚境界。梅堯臣詩：共結峯巒勢不孤。蘇軾詩：道人有道山不孤。文天祥詩：本是白鷗隨浩蕩，野田漂泊不爲孤。此皆極詠其不孤，然亦正以彌見其心情之孤處。

近代國人，競慕西化，既主追隨潮流，又主個人自由。然個人亦當有不追潮流之自由。又自新文化運動以來，羣認舊文學爲已死之文學。不知中國舊文學與其藝術其間莫不有中國文化傳統中甚深的人生理想與其親切之體會與實踐。今只羣認西方文學戲劇小說中有人生，然此乃從外面敍述，又都限在人事圈子之小範圍以內。而中國詩人與畫家之所詠所繪，則直抒其心坎所得，從人生內部敍述。又其所得，不僅限於人事上親切之經驗，並亦曠觀宇宙自然之大，天地品物之繁稠，興感涵詠，陶情冶性，而達於人生之廣大隱微處，今顧不認其與人生有關涉，否則陋之爲封建人生與貴族人生，譬之以塚中之枯骨。則如本文所舉，人生心情孤處，豈亦盡限於封建時代之貴族，乃始有之。今既盡力提倡個人自由，又寧可只向羣處，只向社會物質人生方面去鬭爭攘奪，卻不瞭解人生別有此內心孤處，如中國詩人之所詠，孤高孤獨，孤吹孤唱，孤韻孤標，孤超孤出，孤論孤賞，苟非專重個人自由，何來有此等吟歎。生斯世也善，爲斯世也善，斯可矣，此之謂鄉愿。孔子曰：過我門而不入我室，我不憾焉者，其惟鄉愿乎！樂意追隨潮流，此固不得不謂其亦屬個人之自由。然孔孟儒家所重，別有狂狷之士，慕爲絶羣殊羣出羣越羣邁羣高飛不逐羣者，此亦同一種個人之自由。捨己從人，惟變是尚，固是自由，然國有道不變塞，國無道至死不變，寧得謂其獨非有一己之自由意志者之所能乎？近代西方，政界爭選舉，工商界爭罷工，必結黨合羣而爭，所爭者乃謂是個人自由，然個人之在黨，其自由亦當有限，遯世無悶，獨立不懼，如伯夷之清，不食周粟，餓死首陽山，此亦一種個人自由。韓昌黎伯夷頌有云：

士之特立獨行，適於義而已，不顧人之是非，皆豪傑之士，信道篤而自知明者也。一家非之，力行而不惑者寡矣。一國非之，力行而不惑者，蓋天下一人而已矣。若至於舉世非之，力行而不惑者，則千百年乃一人而已耳。若伯夷者，窮天地亘萬世而不顧者也。

此亦可謂其表揚個人自由之心情之達於極致。中國人因尚羣居人生，故必言仁。但在羣居人生中必貴有孤立精神，故言仁又必兼及義。孔子許伯夷以仁，昌黎頌伯夷以義，既不能有不仁之義，亦不能有無義之仁，亦不能有無義之仁。個人自由與羣居爲生，乃可相得而益彰。故中國人又貴能和而不流，中立而不倚。此中立二字大可參，所謂中者，實本於每一人內心之孤，和則是羣道之公。尊羣而蔑孤，斯將有仁而無義，羣道亦將喪。元好問詩：端本一已失，孤唱誰當從。此一孤，正即每一人之心，乃羣道之大本源所在，苟非深有會於中國傳統文化之精義，亦無可以淺見薄論作闡說也。

西方十八世紀有名小說魯濱遜飄流記，已成爲近代西方三百年來一部家喻户曉之文學名著。在西方之評論家有謂：此一書，乃爲每一個人之生活寫照，每一人都是命定要過孤獨生活的。魯濱遜飄流荒島，正是人類生活普遍經驗之一種戲劇化。此正足證明本篇上文所述，西方人生之偏於孤而疏於羣。亦同樣可以證明西方文學之偏於人事而較缺於內心之認識。但就東方人觀念讀此書，魯濱遜亦並非真能營爲孤立生活者。魯濱遜之流落荒島，隨身尚攜帶有鐵釘長釘、大螺旋起重機、大剪刀、斧、槍、玉蜀黍和米種，以及其他物品，此諸物品，論其來歷，有在其當身，並有數百千萬年以上之相傳，苟非其隨身有此諸物品，此下在荒島之生活，必然和本書所述，有絕大之相異。如是言之，魯濱遜實非能由其個人單獨營生，乃是其倚仗於其當身及其以前數百千萬年人類生活之共業以完成其在荒島之一段生活者。故中國人言人生，必首重一仁字，人不賴羣，更何從營其生。然如魯濱遜飄流記所描述，則只描述其個人之如何奮鬥努力，卻不見在其內心流露懷念羣居爲生之情感，此則東西雙方文化相異，生活性情相異一重要之證明。今我國人，幾乎羣認中國前代人生已死去，惟當一意追求西方人生以爲吾儕之新人生，斯誠不知其立論根據之何在也。

又魯濱遜之流落荒島，已廿七歲。在其先廿七年中，實已接受了人類羣居爲生之不少訓練與經驗：果使魯濱遜在十七歲或七歲時流落此荒島，更不知將何以爲生：魯濱遜在荒島過了廿八年，逮其回到人羣中，已快近六十。人生最重要之一段生活，恰在荒島上度過，是不啻謂重要人生過程，乃如魯濱遜之在荒島也。蘇東坡詩：萬人如海一身藏，就東方人之人生經驗與人生理想言，即在京華宦海中，人事錯雜，果其人自身有修養，仍能保留其一份孤獨心情之存在，仍不失其個人內心之自由。此乃東西雙方文化人生理想上大異不同之所在。至於如伯夷之采薇首陽，亦屬單獨營生，與魯濱遜之飄流荒島，實無甚大之不同。惟魯濱遜乃遇不得已，而僅恃個人活力，自謀生存；在伯夷則豈不可已而不已，彼孤獨之心情中，別自有一番爲人類大羣之懷抱。此雙方之故事流傳與文學想像，各自有其寄託與深義，爲求瞭解雙方文化人生之內情者所當兼取並觀，終不宜僅取一面，而擯棄其另一面於不顧不議之列也。

（選自東大書局「晚學盲言」）

●**曾虛白**，民國前十七年四月生，江蘇常熟人，上海聖約翰大學畢業。曾任中央通訊社社長。曾創辦「眞善美」雜誌、「大晚報」，主編「中國新聞史」、「三民主義學報」。著有遊記「遊美散記」，小說「潛熾的心」、文集「舊釀新焙」、「世變建言」，「檻外人言」、「聲楫中流集」、「曾虛白自傳」(上、下兩册)等，論述「工業民主的理論與實施」、「中國新聞史」、「國父思想對時代貢獻」等多部。

■趙莒玲

文學筆・新聞眼・愛國心

新聞界耆宿曾虛白先生

曾虛白先生名燾，字煦伯，後改虛白，以字行，民前十七年生，江蘇省常熟縣人。上海聖約翰大學文學士，曾任教授、上海大晚報經理兼主編、新聞記者、雜誌社編輯和書店經理、國際宣傳處處長、中廣公司副總經理、中央社社長、政大新聞系主任等多項職務。在文學方面，受法國浪漫學派影響極深，喜好突破創新。最著名的文學研究爲紅樓夢的結構研究，托爾斯泰思想與老莊學說的比較。語文則精通英文和法文。

●江南書生的風範

一個溽暑的黃昏，我懷著惶恐謹慎的心情，輕叩「新聞界老鬥士」曾虛白座落在復興南路的寓所。一襲白色布質唐裝，一頭銀白華髮，和一副深度近視，與蕭灑自若的神態交相輝映，曾虛老將江南文士清風傲骨的風範，表露無遺。在親切和藹的寒暄後，精神矍鑠、風趣健談的曾虛老，便引領我走進他那橫跨將近一個世紀的時光隧道……

「這得從清末光緒年間談起」，曾虛老慢條斯理的用他夾雜些許鄉音的國語，打開話匣。「在我十歲以前，因身處科舉時代，家裡又是書香世家，所以一直接受傳統私塾教學，但是這段期間，家父孟樸公因目睹清室腐敗憤而棄官返鄉，決心學習外國語文，致力西洋文化的研討。於是求教深通法國文學的福建造船廠廠長陳季同先生鑽研法文，致力創作。在耳濡目染的環境中，我逐漸脫離傳統陳舊的保守觀念，並在家父浪漫的法國文學的薰陶下，埋下『突破創新』的種子和對法文的興趣」。他一口氣將幼年求學過程，簡明扼要的陳述出來。

清光緒三十年，科舉制度廢除，改爲西洋式的學校制，曾虛老方才正式接受學校教育的洗禮。當時學校的風氣初開，教育內容猶偏重於傳統文學，其學制爲初等小學四年，高等小學四年。「在常熟塔前高等小學校讀了二年，我便隨家母遷至上海，轉讀上海三育小學三年級，畢業後因該校續辦中學，遂升入該校一年級，後因該校停辦，只得轉入南洋公學二年級就讀，在幾番周章轉折，我才順利的念完小學與中學，滿清結束，民國成立，中華民族劃時代的轉捩點，正是他求學過程一個新的里程碑。「民國元年，正值十八歲的我，考進上海聖約翰大學，這個年代所代表的歷史意義，我一生都難以忘懷。進入當時學制爲大學與中學各四年的聖約翰，我因英文基礎較差被編入中學三年級，但是國文則占了家學淵源的優渥條件，立即被編入大學三年級。」個性爽朗的曾虛老講到此，不禁爲當時不辱門楣的表現，甚感欣慰。

在聖約翰求學階段，最令曾虛老懷念的老師是宋春芳。他是開啓曾老對法文發生興趣的恩師。「宋老師在教同學三、四個月的法文基礎文法後，就以法文上課，强迫每個人講話，一年後，開始要學生逐一站在講台上，抽取即席演講題目，站著思考五分鐘，所表達的要能言之有物。」每憶起那時又緊張又刺激的法文課，他總粲然一笑，停頓一會，他滿足的說：「二年的訓練爲我奠下良好的法文根基！」

●與董顯光相識相交

民國七年曾虛白大學畢業，他先後在上海青年會和湖南長沙雅禮醫學院任英文教師。旋即進入外交部，任天津交涉公署英文科科長。後因感於北方軍閥政府的腐敗，民國十五年辭職返上海，是年與董顯光相識，因志趣相投成爲莫逆，曾協助董顯光創辦「庸報」，初次體認辦報的艱苦，但也引發他對新聞工作的興趣，也因此因緣際會，及董顯光對他的知遇之恩，使他一生與新聞事業結下不解之緣。

至庸報工作告一段落之際，正逢曾老尊翁孟樸公專事文學創作。於是爺兒倆在開拓文壇的共同目標下，胼手胝足的創辦了「真善美」書店，致力於文藝工作，並主編「真善美雜誌」。孟樸公之名著「孽海花」與「魯男子」均在真善美雜誌上發表。其中「孽海花」使孟樸公躋身爲清末民初的大文學家之一。

民國六年一月一號的「新青年」，曾刊出錢玄同寄給陳獨秀的信。信函中錢玄同認爲中國最具有價值的小說，要算是施耐庵的「水滸」，曹雪芹的「紅樓夢」、吳敬梓的「儒林外史」、李伯元的「官場現形記」、吳研人的「二十年目睹之怪現狀」和曾孟樸的「孽海花」六書。事隔七十年，曾虛老回憶起來仍滿懷對父親的敬重，「試想與中國五部名著並列文壇，是多麼光彩的事，家父的『東亞病夫』(曾孟樸的筆名)發起威來，氣勢可真不凡啊！」

●藉文學創作父子心靈相通

提起「真美善」雜誌和書店，他首先爲取這個名字做了一番解釋：「真善美是直譯於法文，並非英文中的真美善，這是由於家父太酷愛法國文學，因而命名。」回憶當時情景，他說：「那時父親拿錢出資，從經理到編輯則是由我一手負責，也因爲開書店，牽動我研究文學的細胞，屈指算算我還整整的做了四年的文學家！」說到這，他的臉上閃出一抹得意。

重拾起那段「父子同窗」共事的美好時光，曾虛老便滔滔不絕的描述著：「家父應算是我國清末民初，研究法國文學的權威，他的法文能力，完全靠自修，完全是靠翻字典及苦讀累積而成，到最後居然可以翻譯法文，令我佩服不已。正因對法國文學幾達痴狂地步，所以當二弟至德國留學，逢歐戰剛停，馬克急遽貶值，有位法人在柏林死後，所設的一座圖書館要拍賣一千多本法文書，父親接獲此訊息，毫不加思索的要二弟全部買下。於是，法國文學家的作品，我們幾乎都有。而這些法文書，便成爲我們爺兒倆，心靈交流與共同創作的橋樑。」

「家父翻譯的都是法國文學，我發表的文章多半是英譯的作品。其中有英國十八世紀詩人格雷的『輓歌』，和不少現代各國名家的短篇小說，從美國德萊塞的『遺失的菲比』到『新猶太』作家阿虛的作品。還有兩篇歐亨利的故事，『馬奇的禮物』和『巡警與聖歌』，特別引起少年們喜愛，獲得熱烈的迴響」。

他意猶未盡的接著講：「我還與父親合譯了一本法國文學『愛人』(希臘文)，我們將該書名稱譯爲『肉與死』，這本書的大意，是將世上最可怕和最醜陋的事如死，描寫成最完美的事物；反將世上最美的『愛』，刻劃得十分醜惡。此種寫作法是新希臘派，由於它很特別，深深吸引我們父子倆，並在欣賞之餘，將其譯成中文與讀者分享喜悅。」

由於深受父親的影響，曾虛老與尊翁孟樸公一樣，酷愛法國浪漫派學派。他興奮的說：「浪漫派的特色，是永遠不滿足現況，且不斷的在困境中力求突破，開創新的境界。所以我認爲該派的寫作方式，是人生最高的享受。因爲他們用眼睛和思想，來看未來的美景。這種追求未來，是一項革命。」接著，他又補充道：「其實浪漫派也是從古典派分支出來的。該派與古典派之間最大差異，是在戲劇方面，古典派對舞臺位置與時間堅守不能轉變的保守步調，但浪漫派却打破這項禁忌，使整個舞臺更加生動活潑。至於思想方面，也是從老的東西建構出來的。」

●托爾斯泰思想與老莊學說比較

從學派的話題，又引發曾虛老對「比較文學」的分析與評論。啜口茶後，九十二高齡的他，精神依舊煥發，他興緻盎然的談到托爾斯泰所著的「戰爭與和平」。他倏然感慨的指出：「『戰』書除了盪氣迴腸的故事情節外，還有三分之一的理論，那是托翁借著戰爭來表現他的人生哲學，但鮮少人去注意。」曾老神情略顯激動的說：「托翁所表現的戰爭，就是他所認識的人生的縮影。他要表現時代的動向，是由羣衆意志來決定的。所以他在描寫戰爭中，參加直接行動的，只有士兵，仗是士兵在打。士兵的動態是一種不可捉摸的士氣在操縱的。這種羣衆心理一旦發作而成行動，想用權力以命令的方式來糾正或阻止它，是一點都沒有用處的。作者特別借著拿破崙來表現那些認錯自己的意志，可以任其所爲的人；也借著葛都曹夫來說明羣衆的意志，不是任何人可以左右的。」

以敏銳的眼光，用心閱讀兩遍厚重的「戰」書後，他獲得一重大心得。即將托翁借葛都曹夫所表現出來的政治方式，比之爲老莊學說所主張的「無爲而治」精神。爲更清楚兩者間的關聯，曾老進一步解說「無爲而治」的真義。他强調：「老莊所謂的『無爲而治，並非爲毫無作爲，任其自然發展。而是先造成某種氣勢後，再順水推舟，使其水到渠成。」細心觀察、研究後的獨特見地，確實讓人折服。

也因經營真美善雜誌和書店，使他的文學聲譽日起。在民國二十年，應聘於南京金陵女子文理學院，任教授兼中國文學系主任，開「中國文學史」、「小說研究」、「詩詞研究」。這段短暫却豐富的教書生涯，是他將文學素養展露光芒的時期。至今仍令他回味再三，津津樂道的是以「紅樓夢」爲教材教授「小說研究」課程時，造成教室被學生擠得水洩不通的盛況。

「我在上『小說研究』的課程安排，上學期是從小說的組織(如對話)來說明寫小說的方法。」童心未泯的曾老掩不住內心的喜悅，愉快的說道：「下學期則選『紅樓夢』爲版本，以上學期所講授的方法，來研究『紅』學的組織、描寫的背景和對話的妙處等等，一時造成學校轟動，不少學生慕名來爭相聽課，成爲最熱門的課。可惜紅樓夢只講了二十四回，學期便結束了。」連他自己也覺得遺憾。

曾虛老很自信的說，一般人研究「紅」學都偏重於曹雪芹個人背景與該書之間的關連，往往忽略了「紅」學的內容與結構。他認爲「紅」學的中心思想，以八個字「盛衰聚散都如夢幻」，便可清晰的表達出一切都是空的真正涵義。基此中心意識，曾老把全書的情節，別爲兩大主系，一系是「賈府盛衰」，一系是「寶黛姻緣」；即家庭的崩潰與戀愛的失敗。進一步，他再指出第一回中，「借石頭與仙草來暗示的寶黛姻緣」，以及所夾入的甄士隱的故事，乃全書的小模型，故紅樓夢以甄士隱始，以甄士隱終。在「人系」方面，亦分正、副。如「寶黛姻緣」中，晴雯是反映黛玉的，襲人則是反映寶釵的。鳳姐是「家系」事件中核心人物，劉姥姥則是借來表現「家系」中富貴氣概的導引者。在人際關係相互交錯下，作者反映出人生的哲理。

我好奇的請教曾虛老，何以對「紅」學情有獨鍾，研究得如此透徹?他爽朗的笑著說：「我看『紅樓夢』不知看了多少遍，其中內容早已瞭如指掌，要做分析工作是輕而易舉的事。可惜自離開金陵女子學院後，就因事務繁忙無法繼續，延擱至今，尚停留在原處。」回憶起來不無「力不從心」的感嘆。

●創辦大晚報的輝煌歷史

教授金陵大學不到一年光景，曾虛老經董顯光引薦，應上海大陸報及時事新報兩報董事長張竹平之聘，籌備創辦「大晚報」，開創他人生旅程中的另一番事業。在民國二十一年間上海新聞界老大不掉的積習甚深，不論新聞報導以至行銷網，均由若干勢力集團壟斷。爲謀求突破舊習，曾虛老自兼主筆及經理，不論版面編排，新聞採訪，以至行銷系統，均招新人，創新風格。發行一週後，中日松滬戰爭爆發，在戰爭期間，民衆對戰爭新聞更爲關切，著重最新戰爭報導的「大晚報」尤受讀者喜愛。不久，銷售即達八萬份，成爲當時上海銷數最多的報紙。遺憾的是最初成立「大晚報」時，未將其財政獨立，以致於被其他相關機構的債務，逼得只好轉賣他人經營，結束它的輝煌時期。現在想起那項錯誤決定，他的情緒仍有些悸動。

在經營「大晚報」期間，曾虛老還不忘從事文學寫作，民國二十六年三月，他翻譯蘇格蘭作家、歷史家、哲學家嘉萊爾原著「英雄與英雄崇拜」，由上海商務印書館出版，編入萬有文庫。同年因董顯光的介紹，兼任第五部所屬國際宣傳處處長。後因戰事吃緊，他斷然放棄辛苦創辦的「大晚報」，離別母妻子女，在砲火中隨政府參加抗日戰爭，繼續肩負國際宣傳業務，至民國三十六年，在主持宣傳工作期間，深感人才不足。於是與美國哥倫比亞大學合作，在中央政治學校內設新聞學院，由董顯光和他分別擔任院長、副院長，先後培養的人才，如葉公超、魏景蒙、徐鍾珮、朱撫松、沈錡、余夢燕、王洪鈞等人。

抗戰八年中，曾虛老主持國際處。自八一三戰事爆發後，他便與董顯光先生及三五同志以半地下工作開始，後經松滬撤退，南京淪陷、武漢會戰，衡山轉進，隨時隨地受敵機轟炸威脅，他仍處變不驚，工作不懈。最後至重慶，在物質條件極度困難之下，辛苦經營，成爲一有組織，有人才，充滿活力的機構，共本愛國熱忱，爲國效命，使國際對我抗戰之認識，由藐視而同情，由歧視而支助，對國家貢獻實在很大。

對於那段期間，不顧生命安危全身奉獻國家的無畏精神，曾虛老謙虛的說：「我與其他投筆從戎的國人一樣，僅憑著一股愛國情操爲國效命，在職務方面，董顯光給予我相當多的指導，我們合作非常愉快。」

民國三十五年，國際宣傳處遷返南京。三十六年行政院成立新聞局，撤銷國際宣傳處，曾虛老擔任第一任副局長，至三十七年離職。次年一月先總統蔣公宣佈引退，由李宗仁代行職權，同年四月共軍擴大叛亂，全面攻擊政府軍。直至十二月廿七日，先總統　蔣公應在臺國大代表及立監委籲請復職，並宣佈政府播遷臺北。

●外交史上一記漂亮的勝仗

跟隨政府播遷來臺後，曾虛老立即擔任中廣公司副總經理，並自撰自播長達二十年之久的新聞評論「談天下事」節目，到目前爲止，還有不少忠實的聽衆呢！接著主持十四年中央社業務，在他殫精竭慮的策劃下，使該社重振在國際間新聞業之地位。

主持中央社業務階段，於民國四十九年時，曾虛老應聯合國教科文組織之邀請，以中華民國專家身份出席該組織在泰國召開的東南亞新聞發展會議。在會中，他除了提出「以成立一個世界性之東南亞通訊社爲目標的『五年計劃』建議，爲該組織採納研辦外，並與蘇俄塔斯社社長激辯，擊敗其阻止中央社社長任小組組長的陰謀。每當憶起這件事時，曾虛老總會高興的說：「那真是一記漂亮的勝仗呢！」

在民國四十四年時，他又再度重返教育界，前後擔任政大新聞系主任及研究所所長，和文化大學三民主義研究所所長。數十年來，曾虛老不論在教育界或新聞界，都享令譽，德高望重，成爲一代既爲經師復爲人師的新聞大師。

任職新聞教育期間，他與新聞研究所同仁自民國五十一年開始進行七十餘萬字的「中國新聞史」，歷四年之久，迄今爲新聞科系的大專院校的主要課本。此其間，他還在民國五十五年，以七十二歲高齡以中國筆會代表團團長身份，出席國際筆會在紐約舉行之第三十四屆年會，時適大陸共黨發動大規模整肅迫害文化人士之時，他在一場演講中，嚴予譴責，獲得與會人士的熱烈讚美及支持。

●養生之道知足常樂

不停歇的講了兩個小時的話，且句句鏗鏘有力，難以讓人相信他已是耄耋之年。請教他有何養生之道時，他微笑而堅定的表示：「我的秘訣是二樂主義。一是自得其樂，另一是知足常樂。」所謂的「自得其樂」，是能自己欣賞拼命工作後的成果，即使他人不知道也沒關係，而最能享受這種快樂爲新聞記者。因爲寫出來的文章或新聞，能在最短的一天內看到心血的結晶，他在擔任大華晚報總經理兼總主筆之時，「每次都等到下午四點出報後，搭公共汽車，看乘客翻閱我的報紙，不論評語好壞，我都很快樂。」

至於「知足常樂」，就是要懂得適可而止的滿足，不要有炫耀虛榮的心理，如此便能常保快活。他的這個領悟，是有次搭計程車到觀光飯店去進餐的途中，計程車司機回頂他一句：「吃飯又不是吃派頭！」那句話，給予他很大的啓示。自此後，他格外注重實際需要，不再重視外表的裝飾。即使在「大晚報」最賺錢的時期，他還是依舊住平房，坐三輪車，曾虛老自嘲的說：「能活到這麼大把年紀，這兩樂是不可或缺的秘方！」

由於一直抱持樂觀進取的精神，曾虛老現在感覺到自己正沈浸在「五福臨門」之中。他的解釋絕妙透頂，令人不得不讚佩。他說：「我現在有心臟病，但是從不感覺，每天還可到小公園散步，這種帶病延年是一福也。生平没做過對不起人的事，拿不應該拿的，心裡坦蕩，更無敵人，因此每晚睡得安穩，是二福也。我的兩個兒子一個女兒，都已成家立業，但都在我身邊隨時照顧，不需我到國外將就住，還有學生不時看望，這種好人緣，是三福也。從來没有管理財務的頭腦，到目前還没有爲錢傷腦筋，亦不需要靠子女或朋友在經濟上的幫助，是四福也。人生八苦中的生老病死，至今我均未嘗過，面對死亡我不忌諱，因爲我知道心臟病的死不會痛苦的。另外爲五苦的『求不得苦』，由於我無所求，故不苦。六苦的『愛比離苦』，我所愛的人都在身旁，故不苦。七苦的『怨憎會苦』，我没有討厭的人，故不苦。八苦爲『無蘊會苦』，我早將情感看得很開，故也不會苦，所以是五福也！」

一生豁達開朗的曾虛老，總盡情的體驗人生，充實生活，做任何事都不以爲苦。最近國史館請他做口述的自傳，他興高采烈的每天早上埋首在回憶的旅程裏，他覺得這件事非常有意義，因爲他認爲將晚清至民國之間，別人不知道的事寫出來，供人參考，豈不具有深遠的影響嗎?!曾虛老便是這種永遠閒不得的人。

（原載於75年10月「文訊」26期）

那裏去找眞正的中國？

〈曾虛白作品選〉

前幾天跟政大新聞研究所的幾位所友聚餐，大家要我說一些閒來無事對生活的感想。親友們都以爲我退休生活一定閒得很，或者高臥南窗，天天做著白日夢。實際大家當我做閒人，把忙人忙不了的事情不約而同的向我身上推，使我這閒人忙得比忙人還要忙，那裏還有一點閒工夫來享受做白日夢的清福！

可是，夢沒有工夫做，生活的感想我還是有的。大家要我說，我就打開了我的話盒子。

我說，日子過得真快，一眨眼工夫，我們到台灣來已經快要三十年了。三十年在一個人整個生活旅程中不是一段短促的進度。不說我五十多歲到台灣現在已經是一個八旬以上的皤皤老翁，就是三四十歲的壯丁跟我們同時來台，今天也變了六七十歲的老太爺，後邊跟上三十多歲的兒子女兒帶著一羣十多歲的孫男孫女，隨時可以開三代同堂的慶祝家宴的了。

記得剛到台灣來那一年的生活經驗，住的是塌塌米式的日本房屋，上街蹓躂，滿眼接觸的不是把座客抬得高高的「東洋車」，就是一連串日本字的店舖招牌以及拖著套趾木屐在大街小巷到處蹀躞蹀躞拍著板子走路的小姑娘；滿耳朶灌進去的都是些「阿里阿篤」、「劃搭瓜西劃」，日本式的番言番語。因此，不曉得有那一位捉狹鬼竟會創造出台灣這地方是「花不香、鳥不語、女無情、男無義」的諺語來反映他好像身在異邦寂寞孤單的心理變態。

這是心理變態，業經三十年後充滿著親愛精誠詳和之氣的今日台灣予以事實明證。陽明山春季看花吸引的人潮遇到週末，可說是萬人空巷，怎說花不香！台北市幾處公園裏和好幾條林蔭大道的草地上，每天黎明，東一堆西一簇都你提著籠子放畫眉的雅士。使我們晨曦漫步者走過他們身邊沉浸在這百禽囀鳴此唱彼和的畫眉合唱團裏，有羽化登仙之感，怎還能說「鳥不語！」至於台灣青年的男講義，女重情，我接觸到的學生中，就可以們不假思索地指出幾十個。別的不說，祇說由我證婚促成大陸來台和台灣本地青年兒女的婚禮的，已經超過了十對。怎還能說台灣青年不義無情呢！

這是我們來台三十年後的台灣，已把三十年前的台灣，脫胎換骨，整個變了型。掉頭再想當年，那時候的台灣，剛從日本帝國主義的控制中解放出來，的確備受剝削壓榨，一點也沒有「中國」的味道。

把台灣的型態，三十年前後這樣一比較，我突然發生了「那裏是中國」，這一個古怪念頭來。一樣的阿里山，一樣的日月潭，可是在這山崖，在這潭邊的情況，三十年來的嬗變已經把台灣這蒙塵的中國括垢磨光顯露出它光明燦爛的中國本色來了。可是，假定我們要打碎沙鍋問到底，再向深處摸，究竟那裏是中國，不說台灣佬有他獨特的看法，就是大陸來台的同胞們，也各有各的看法，任怎樣也找不出一個統一的標準。別的不說，就拿我自己家的三代來做一個榜樣。我一出校門就過流浪生活，足跡所至大半個中國給我跑遍了，那末，我心目中的中國最少是一個繁華都市與窮鄉僻壤的混合物。我的兒子就不同了，大小兩兒都在上海長大，大兒跟我抗戰時重慶就學，小兒留滬，勝利後走北平廣州就學，大陸陷匪皆來台灣。那末，他們心目外的中國，除在這幾個大都市所得的映象外，不可能再摻雜其他映象了。至於我的女兒，生長在上海，嫁後赴香港，她心目中的中國，框式更縮小了。最後說到第三代，或生在台灣，或生在香港，竟把中國這框子縮到再也不能再小，甚至簡直没有了！

因此，我感慨地請問在座的許多所友，是否與我有同樣徬徨之感，不知道我們應該到那裏去找，才找得到真正的中國！

我提出了這問題，噤口待所友答復。敬堯兄建議，請佳士兄回答。佳士兄不假思索立刻解了我這謎。他說，我這假設是根據美國民意學者李普曼所謂「心象」這個原理所建立的。「心象」，反映了美國人精神活動表演出來的現象，暴露他們的認知是跟著環境的變化而變化。但我們中國的人思想形式並不這樣。我們的思想有中國文化做我們的框子，裝在這裏面保持它永恒不變的價值。因此，即使我們跟現實中國没有了感知的接觸，我們還能保持真正中國的映象。因爲，中國原在我們心頭，不必外求！

佳士兄的解釋實獲我心。這也是我留居台灣三十年來久蓄在心頭想找機會暢暢快快說一說的鬱積。那一次聚餐會没有時間供我暢言，今天想借自由談給我的篇幅來說我没有說完的話。

「心象」Mind Image這個名詞是李普曼的創造。他以爲人類意見的形式全靠感知器官吸引得來的客觀事象。感知器官把這些客觀事項在人類腦子裏塑成各種不同的心象，人類再根據這些心象作他對客觀環境的反映。換句話說，這反映就是人類智慧的行爲表現，其表現却奠基於其感知器官吸收客觀事項所形成的心象。再說得通俗些，李普曼以爲，人類的智慧奠基在客觀事項積累形成心象上，客觀事項隨著時空而變易，因此，這種智慧是偏見，跟真相有很大的距離，不能代表正確的判斷。

李普曼這套否定客觀事項決定人類智慧定型的理論，是向美國傳統思想的正式挑戰。美國的傳統思想是科學極度發展影響人類心理必然的結果。簡單說來，他們的人生觀認定生活的目的在面對現實解決問題，問題的解決祇須把握現實，不必浪費精力作抽象真理的追求。美國人的這套人生觀，實際是十九世紀經驗主義的延續。經驗主義者以為人類入世時是一張白紙上的顏料經驗才構成了人類的智慧。我們中國人所謂的「近朱者赤，近墨者黑」正是說明這套理論的標準格言。這也就是李普曼提請大家警惕防範的「心象」。可是經驗主義者却認為這是人類真正的智慧。美國的思想家就憑著這套假設，發展而成詹姆士 William James 的實用主義，以及杜威 John Dewey 的工具主義。他們的思想，簡單說來，以為人類的智慧既是積累經驗而成，這智慧的價值應以其對人類貢獻的實效為準。人類希望智慧能發揮最高的功能，幫助他們瞭解環境，克服環境，創造環境。實際，這種構想是把人類的生活目標抑制在環境的支配下面抬不起頭來。環境跟著時空在變，人類的要求帶同他們的生活目標也不得不跟著變。其結果使人類生活標準衹剩了「利害」、不再有「是非」。這是科學進步人類物質環境的壓力克制了精神環境造成的脫輻現象！

在這種觀念下形成的文化，是跟著環境要求變換保護色以求生存的那些可憐小動物。換言之，這種文化自己沒有固定的型態，衹跟著環境的要求來決定它的型態。那末，假定我們要在這種心理狀態中找中國，祇須時空稍稍有些變動，我們再也找不到它的踪影的了。換言之，我們假定受著西方文化特別受著美國文化的影響太深，很可能脫離了現實中國感知的接觸就會找不到中國的跡象！

可是，事實告訴我們並不然，幾千萬散佈在全世界每一個角落裏的僑胞，雖背井離鄉身處異國，經過好幾代，他們保持中國生活形態，愛護中國的充沛熱情仍舊半世紀來如一日。我們在台灣自己的經驗，更證實了經過日本帝國主義者半世紀以來的壓榨蹂躪，台灣今日仍舊放射著璀燦中國的異彩！這現象究竟是什麼理由。我說，無他，一言以蔽之，中國文化在中國人身上發生了萬古長青，團結的力量。

中國人看人生是跳出現實環境作鳥瞰，因此，我們可以不受科學的羈勒，獨往獨來，馳騁我們心靈的感應。易經中繫辭把中國文化怎樣創造出來的經過，說得很清楚。它說道：「古者包犧氏之王天下也，仰則觀象於天，俯則觀法於地，觀鳥獸之文，與地之宜。近取諸身，遠取諸物，於是作八卦，以通神明之德，以類萬物之情。作結繩而為網罟，以佃似漁，蓋取諸離。」這一段話把我們中國人「天人合一」的思想內涵說得再清楚也沒有了。簡單說來，我們中國人在大自然中找到了一套永恒不變的規律，我們稱之謂「天地的法象」。人是大自然中的一份子，自然也受「天地法象」支配的影響；但人又是大自然中有突出智慧能力的一份子，因此，他可以接受「天地法象」的影響來培養自己「神明之德」轉而繼續發揚光大「天地法象」的功能。大學中强調的格物、致知、正心、誠意、修身、齊家、治國、平天下中國人內聖外王培養自己為人處世的規範就憑這個原則訂立下來。這規範要求我們切實實踐保留在心頭永恒不變的真理。這真理，就是我們中國人都能心領神會，可是外國人很難瞭解的所謂「道」。我們說，「天不變，道亦不變」，澈底表示了我國文化這套「天人合一」人生的真諦，是從堯、舜到　國父和總統　蔣公，中國人永遠保持萬古長青的真理。中國人有了它，不會受環境的影響，不論在任何處境中，永遠忘不了中國。因為中國在他心頭，不必外求！

（選自華欣文化中心「上下古今談」）

●**任卓宣**，民前十六年生，四川南充人，原名啓彰，以葉青爲筆名。民國九年赴法參加勤工儉學，後轉至莫斯科進入孫逸仙大學，返國後先後主持「二十世紀」、「研究與批判」月刊編務，主辦「時代思潮」、「政治嚮導」等刊物。曾任教於中央幹部學校、政治大學、政治作戰學校等校。著作遍及哲學、科學、主義、政治等類，著有專書「文學和語文」、「三民主義新解」、「思想方法論」等數十本。

思欲無邪心欲正

任卓宣先生的文學主張

■徐　瑜

任卓宣先生，原名啟彰，四川南充人，生於民國前十六年農曆三月初六日，今年已居九二高齡。他生長在一個貧窮的農家，生活十分艱苦，任先生回憶當時的情景說：「每年收入的穀子給祖父母兩石，餘下無多，經常以菜蔬、雜糧、紅薯等摻入飯中，只有在除夕之日才能吃一次淨米乾飯。……這種情形，不只我父母一家人爲然，整村人都是。」①因此，任先生讀完私塾之後，家庭經濟上實無能力供應他繼續求學，幸虧他的蒙師任吉三先生和他祖父極力堅持，才考入七寶寺高等小學，得以有讀書的機會。但是鄉間交通不便，七寶寺高小與任先生所住的村子相距二十幾里，所以每星期日下午出發，自己背負一週需用的柴米，步行到校，週六返家，在校住宿，自炊而食，經常是日食二餐，生活之刻苦，可想而知，那時的任先生不過年僅十四、五歲。

高小畢業後，考入南充縣立中學，那是全縣唯一的中學，由家到校要一百餘里，無法像高小時每週返家負米自炊，因此必須在校食宿，這些學雜食宿費用也全靠村中長老和師友們接濟。任先生在南充中學四年，潛心讀書之餘，對世局時事的關心，可以由他的中學作文簿裡窺見，其時正當袁世凱稱帝、護國軍起義、軍閥猖狂、「廿一條」和「美日協約」簽訂的時代，他在「日美協約感言」這一篇作文裡，憤慨的表達自己的意見：「日美協約者，即日本宣佈對我國門羅主義，現經美國承認者也。嗚呼，是直埃及我也；朝鮮我也。夫美人對美洲之門羅主義，所以保美洲之和平也，蓋恐歐人角觸及地而起爭端也；日本對我國之門羅主義，則所以排歐人干涉中國，而殖民華夏也。」另一篇「恢復地方自治芻議」中則說：「我國前清之末，已有地方自治之設，民國成立，乃沿其舊，及袁賊政府包藏禍心，乃與國會同時停止，今共和復活又閱年矣，各項事業皆不乏恢復之舉而獨置地方自治爲緩圖焉，……夫地方自治，民主國之精神也，民國而無地方自治則何以爲共和，何以爲民主。」②以一個年方弱冠的青年，對世局時事能有如此深刻的識見，實在是不可多得。

南充中學畢業之後，先到北平法文專修館讀書，再參加勤工儉學至法國，其間受到四川省長張瀾的照拂，給他撥了筆公款做旅費。到法國之後，一面在工廠當學徒，一面進修法文，前後有五年的時間，然後再轉至莫斯科進入孫逸仙大學；停留一個短時間之後，便取道回國，那一年是民國十五年。任先生回憶他這一時期思想的轉變歷程說：

「我於民國九年赴法勤工儉學，到工廠勞動，由學徒而工人，我底專業是銼工，共勞動了二年半。因此，同情工人，遂由原來的資本主義思想走上社會主義道路。像我這樣的，在一千勤工儉學生中有三百人，先後參加旅歐中國共產主義青年團。但爲中國當前的需要，均加入國民黨，從事國民革命，我也是這樣。而且我在兩個團體內俱編雜誌，主持宣傳工作。

回國之後，我住在廣州，一面參加共產黨底工作，一面也參加國民黨底工作。後來因國民黨清黨，自然脫離了國民黨。由於共產黨實行盲動主義，盲動底結束，大批黨員被捕，甚且被殺，也自然脫離了共產黨。當時深感盲動主義之不當，它以黨員爲犧牲，以羣衆爲芻狗。孟子說：『不仁哉，梁惠王也。』，我說：『不仁哉，共產黨也。』」③

民國十七年底，任先生擺脫了一切政治活動，隻身到成都，十二月十日創辦了「科學思想」旬刊，他所撰寫的發刊辭中有這些話：「介紹科學方法到思想界作研究底新工具；拿科學方法去測量一切思想；用科學的方法啟發青年底思路。……以繼續並完成『戊戌』、『五四』以來思想界底破壞和建設。」從他撰寫的發刊辭中，可以看出他不再盲目的相信主義，而用科學方法去批判和研究一切思想。自創辦「科學思想」旬刊起，任卓宣先生開始了他的長達五十餘年的著述及研究生涯。

民國十七年之前，任先生的著述幾乎遺失殆盡，據他的回憶大概出版了五冊書、文章五十餘篇，約三十萬字左右，但那些著述是思想的「摸索」階段，以後也未收入著作年表之中。及至到成都辦刊物後，才專心寫作，這段時間內，任先生共發表了一百五十餘篇文章，內容則包括科學、哲學、歷史、經濟、政治等各方面問題。民國十九年夏，他應王集叢先生之邀，到上海參加「辛墾書店」，任總編輯，次年二月一日創辦「二十世紀」月刊，創刊號的「卷頭」上標明為：「科學的、批判的、綜合的理論雜誌」。任先生乎乎包辦了「月刊」的文字撰寫，創刊號上他一人就寫了十篇文章，用四個筆名發表，其中以「葉青」這個筆名日後使用最久，也最為人所熟知。至民國二十三年冬，「二十世紀」停辦止，任先生共計發表一百零三篇文章，另外翻譯了三本書，寫作三本書，均由「辛墾書店」出版。其中以「胡適批判」、「張東蓀哲學批判」，最為著名，這兩本書銷路甚廣，楊家駱在「民國以來出版新書總目提要初編」中有這些話：

「『胡適批判』，葉青著，是書乃聚集葉青在『二十世紀』雜誌上底若干論文而成。不過這些論文在最初作時就採取書底形式，所以全書非常一貫。作者以胡適為『五四』以後個人主義文化底代表，故他將胡適數十年所著的書和文凡二百餘萬字，加以仔細的分析。內容分六大部份：哲學方面底胡適；科學方面底胡適；思想方面底胡適；政治方面底胡適；文學方面底胡適；國故方面底胡適。全書分上下兩册，約六十萬字。」

「『張東蓀哲學批判』，葉青著，這書是作者葉青把張東蓀哲學著作檢討過後寫出來的。全書分爲五部份，先考察張東蓀在哲學方面底意見，如哲學底意義、性質、作用等；其次考察張東蓀哲學底體系；其次考察張東蓀在倫理哲學方面底意見；再次考察張東蓀在數理與因果律方面底意見；以後考察張東蓀在物質論方面底意見，全書凡五十萬餘字。」

因爲「胡適批判」涉及文學的部份，任先生開始著手於文學理論的研究和批刊。他認爲「文學革命」是歷史的必然，因爲社會進化，分工細密，「文學於是由總攬的地位退縮而爲一個部門，文章底研究是少數人底事，一切科學家和哲學家、藝術家以及一般人，只要寫得通順（合文法）就好了。中國底文言就是在這種情形下被推翻，白話也就由此代它而成爲寫作底工具。」⑤而做爲文學革命的倡導者胡適所主張的「八事」（以後改爲「八不」），陳獨秀認爲「講求文法」和「言之有物」兩項不妥；任先生認爲「不做無病呻吟的文字」也是多餘，於是「八不」變成「五不」。但不論「八不」或「五不」，都只是白話文學的形式，文學革命不能止於形式上的革命，必須進而發展內容上的革命。任先生以爲陳獨秀負起了這個任務，陳獨秀的「三大主義」：「推倒雕琢的阿諛的貴族文學，建設平易的抒情的國民文學；推倒陳腐的舖張的古典文學，建設新鮮的立誠的寫實文學；推倒迂晦的艱澀的山林文學，建設明瞭的通俗的社會文學。」任先生讚揚說這是真正的「文學革命」宣言，不僅把胡適「八不」包括其中，而且具體的提出綱領，爲文學運動立下建設的方針，他說：「陳獨秀底文學革命論是反對古典主義，主張寫實主義，那麼文學革命就是以寫實主義代替古典主義的運動了。」⑥任先生認爲，沒有陳獨秀的「三大主義」，「八不」限於形式上改良，缺乏內容，使文學革命失掉目的和原則；歸結到寫實主義，文學革命才取得它的意義，這個評價相當中肯，爲日後研究文學史者所接受。

不過必須指出，任卓宣先生在上海時期所做的研究和批判議論文字，均非對人而發，他與所有被批判的對象，都不認識，也從不用惡意的態度和刻薄的言辭譏諷，對於胡適的批判亦復如是，他承認胡適提出「八不」，主張白話的貢獻，認爲其「自有其地位」⑦；也讚揚他的「中國哲學史大觀」上卷爲力作，但由於思想觀點的迥異，任卓宣先生對自由主義和個人主義始終是持反對的立場的。

早在民國十八年，任先生在成都辦「科學思想」旬刊時，就注意到文學與哲學相互關係，曾寫過「文學與思想」一篇論文，到上海之後，應復旦大學中國文學系主任伍蠡甫之邀，演講「文學與哲學」，紀錄稿刊於上海「文學」月刊四卷二期，其後又再加以補充，寫成「再論文學與哲學」一篇刊於「世界文學」雜誌一卷四期，由於伍蠡甫爲「世界文學」雜誌主編，時常邀稿，遂先後發表「世界文學的展望」、「徐志摩論」、「郁達夫論」、「文學與政治」、「魯迅論」等多篇，其中「魯迅論」已佚，其他各篇收錄到「文學與語文」一書中，民國五十五年由帕米爾書店出版。

任先生在哲學思想方面用力甚多，因此他常以哲學的方法思考文學，所以主張內容決定形式，他說：「文學底頭一個問題，就是認識事實。要認識，才能描寫，文學底本質，是以事實來表現思想，寓思想於事實。要認識事實，分析事實，一定需要方法。這在今天，大家都已承認了。因爲方法是認識對象的工具，沒有它，就好比解木不用鋸，是無可能的。方法從什麼地方來呢？唯一的是從哲學來，離開哲學，就沒有方法可言。」⑧基於這個觀點，他批評：「徐志摩的作品是形式勝過內容」；而郁達夫的哲學「是整個地陳舊，很明白的是以個人主義爲核心，文藝在他只是作家個人底自傳。」對於魯迅，他批評說：「只暴露黑暗，而沒有透露光明，因此對事實不曾批判，對時代要求不曾提出。『阿Q正傳』幾乎只是嘲笑辛亥革命的作品，他沒有描寫——附帶的描寫——一件真正革命的事；一個真正革命的人，總括地說缺乏理想。要面面顧到，就有需乎哲學，而且有需乎正確的和高級的哲學。」⑨

任卓宣先生在民國二十六年六月出版的「為發展新哲學而戰」一書，其序言中說：「我自一九三一年以來得出有幾個意見，如：哲學科學統一論、物質論觀念論統一論、哲學消滅論、思維科學論等等，因此引起了一種非難。」所謂「非難」實際上是「圍剿」，這種「圍剿」倒不是來自胡適、張東蓀，而是「左翼」的共黨「理論家」們，自民國二十三年到二十六年間，「左翼」的「圍剿」十分猛烈，以致於「二十世紀」和「辛墾書店」的股東們受到壓力，任卓宣先生便退出書店，和友人鄭學稼、吳曼君、李麥麥等，籌款另組「真理出版社」，這一段經過，在鄭學稼先生的回憶錄：「我的學徒生活」中，敘述甚詳，此處不贅。至於「左翼」何以要「圍剿」任先生呢？任先生說：

「當時我對黑格爾底辯證邏輯甚為喜愛。這個邏輯强調矛盾，其實是意味著對立物統一。辯證法與形式邏輯二者是對立物，我主張統一之為綜合邏輯。唯物論與唯心論二者也是對立物，我主張統一之為物心綜合論。哲學與科學二者同樣是對立物，我主張統一，那麼哲學變成科學的哲學，原來的哲學是哲學的哲學便趨於消滅了。意即宇宙論和人生論成為自然科學和社會科學之總結，認識論成為思維科學，哲學底獨立便失其必要。這是我所得的新見解之由來和大意。但是這些都與共產黨相反。共產黨是主張辯證法而反對形式邏輯的，主張唯物論而反對唯心論，並且强調哲學，大以其辯證法的唯物論，翻譯了很多，同時也出版了一些通俗小冊，如艾思奇之『大衆哲學』等。因此，他們寫了很多文章批評我，我也寫了很多文章批評他們。同時，我還在馬克斯和恩格斯底著作中找出一些合於我底見解的言論，以表明我底見解之正確。然而這樣一來，更引起了共產黨底憤怒。」⑩

共產黨人的「憤怒」，可以由陳伯達、艾思奇等二十餘人的五十九篇圍剿文字看出，日後艾思奇還整理出版了「葉青哲學批判」一書。在文字論戰以外，共黨用「反動」、「托派」、「帝國主義鷹犬」之類的譭謗，亦不勝枚舉，與任卓宣同時代的鄭學稼先生和胡秋原先生，都有過相類似的經驗。不過共黨特爲忌憚者，還是任卓宣先生，大陸淪陷前後，共產黨宣佈的「戰犯」名單，葉青高居其中，可見嫉恨之深。

民國廿六年抗戰開始後，任先生的研究和著述轉移到抗戰問題和三民主義方面。由於研究三民主義，他拿共產主義與之比較，寫成「中國共產黨底存在問題」，從歷史的發展徹底否定中共，同時進一步肯定三民主義的必然性，民國二十六年以後的任卓宣先生成爲三民主義的信徒，潛心於三民主義理論的研究垂五十年之久。他在文學方面的論著也以三民主義爲觀點，其代表性作品如：「三民主義與文學」、「論人的文學和自由文學」、「文學革命底形式和內容」、「戰鬥文學底問題」、「今後的文藝問題」、「文藝政策論」、「國父底文學思想」等。

任先生仍然本著他過去一貫的思想方法，認爲：「文學離不開思想，無論從內容上說和形式上說，都是這樣。思想之合邏輯，成系統的，叫做主義。……文學必須合邏輯、成系統。小說和戲劇如此，散文和韻文亦如此，雜亂無章的作品不能說是文學，所以文學必須要主義。」然而，「主義很多，有國家主義、世界主義、民主主義、極權主義、資本主義、社會主義等等。文學需要什麼主義呢？很明白，是合於中國情形和世界潮流的主義，這就非三民主義不可了。……所以文學需要三民主義。」⑪

民國四十七年五月四日，胡適在中國文藝協會發表演講，主張「人的文學」和「自由的文學」，任先生不同意這些論點，爲文反駁，他說：

「人的文學雖是正確，卻又不夠得很，因爲人乃與非人相對而言，即是物相對而言，沒有好多內容。所以胡適解釋人的文學，說得異常簡單。他底理由就是『人味』、『人氣』、『人格』。這不過是三個口號而已，而這三個口號，第一是人，第二是人，第三還是人。總之，人的文學就是人的文學，這有什麼意思呢？三民主義者不能滿足於此，他要從民族主義、民權主義、民生主義底立場來觀察人。」「現在拿自由的文學來說，文學不僅是人爲的，而且是出乎人底自由創作，並不由勉强而來。……這種見解我們很贊成。……但是自由的文學是不是說：『政府對於文藝應該完全取一個放任態度』，而『不能由政府來輔導，更不能由政府來指導』呢？胡適以『是』爲答，我們則以『不是』爲答。很明白，自由的文學只應反對政府壓迫作家，不應反對政府輔導作家。原來輔導與壓迫不同，輔導是輔助和指導，爲幫助之意，並無害於自由，反有益於自由。」⑫

在文學的理論思考上，任卓宣先生反對「文學至上論」，亦不贊成「爲文學而文學」。早在民國二十四年時，任先生就在「世界文學」一卷四期中發表了一篇「文學與政治」，副題是「文學底作用」，他對「文學至上論」和「文學功利論」作了一番考察之後，獲得的結論是：「文學是有用的；而作用之所在，則在政治。」他認爲，文學供用於人，自身並不是目的，如果說文學的目的是維持社會或改造社會，則這實際上是一種政治行爲，所以文學與政治有關，「爲人生而文學」可以寫成「爲政治而文學」。固然，在人生中，文學的作用當不止於政治，基於交互作用的原則，它可以作用於一切，如經濟、法律、道德、風俗等，但對這些事項的作用中，以政治爲最大，因此任先生說：「爲政治而文學底命題，就是文學功利說底具體口號」。而「文學至上論乃是一種拜物教的思想。」⑬

不過，任先生特別强調，「文學至上論」也並非全然没有道理，因爲文學家之於文學，「確然有毫無所圖的事實」，不是因爲文學對他個人有什麼作用才從事文學，他可以因興趣之所在而爲文學。然而「在論及文學的作用時，不應對作家個人來說；而應該對社會上的人來說」，由這個論點出發，他認爲文學要配合社會現實，要反映時代要求，才有它的意義，他主張三民主義的文學，可以說都是這個論點的引申。

任卓宣先生主要的研究撰述以哲學、科學、政治思想和三民主義爲主，文學方面的著述大概不超過三十萬字，在他的全部著述中，比例甚小。民國七十四年，任先生九秩華誕時，筆者曾經統計了他的一生著作，計出版書籍一百十一部；發表文章兩千五百餘篇，總字數達兩千餘萬字⑭，對任何人而言，每天寫一千字，需「兩萬天」才能完成「兩千萬字」，這需要五十五年半的時間，任先生的寫作生涯可以說是殫精竭慮，產量驚人了。正因爲如此，任先生的文學論著常受到忽視，人們常注意他對共產主義理論批判和三民主義理論闡釋的著作，殊少注意他對文學理論的一套見解。另一個原因是，大多數文藝工作者先入爲主的接受了個人主義和自由主義的影響，絕少自三民主義的觀點衡量文學作品。即或認同於三民主義，但往往不願發揮在文學作品上或文藝理論上，任先生則乾乾脆脆的說：「爲政治而文學」、「爲三民主義而文學」。

4

任先生出身在貧困的農家，成長於憂患的環境之中，他的一生是困知勉行的典型，除了讀書、寫作、講課之外，沒有休閒的生活。任先生的友人都說他是過著「理性的生活」，鄭學稼先生說他「似苦行僧」，都是事實，而且數十年如一日，未嘗稍改。待人接物亦復如此，任先生自已說：「若談話，必談政治、經濟、學術等事。他人談及飯菜、酒肉及味道，我不大附和，有時則扭轉話題。」⑮他是主張從生活中實踐三民主義的人，所以言必以主義思想爲中心，他不能接納個人主義及自由主義的思想，可以說其來有自，正是因爲任先生從不重視「個人」，所以他的思想無論哲學或文學，都不是從個人爲出發點，而是以社會爲出發點，任先生的理想社會是三民主義社會，所以他主張三民主義文學，可以說也是一種必然。關於任卓宣先生的文學思想，就敘述到這裡爲止。最後謹恭錄任先生少年時期作文手稿中，「感懷二絕」後一首爲本文作結。

思欲無邪心欲正，爲家爲國責非輕，
常思我是名人字，覈實庶無忝所生。

（原載於75年12月「文訊」27期）

註釋

①見任先生：「我底節約生活述略」，刊載於「古今談」一一八期，民國六十四年二月號。

②見「任卓宣少年習作手稿」，帕米爾書店，民國七十四年四月初版。

③見任先生「自傳」：「我爲什麼反共？」一節，刊載於「任卓宣先生評傳」續集。帕米爾書店，民國六十四年四月初版。

④楊家駱，「民國以來出版新書總目提要」初編，民國二十二年七月初版。轉引自任卓宣評傳續集，六〇二頁。

⑤見任先生：「語文論戰總清算」，刊載於「文學和語文」，帕米爾書店，五十五月九月初版。

⑥見任先生：「胡適論」，刊載於「文學和語文」，帕米爾書店，五十五年九月初版。

⑦同右。

⑧見任先生：「文學與哲學」，刊載於「文學和語文」。

⑨同右。

⑩見任先生：「我在上海反共之回憶」，刊載於「任卓宣評傳續集」。

⑪見任先生：「三民主義與文學」，刊載於「文學和語文」。

⑫見任先生：「論人的文學和自由的文學」，刊載於「文學和語文」。

⑬見任先生：「文學和政治」，刊載於「文學和語文」。

⑭「任卓宣先生底著述」，「政治評論」四十三卷二期，民國七十四年四月廿五日出版。

⑮同註①。

陳紀瀅「華夏八年」評介

〈任卓宣作品選〉

友人陳紀瀅先生是名小說家。他雖然參加立法工作，非常之忙；却努力寫作，爲自由中國之一多產作家。單就他來臺以後而言，便出版了「荻村傳」、「賈雲兒前傳」、「赤地」、「華夏八年」等書。在小說以外，他還出版了「寄海外寧兒」、「報人張季鸞」、「歐遊剪影」等屬於散文一類的著作。他這樣的努力，實在令人欽佩！

尤其令人欽佩的，是陳先生底「華夏八年」一書。這部書有五十幾萬字，比他來臺所寫各書說來，是最大的一部。不止於此。就自由中國小說方面所出版的長篇小說而言，「華夏八年」也是最大的一部。而且它所描述的題材，是抗戰八年，實爲中國歷史上的大事。像這樣的大事乃是不能沒有小說來作文學上之記載的。文學要反映時代，如何可以忽視抗戰？然而抗戰勝利以來有十幾年了，尚無此類文學著作。現在有了，就是「華夏八年」。可見此書底重要。

這就不能不評介一下。但是它出版以來，尚未見有好多評介的文字。我是從事思想工作，亦有時評論政治，對於文藝實在是外行。現在受朋友底慫恿，寫一篇充數。希望抛磚引玉，使一部反映時代的巨著，引起社會底注意。

「華夏八年」是以華世輔和夏維中兩家爲主，旁插入劇藝社、雜技團、曲藝園、平津學生團、民大、保育院及其它機構。出現人物，有姓名的，約九十個之多。華夏兩家是代表中國的，因爲中國原有華夏之稱的原故。這兩家底生活和思想，是一舊一新的。但舊的後來已漸開放，新的則有誤解及散漫之失。這表示中國處於新舊交替的變革時代。陳先生以這兩家從民國二十六年南京失守逃難到重慶，後於三十五年國府還都時回到上海和北平，中間所經過的八年，來表現抗戰底一切。這是非常對的。

八年爲時很久，中國爲地很大，抗戰時代爲事很多，陳先生寫得有條有理的，讀起來好像很好的山水人物圖，覺得山是山，水是水，人是人，物是物，非常清晰，如臨其境。故事和人物雖多，却又各有交代。敍述起來，沒有板滯、平淡之失。正面側面，重點不同；或明或暗，出沒無常。有時「如平川尋勝，突遇奇峯」；有時「也如黑夜行舟，忽然明月高懸。」何容先生稱說書中葉靈的話，大可以拿來稱說書底技巧。「華夏八年」是成功的。

寫長篇小說如本書，不僅需要技巧，而且需要經驗、見解、學識、思想。著者底技巧固然純熟，而經驗、見解、學識、思想也是豐富而深刻，並且又很正確。這裡，我想分別說明一下。

從經驗來講。書中的人物幾乎各式各樣都有，如軍人、官吏、學者、教員、作家、詩人、畫家、演員、學生、商人、拳師及各種藝人等便是。以年齡和性別而言之，則男女老少，也很齊全。至從故事上說，則涉及各種活動或各種行爲。這是非經驗豐富莫辦的。當然還需要一般的社會經驗和政治經驗。著者具備了這些，所以寫得近情近理，而且深刻。葉靈任兒童保育院院長征求同事意見所得到的種種看法（四一〇至四一三頁），就是一例。

從見解來講。著者對於人情世故，觀察入微，富有見解。書中人物底對話，都說得很有道理。例如這一段：「夏紫棋道：『……我總覺得，不愛回憶的人，其人必冷酷無情！』錢韻琴緊跟著說：『只愛回憶，不往前看的，其人必少理想。』張亞男忙插言：『歷史就是活生生的事實。耳聞目睹的歷史事實，令人回憶起來，越發親切。……憑真實歷史，展望前途，豈不比空想可靠？』……」（七一九頁）。這三個人不都各說得深刻嗎？

拿學識來講。著者了解的學識很廣博，是做了一些研究工夫的。例如華老太太對於中國畫的講解（三六〇至一頁）和她自己對於畫的看法（六七三至四頁），華小輔和黃玉對於曹禺「北京人」劇本的討論（三〇一至七頁），都可作為證明。其中很多地方富有哲學意義和科學意義。書中描寫共黨份子對於非共青年的思想鬥爭，表明著者了解共黨情形及其理論。總之，沒有廣博的學識，不能寫「華夏八年」。

拿思想來講。本書有思想，並且正確，而沒有『抗戰八股』和『口號文學』之失。所謂思想，當然是民族主義。因為抗戰根本是民族主義與帝國主義之爭的緣故。這從青年遠征軍夏繼綏信中明白而堅定地表示出來（四二二頁）。同樣也主張民主自由。因為抗戰中的共黨區域已實行極權奴役，引起「民先」學生底反對了。其投奔自由而成功的夏紫棋、錢韻琴、張亞男，則決心為民主自由和國家民族而奮鬥。本書在抗戰之末和勝利之初，對於她們寫得很多，而且還不限於她們三人呢！

以上都是本書底優點。它以著者底技巧、經驗、見解、學識、思想來寫抗戰大事，以表現一個空前的時代，使得本書在自由中國底小說界成為重要的著作，獲得特殊的意義。

但是本書也有一些缺點。第一，本書描寫抗戰八年，從南京失陷之時開始，不如從蘆溝橋之役開始為好。這是事實，也是英勇的應戰。其後的淞滬之役，也不應除出八年之外。第二，描寫抗戰，對於八年之中的重要戰役，如前述淞滬之役及臺兒莊之捷，長沙之勝利，衡陽之保衛等，本書並未選擇一、二個作正面的描寫。第三，對於軍人，只把軍官說及多次，並未從事軍事上作正面的敘述。至於兵士在戰爭中和生活中的情形，根本沒有提及。第四，八年抗戰中的工人和農民，貢獻很大。尤其農民出穀子和壯丁，是支持八年抗戰的主力。本書對於他們沒有描寫，也沒有提及。第五，書中主角和配角俱由東北和關內一隅來，華家也是住在北方的。東南、中部、西南和西北，似乎沒有一個人穿插進去。這就未把全國抗戰底事實表現出來了。有人以爲本書對於共黨描寫得少是一缺點，我則不以爲然。對於共黨底描寫恰到好處，多不得。共黨對於抗戰原無何種貢獻，不需多加敍述。

此外還有一些缺點要說出來。第一，說「馬賽曲引起法國大革命」（一一九至一二〇頁）的話，與事實有距離。因爲馬賽曲是發生於法國大革命之中，倒是爲後者所引起。第二，陳薏到相國寺會黃玉時，「已近黃昏」（四七九頁）。乃經過品茗、做菜、喫飯以後，「他倆挽臂把相國寺大街小巷都走遍了，引得當地老百姓們都在背後……投以艷羨的眼光」（四八三頁），好像又在白晝。如謂夜游，但在前面已表明相國寺用桐油燈，街上是無電燈的。這在時間上似乎有不配合之處。

當然，這兩個缺點是細微的；前五個缺點比較重大。雖然如此，它們於本書已達到的成就，並無損害。究竟我所謂缺點是否有當，也是問題。因爲我對於小說，讀得很少，實在是外行話。希望批評家與陳先生加以指正。

（原載第五卷第一期「政治評論」）

●**蘇雪林**，安徽太平人，民前十五年生於浙江瑞安，筆名有綠漪、杜若等。安徽第一女子師範、北平高等女師畢業、法國里昂國立藝術學院肄業。曾任小學教員，東吳大學、滬江大學、安徽大學、武漢大學教授，來臺後任師範大學、成功大學教授。曾獲教育部文學獎、中山文藝獎、國家文藝獎等獎項。著有論述「唐詩概論」、「屈賦新探」、「楚騷新詁」等十餘部，小說「棘心」、「天馬集」等，散文「綠天」、「青鳥集」、「歐遊攬勝」等，另有劇本、雜文、傳記、翻譯等作品多種。

■黃章明

壯麗如史詩般的生命

筆耕一甲子的蘇雪林女士

提起「蘇雪林」，凡是愛好文藝的人，無論男女老幼，沒有不知道她和敬愛她的。她的文章，自大陸二、三十年代以來，就被各書局選作國文教材，而博取了無數學子的喜愛；尤其「綠天」中的幾篇散文和「棘心」這部自敘傳小說，更是膾炙人口，風行不衰。

即在今日，自由中國衆多的女作家，也無不尊她爲前輩，事她如導師，這固然是由於她乃五四時代碩果僅存的一位作家；同時，即以她在文壇上的享譽之久、學養之深來說，大概也是在女作家當中並世難儔的吧。

在當時那個社會裏，像她這樣能夠突破舊禮教的伽鎖和封建的藩籬，走上時代的尖端，接受新式教育，並遠渡重洋到法國去汲取西洋文化的，試問能有幾人？回國後，又能一方面致力於教育工作，一方面孜孜於文學的創作與研究，始終不改其志，而致著作等身，桃李滿天下，確是難能可貴。

在慶祝五四文藝節一片檢討新文學運動成果聲中，我們且們來展讀這位在五四時期即已開花的前輩作家那壯麗如史詩般的生命，除了可以帶給我們一份感奮激勵之外，也該是一件很有意義的事。

●爲升學不惜「打仗」

蘇雪林，原名蘇小梅，後因升學北京高等女子師範，不好再以「小」自居，於是去「小」而改稱蘇梅，雪林是其字；但又因單名有著種種不便，復以字行。

至於她的筆名，先後用過的有綠漪、杜若、一鶚、天婴、野隼、老梅、春暉、梅雨、頌三和靈芬等，其中以「綠漪」最爲著名。

她是安徽省太平縣人，民國前十三年十二月廿四日（一八九九年）生。祖父蘇錦霞曾在浙江做過二十餘年的知縣，是一個謹守廉隅的循吏。父親蘇錫爵曾入學爲秀才，其後納捐爲道員。母親杜氏，是舊式家庭出身的一個以賢孝著稱的典型女性。我們只要一讀雪林先生的自傳小說「棘心」，就可明瞭她母親一生的淑德懿行，究是多麼值得令人肅然生敬了。

蘇雪林自小生長在這樣一個家庭環境中，這對於她以後德智人格的發展，自有決定性的影響。

七歲開始，她隨同一姊一堂妹，跟著一老族叔，在她祖父的衙署上房所設置的一門書房裏，讀了一、二年的書，認得了一兩千個字，於是就從她的叔父和哥哥們那兒，借來一些通俗小說閱讀，如是日復一日，靈智漸開。

在這個兒童階段，她不僅讀畢「薛仁貴征東」、「羅通掃北」、「西遊記」、「封神演義」、「三國演義」、「水滸傳」等說部；甚至還能夠略讀典雅的文言作品，如「聊齋誌異」、「閱微草堂筆記」，以及其他的稗官雜記之類。

嗣後，又由於她的叔父和哥哥們，先後都到上海進了新式學校，有的讀中學，有的讀大學，每年寒暑假回家總要帶上一些新舊圖書和流行報刊之類。由於此一方便，這就使得求知若渴的她，不僅在心情上爲之雀躍不已，且在精神境界與知識程度方面，亦日見提昇和充實。偶而試寫一些五七絶之類的小詩，亦復清新可誦。

因此，我們可以說，她的詩文寫作能力，於此時期，已經奠下了一個很好的基礎。那時她僅十二、三歲。

儘管蘇雪林在童年時期已如此自力勤學，但格於舊式家庭「女子無才便是德」的觀念，不但她的家庭從來没有給她進新式學校就讀的機會，即連她自己也不敢擅向家長提出如此的請求。辛亥革命爆發，她的祖父雖僅是個七品小縣官，却要做滿清忠臣，棄官赴滬當寓公，住了一年，生活即形拮据，民國二年春間，不得不挈眷回到故鄉嶺下；她這一房，又因她的父親工作上的關係而獨遷省城安慶。至此，才通過了她的一位曾經短期留學日本，而又思想比較開明的二叔的勸說，她的父親才讓她進了省城一個基督教辦的小學就讀。

這雖是她由舊式閨房走進新式學校的開始，但爲時也僅有半年，接着又因母親的遄返嶺下而宣告退學了。

在家鄉住了一年以後，她獲知安慶省立初級女子師範復校，並且已經開始登報招生。因爲唸女師毋須花錢，趁此良機，她遂向家長堅決請求，死活非要去升學不可。不湊巧的是，她的祖父業已病逝，這時候代爲主持家政的，却是被她目爲「慈禧太后」式的祖母，故此一請求的獲准，得來實非易事，她自己曾說：

「這不算是請求，簡直是打仗，費了無數的眼淚、哭泣、哀懇、吵鬧，母親軟化了，但每回都爲祖母或鄉黨間幾位頑固的長輩，輕描淡寫兩三句反對論調，便改變了她的初衷。愈遭壓抑，我求學的熱心更熾盛燃燒起來。當燃燒到白熱點時，竟弄得不茶不飯，如醉如痴，獨自跑到一個離家半里，名爲「水口」的樹林裏徘徊來去，幾回都想跳下林中深澗自殺，若非母親因對兒女的慈愛，戰勝了對尊長的服從，挈帶我和堂妹至省投考，則我這一條小命也許早已結束於水中了。」

唯其如此，她終於勝利了！她的祖母鑒於她的決心不可動搖，恐怕釀出悲劇，只好聽其自便而不再從事阻撓；她因乃隨著母親到達了省城，參加了省立初級女子師範的招生考試，而「蘇小梅」的名字，居然高踞榜首。

安慶省立初級女師的修業期限原定四年，但由於它是承接某個創始於民國元年只辦了一學期即因故停頓的學校而復校的，所以她要算是個插班生，只補考一回，三年半便畢了業。

她自入學以至畢業，成績始終居於全班之首。尤其國文程度特別優異，能詩善畫，於是才名大噪，深爲校內外人士所矚目。

民國六年，她畢業於省立初級女師之後，即被母校留在附屬小學任教，但她只在附小逗留了兩年，原因是不甘於做小學教師了此一生。於是又向家長提出了繼續升學的要求，以致再度引發一場戰鬥。據她自己說：

「這一仗打得比考初級女師時候更加激烈。雖然彼時頭腦已漸複雜，不致萌生自殺念頭，然而多日的憤鬱憂煎，觸發了幼時潛伏頸項的瘰癧，紅腫潰爛，痛苦萬分，其去死亡亦僅毫髮之間而已。」

原來國立北京高等女子師範，於民國八年改爲本科，並設立各種學系，登報招生。蘇雪林獲知此一消息後，認爲這又是她不必花錢，且能求得更高學問的良機。唯當她以此事請求於其祖母時，她的祖母竟以婚嫁爲由（因她早已由祖父作主許配給一家原籍江西南昌，而其時正在滬上經商的張姓人家了），斷然予以拒絕。

於是，她與尊長之間，遂又因此導致了再度的、更加激烈的戰鬥，她也因此而生了一場大病，使得尊長不僅不敢再向她逼婚；而且還讓她到了北京。於是她由「蘇小梅」改名爲「蘇梅」，考入了高等女子師範，滿足了她的升學願望。

當她進入北京高等女子師範的那年，由五四而引起的新文化運動，尚在熱烈進行着。她在講堂上所接受的雖還是說文的研究、唐詩的格律，但整個心靈已捲入那場奔騰澎湃的新文化怒潮之中。不久，她亦以「五四人」自命，開始在益世報婦女週刊發表白話文章。

這一時期，可說是她學問定向和思想準則的一個轉捩點。

●長達半世紀的教書生涯

國立北京高等女師的國文系的畢業期限，原定三年，但她只讀了兩年，又因考取了吳稚暉、李石曾在法國里昂所創辦的海外中法學院，隨即出國深造去了。這是民國十年秋間的事。

她到了法國之後，本來是預備放棄文學改習藝術的，但頭一年由於身體的多病，而擱置下來。這段期間，她一方面休養身體，一方面補習法文，並對法國文學的攻讀致力頗勤。第二年，她由中法學院正式轉入里昂國立藝術學院，但只學了一年的畫，就又因爲母親重病而輟學回國了。

回國以後，她奉母命和學工程的張寶齡先生結了婚。丈夫性情十分冷酷，是一個實利主義者，因她做事賺的錢要津貼母家而深致不滿，婚後的的生活遂不十分愜意。但這一缺憾並不曾使她懷憂喪志，(她曾宣言人生的境界甚廣，愛情也不過其中一端而已，爲區區愛情而否定全部人生，實爲不智而可笑。所以她頂瞧不起一般所謂的愛情小說。)反而使她更專心致志於創作與研究，同時更展開了長達半個世紀的教書生涯。

民國十四年，她先在蘇州景海女師和女中教了一個時期的國文，後來在蘇州東吳大學、上海滬江大學教授中國文學。十九年，轉至新成立的安徽大學執教。二十年，受聘爲武漢大學教授，在珞珈山上一住就是八年；抗戰軍興，隨校西遷，在四川樂山渡過八年的艱苦歲月。勝利後第二年，重回武漢珞珈山。

不久，赤燄迫近長江，她離開了任教達十八年之久的武漢大學，奔上海，住了將近三個月，京滬情勢復急，乃乘最後一班輪船到了香港，在香港真理學會當了一年的編輯。

卅九年，她在幾個留法老友的召喚下，再赴法國，在巴黎大學法蘭西學院研究神話二年。

四十一年，應臺灣省立師範學院（師大前身）之邀返國，重登杏壇。四十五年，臺南工學院改制爲成功大學，又應聘任教，直到六十二年退休。這中間，由於五十一年時她有一年休假，曾赴新加坡南洋大學講學了一年半（本爲一年，後因新加坡學制與臺灣不同，遂又向成功大學請假半年，所以爲一年又半）。

總計先後擔任大學教席凡四十八年，如果連小學、中學也算，恰好是五十年整。這種誨人不倦、嘉惠後學的精神，實足令人感動。

站在教育岡位上，她總是對學生循循善誘，遇到有疑難的問題，她也一定耐心地解釋清楚。她很鼓勵學生寫作，並且細心的爲他們批改。

她上課從來不遲到、不缺席。每當上課鈴一響，我們這位女教授便提著陳舊的書包踏進教室來了；下課鈴響了，却還不知覺地滔滔講著，直到學生告訴她，她才說一聲：「啊，下課了？」然後才笑瞇瞇地提起書包踏出教室。

凡是上過她課的人，大多會沉醉在她那慈祥風趣而又精闢的言談裏，而没有不敬愛她的。在她滿門桃李中，學有專長、才有獨擅的，大有人在，如現已去世的名哲學家謝幼偉教授，便是她早年任教於東吳大學的及門弟子之一，終生對她以師禮相待。由此也可看出她春風化育之感人了。

蘇雪林在留法返國之前，即已決定將以文藝創作和著述爲其終身職志，所以她在國內大學開始任教後，即同時展開文藝創作與學術研究的工作。

民國十七年間，她的第一本學術著作「李義山戀愛事跡考」（現已改名「玉溪詩謎」）和文藝處女作「綠天」，幾乎同時出版了。前者撥開了李商隱集子中一些難解的無題詩的迷霧，甚爲學界所注目；後者則和翌年出版的「棘心」，變成了當時讀者爭相購閱的作品。

「綠天」，是爲紀念她的新婚生活而寫的；「棘心」，則是寫她留法期間的心路歷程。這兩部作品，都洋溢著一股清新而純潔的熱情，文字活潑鮮麗，抓住了無數年輕人的心，也奠定了她新文藝作家的穩固地位。

從此，她即堅守在寫作的岡位上，孜孜不懈，一生不移。不管以後的工作環境有何變動，生活有何顛沛，身體有何病痛，她都黽勉從事，從不停筆。迄今爲止，筆耕長達六十年，一共出版了三十八部書，其未收入者尚不知凡幾。

而在這些已出版的作品當中，內容真是包羅萬象，有小說、戲劇、散文、雜文、傳記、文藝批評、翻譯、舊詩詞、學術研究等，她彷彿有三頭六臂，居然無所不寫。由此，我們亦可窺見她學問的淵博，和鑽研著述之辛勤。這些著作，誠如葉蟬貞女士所說：「每篇文字的字裏行間，都閃耀著她智慧的光芒，灌注著她辛勤的心血。評論一個時代、一個民族、一個人的作品，不僅要靠作者的才情，還需要功力，還需要精闢的分析判斷，獨特的創見以及洗鍊的文學技術，蘇先生出版的三十幾種書，對上述諸點均能做到，所以每本書都很有份量。」（童心永保的蘇雪林）

●窮畢生心血的「屈賦新探」

在這麼多的作品中，她感覺比較滿意的文學作品是：「綠天」、「天馬集」、「人生三部曲」、「秀峯夜話」；學術著作是：「唐詩概論」、「玉溪詩謎」等。但最爲她自己所滿意、所寶愛的一部著作，也可以說是她所有著到中最重要的一部是「屈賦新探」，這部書共分四册，第一册「屈原與九歌」、第二册「天問正簡」、第三册「楚騷新詁」、第四册「屈賦論叢」；都一百六、七十萬言，均已先後問世，真可稱得上是皇皇鉅著了。

這部著作的學説，可説是石破天驚的「驚人之言」，與古今所有治楚辭者全然不同。她主張世界文化同出一源，而這發源地乃是西亞兩河流域，其後漸次向四方流傳廣布，遍及世界各地，千載以還，衍演的結果，各國文化便呈現出五花八門的歧異；但追溯源流，仍可以發現世界各國文化是自成系統，互相共通的。這種域外文化曾兩度來華，第一度在夏商之前，第二度則當戰國中葉，正值屈原時代。

屈原諸作，神話特多，雖在各種文獻上留下痕跡，奈時間過久，面目已漸模糊，故不爲人所識。如屈原九歌之主神即與齊地久絶之八神祭典有關，當時人並不知道。屈原曾出使齊國，又從鄒衍那裏獲得豐富的域外知識。所謂域外知識者，便是古代西亞的天文、地理、神話及其他各種知識。

由於蘇雪林抱著這樣的觀念，因此她便旁征博引，引用西亞、希臘、羅馬、印度等國的古代神話傳説來解釋楚辭。這種説法和研究方法都大異前人，而其運用資料之繁富，論證之精詳，也是歷代學者所不及的。於是，一向衆説紛紜、諸多懸解的屈賦，在她筆下，古今中外一爐而冶，終成了一部完美的著作。尤其她將那雜亂無章的天問整理復原，更足稱爲屈原功臣，也是她個人的千古偉業。從這部書裏，可以看出中國文化雖有官方與民間之分，其實是一體的；雖有域內與域外之别，其實也是整個的，將來大同世界果能實現，此書可算是一個鋪路的工作。

當然，她的這種研究路線和見解，也有人加以反對，但反對者似乎也說不出有份量的理由來，都只抱著中國在秦以前從未與域外交通，外來文化份子自無由進入的觀念而已。對於這些，她都淡然處之，她認爲一時的毀譽，對這部作品而言，是絲毫沒有增損的。

她這部屈賦的研究，自民國三十三年起，至六十九年「屈賦新探」四書出版完竣止，可說持續了三、四十年，即使在養病期間，亦未曾停頓，她一生的心血，可說多半灌注於這項研究了。

蘇雪林研究學問，自言幼年失學，所以學殖並非甚深，但她有善於「發現」的眼光，每讀古書輒有發現，「玉溪詩謎」是她的第一種發現，屈賦研究則大小問題幾及百種。所以過去「東亞病夫」曾孟樸先生曾戲稱她爲「學術界的福爾摩斯」。胡適先生嘗謂發現乃治學最大樂趣，蘇雪林一生味嘗這種樂趣次數獨多，無怪她沉迷於學術研究中，自稱此樂南面王不易也。

除了研究楚辭，她在別的學術問題上，也多持有新的見解。最顯著的例子，如向爲學者所推崇專注的紅樓夢原本，即被她認爲只是一件未成熟的作品，既談不上一個「好」字，更談不上一個「通」字。這種看法提出後，當年胡適先生曾寫信對她表示，說她有些話說得未免太過火。然而，她不像一些學者那樣人云亦云，敢於力排衆議，提出自己的見解。至於見解的對不對，是另外一回事，但這種尋求真理的精神，却是值得我們敬佩的。

●一生追求精神的滿足

「大人者，不失其赤子之心」，接近過蘇雪林的朋友，都會訝異於她的純真。她簡直就像個大孩子一樣，一點不懂世故。雖然奔波人海數十載，按說也算是飽經憂患了，但她却坦率熱情，毫無矜誇之氣。

也許就因爲是這種天性使然吧，所以她的是非感非常强烈，不僅愛憎分明，而且嫉惡如仇。凡是她認爲對的，必擇善固執，一往直前，但如遇有事關危及國家民族社會的錯失，她就會起而口誅筆伐，絕不寬貸；即使因而得罪了一些人，也在所不惜。這些，由她的幾次和人筆戰，就足足可以得到證明。

她的熱情表現在待人接物方面，便是富於同情心。她有許多親族的同輩或下輩，生活總是艱難，四、五十年以來，她支援不倦。她常把錢大量花在別人身上，但對待自己，却儉樸得近乎苛刻，不要說一生沒穿過幾件新衣衫，就是房舍中的一切擺設，那一樣不是已經到了報廢的程度。

可以想像，她所追求的只是精神上的「宗廟之美、百官之富」，而非物質生活的享受。

她常說，她自己是從舊家庭走出來的人；又說，自己是個足跨十九、二十兩個世紀的小人物。因此，她的思想或許非常新穎，但道德倫理觀念却很保守，甚至可說相當陳舊。

在倫常方面，她篤於孝親，每將自己所住的房子，名之爲「春暉閣」，或「春暉山館」，以表示對其太夫人的孺慕之情。

她也厚於手足之愛，對於胞姊淑孟女士的因老病去世，悲痛逾恆，好長一段日子，每晚臨睡時總要哭泣一場。這種深厚的骨肉之情，也是世所罕見的。

走筆至此，我們願意再特別舉出二件事實，來說明她爲人作風的一斑。

一是民國十九年以後，左翼文壇以魯迅爲盟主，大事叫囂，氣燄薰天，當時文人多半被誘或被迫投入其陣營，不然就會被視爲時代的渣滓，反動的異端，獨有蘇雪林敢於仗義直言，在各雜誌上力斥其非，結果惹得左翼嘍囉羣起圍攻，並封鎖文壇，所有文學刊物都不容她投稿，竟想扼殺或窒死她寫作的生命，這在他人或必倉皇失措而向左派屈服了，而她則處之夷然，毫不爲動，這豈非恆常人所難？

民國四十一年自法國回臺後，仍繼續寫她的反共文章，數十年如一日。其反共精神之熾烈，於此可見。

二是抗戰時期，她曾將自己多年教書鬻文、節衣縮食所積蓄下來的錢，購買了五十多兩黃金捐獻給國家。這對一個靠教書和爬格子渡日的窮文人而言，不啻是「毀家紓難」。

此外，她又寫了很多鼓舞青年從戎報國的文章，同時也激勵自己的甥姪們從軍上前線去，凡此種種，亦足以看出其愛國的赤誠了。

她不僅是一位十足的愛國主義者，而且還是一個虔誠的天主教徒。每一個星期日的上午，她都是在禮拜堂裏渡過。她並不迷信鬼神，只覺得一種真誠的信仰可予人們以莫大的安慰。這是她在留法時期經過內心一番相當大的掙扎而後所體會到的。

總觀上述，我們可以知道，集作家、學者、教育家於一身的蘇雪林，事實上就是一個理想與真理的追求者，一個充滿著愛和詩人氣質的人。她愛國、愛人、愛世界，愛宇宙的一切真、善、美。

目前，八十五高齡的她，孤單地住在成功大學簡單的單身宿舍裏，沒有伴侶，沒有子女，陪伴著她的只是滿屋子的書。每天仍在讀書、寫作，行動已需手杖扶持。

雖然生活無虞，但精神上總難免感到一份寂寞，幸好她那遍及海內外的學生，仍經常寫信給她，這該是在她退休生活中，最感到快慰的一件事吧。

（原載於72年7月「文訊」1期）

〈蘇雪林作品選〉

生平知己袁蘭子

我常說一生走了朋友運。我自己生性木訥，不善交遊，對朋友也沒施予半分好處，而朋友對我總是器重過分，愛護逾恆。我第一個結交的朋友，便是英國愛丁堡碩士國立武漢大學教授袁昌英。我和她「千古知己」談不上，因爲那只好神交古人而她却是現代人物。人生至多百年，她已長逝十幾載，我也在世之日無多，所以百年也不能說，只好稱爲生平第一知己吧。

袁昌英字蘭子，湖南醴陵人，我們民國十六年便相識。彼時同住在上海，因而我被邀在留英學者所辦「現代評論」上撰稿，友誼外又增加一層文字因緣。不久我赴蘇州景海女中及東吳大學任教，蘭子與她丈夫楊端六先生仍在上海，我們兩三日便通一封信，都寫得很長，蘭子常對我說：「你寫的信文采斐然，見解透徹，我非常愛讀。我把你的信封保存，現在已紮成幾大捆了。」但我是個粗心大意的人，她給我的信，初雖保存，後以屢次遷徙，却都付之散佚了。

王世杰雪艇先生奉命在武昌珞珈山辦武漢大學，所聘教授大半是留英舊同學，我不是留英的，蘭子在雪公前極力推薦，因之民國二十年我也上了珞珈。她在外文系，我在中文系，她住一區，我住三區，雖非一處，上課時却在校中日日見面。課餘之暇，兩家互相走動；喫飯喝茶聊天，日子過的很愉快。

蘭子精研希臘神話，又喜歡談。恰恰我也是愛神話之人，每要求她講給我聽，因之我便獲得了許多希臘神話的知識。抗戰最後數年，我們在四川樂山縣同賃一屋居住，我忽起了研究楚辭的興趣。知道想解決屈賦問題，非借助神話不可。蘭子所告訴我神話，僅限希臘部分，那是不彀的，要世界的才行。多方借了西亞、埃及、印度的原版神話書，生吞活剝地讀下去，遇着不懂之處，便請教蘭子。她也不憚其煩，不厭其詳地替我解釋。雖然我的屈賦研究經過了三十多年漫長歲月始得撰成，蘭子已不及見，但她當日協助之功實不可沒，我對她又安能不感念。

蘭子父親袁家普先生歷任財經要職，家本富裕，蘭子又是獨女，在家庭裏養尊處優，不可諱言是有一種「千金小姐」的脾胃。留英有年，又沾染了英國人矜重作風，講禮貌、喜尊貴。對言語粗率、舉止輕浮者每瞧不起。不過說也奇怪，這位千金小姐，遇着我這樣一個輕率人，她端的架子便立刻放下了。對我總是屈尊抑貴，處處遷就我、委順我。我生性戇直，有時不知輕重，說話衝犯她，甚至偶爲小文，嘲笑她這種小姐脾氣之可厭。此事若在他人，她一定受不了，說某人太不懂禮貌，是一種缺乏教養之人，從此再不屑與之來往，但對我却能百端優容，諸事絕不計較。初讀我文亦微不悅，旋即釋然，只說「雪林你這樣刻薄我，未免有傷厚道，我也自知那種脾氣不好，但自幼養成，改去不易，以後我要慢慢改掉。」

我生性冷淡，感情不易激動，故自號「木瓜」，她則熱情如火，如像冰山遇著她，也會燒灼得溶解。記得尚在珞珈山上時，有一次我因暑假回家兩月，返校時，到她家看她。她一見我，便驚喜萬狀地緊緊抱住我，口中連聲說：「雪林，你回來了！雪林，你回來了！想煞我也！」一面說，一面眼淚直流，好像見到經過千災百難數十年才晤面的老友一般。我這隻「木瓜」却木然然毫無反應，心裡反有些怪她舉止太突兀。覺得兩月小別，何至如此。可見我們兩人性情是一冷一熱，大不相同。

我同蘭子在武漢在四川相處一共十八年，若加上上海幾年，則有二十幾年了。其間瑣事，千端萬緒，一時無法說得盡，姑且從略。民國卅八年，赤燄迫近長江，我自計過去反共反魯太激烈，共黨到時必不爲所容，決計離開武大。在此前，我也曾勸蘭子也走。因她雖平日一心教書並未說過反共言論，但她丈夫楊端六乃國民黨員，又曾在國府膺要職；蘭子又膺選國大代表，共黨來必有不便。蘭子不聽，說抗戰八年，我們已由中產階級變爲無產階級，共黨來，我們怕什麼？況且我們現在已無力跟著政府跑，又能到那裡去？她反力勸我也不要走，說共黨馬上得天下不能馬上治天下。許多反共頗力的軍政要員都不走，你區區一個文人，共黨豈能記憶到你？你走，豈非庸人自擾？我勸她多次不動，只好自己攜家姊離開武大赴上海。蘭子夫婦那時恰被廣西大學請去短期講學，不在珞珈。若她仍在珞珈，我怕還是走不成呢。

我受香港真理學會之聘，市滬戰況緊張時，乘最後一條輪船抵港，蘭子的信自桂林雪片飛來，力促我返校。第二年，我又聽友人方君璧之勸到了法國。那時全國均已淪陷，武漢大學當然被共接管。蘭子寫信來法國，怕被檢查，均用法文，我覆信也用法文。她勸我返校的話已絕口不提。我知道她情況已不大好。後我回臺灣，雙方通信便斷絕了。十餘年後，始知她夫婦受共黨迫害，共軍一到，端六先生即與校長周鯁生一同被踢下台。外文系蘭子所教功課均被取消，要她到中文系任基本國文及他系授課數班。蘭子中文雖也來得，究非此途出身，每週改幾百份中文練習卷，其苦可想。端六患病住院，臨終竟無一親人在旁，蘭子又被共黨坐以某種反動罪名，剝奪她教授職位，降爲工友，派在武大圖書館工作。若在別個機關也罷，偏偏派在本校，一位堂堂大學教授，以往何等尊榮，現在受本館職員吆來喝去，顏面掃地，痛切心肺。共黨這等侮辱，尚嫌不足，又把她趕到武昌城裏，要她擔任每日掃街的賤役。這位出身千金小姐，又當過數十年教授兼教授夫人，文藝界又享盛名的人，心裡之屈辱、悔恨，那種痛苦，世間有言語能形容嗎？再過幾時，共黨又逼迫她和親生兒子劃清界線，不容同住一屋頂下，只好回她醴陵故鄉，借親族一間屋子棲身，不久便鬱鬱而死了。

蘭子若早聽我言，結局何致如此悲慘？但她不像我，我在武大教新文學讀了許多新文藝書報，認識了共黨的真面目，知道共黨一來，我將死無葬身之地。蘭子則死抱著共黨馬上得天下，不能馬上治的觀念，而且事實上她也無路可走。她以爲共黨來時，生活即苦一點，性命總可保存，誰知仍然不免。共黨對蘭子本也無什麼深仇大恨，只因毛賊東對中西文化一無所知，於馬列主義也僅識皮毛，是像張獻忠一樣的一個老粗，嫉惡知識份子，務必把他們個個折磨死光，才可實施他的愚民政策。蘭子等遂成了他屠刀下的祭品罷了。前幾年，我在商務印書館爲蘭子整理了一部「孔雀東南飛及其他」的戲劇；又在洪範書店爲她整理了一部「袁昌英文選」，我寫的序跋述蘭子晚年受共黨迫害甚詳。但尚不知她曾被降爲武大圖書館工友及執行武昌城裡掃街賤役諸事。這些事，是近兩年才從大陸傳到美國關於袁昌英資料裡知道的。

我本來深恨共黨，自知蘭子受辱慘死的事，仇恨更加深一層。今日把這個故事寫出來，也好教今日對共盲目憧憬的大陸熱者服一副「清涼劑」！

（原載於七十八年三月十四日中央日報副刊）

●**臺靜農**，民前十年生，安徽霍邱人；北京大學研究所國學門肄業。歷任輔仁大學、廈門大學、山東大學等校教授，來台後任台大教授兼中文系主任長達二十年，退休後任輔仁大學、東吳大學中文研究所教授。著有「關於魯迅及其著作」、「建塔者」、「臺靜農短篇小說集」、「龍坡雜文」，編著「楚辭天問新箋」、「漢專圖象錄」等。

龍坡丈室小歇脚

臺靜農先生紅塵隨緣

■黃秋芳

照說，原只是個遥遠的文人，理應落腳在海峽的另一端。從民國前十年生於安徽霍邱縣葉家集以後，生活就明明白白地攤在那裡。北京大學研究所國學門肄業，民國十四年組織文學團體「未名社」，定期出版「未名半月刊」；民國十六年任北平中法大學講師，其後歷任輔仁大學、厦門大學、山東大學、國立女子師範學院等校教授。

一生的日子好像已經穩定下來了，也沒想到，就在他四十五歲那年，人生的歲月走到一半時，卻還跋山涉水，從四川遷至臺灣。從民國三十五年起任臺灣大學教授，並兼任中國文學系主任職長達二十年，民國六十一年退休後，即任輔仁大學、東吳大學中文研究所講座教授至今。

另一個四十五年過去了。而且比四十五年的歲月還要長。合該應了他的姓氏，臺灣，是隱在血脈裡的宿命，是他活過了比民國還要長的日子以後，稍可歇腳的角落。

這就是我們所熟知的臺靜農先生。

●在新與舊間擺渡

那是個混沌模糊的時代，舊的規範制度不太能夠適應新的社會，新的典章價值卻還沒能建立出來。尤其是在葉家集那樣的小鎮裡，大半人的生活都是簡單素樸的。

就是讀書這件事，也是麻煩的，至少，讀書要坐一大段車、花很多錢，沒有錢是不能讀書的。而臺靜農的父親卻是最早出來讀書的一批人之一，他到北京讀公學、到天津讀法政，一身把舊傳統和新教育融匯起來，成爲一個很好的法官，甚而影響他對子女的教育。

臺靜農先生就在這樣尊重傳統、卻又不斷受到新思想衝擊的環境裡慢慢成長。因爲父親喜歡書法，善寫，又習於收藏，慢慢也養成了臺先生對於書法的癖好。就在父親督策之下，他從華山碑和鄧石如的筆法裡臨隸書，從顏魯公、麻姑仙壇記及爭座位這些書帖裡，習得楷書、行書的方法。

這段時間，他爲書法打下很好的底子。親近書法讓他覺得快樂，那時候大概也沒想到，刻意去追求書法上的成就，只不過是在一種混沌的孩氣裡自得其樂。

到了十一、二歲，已經模模糊糊地沈積了一些古書的章句智慧。念了三年私塾，跟著一個很好的老師讀經書。回想起來，最苦的大概就是背尚書那段時間，那些詰屈拗口的字句，硬是塞不進焦急的腦子裡，每當老師抽考的時候，提了一句就僵在那裡，面紅耳赤地，接也接不下去。

幸好，私塾歲月過沒多久，他那受過新教育的父親就把他送進新學堂就讀。

●新教育在舊文化中開一扇窗

新學期的校長留日回來，一肚子的開明思想，算術老師也在省中學讀過書，算是見過世面，受了新教育的人，於是，臺先生的世界開始更新，特別是在文章方面，不再模仿古文。新式教育爲他在傳統章句之外，開啟了一扇窗，再加上當時梁啟超在文體風格上的創新與影響，新文學的種子就這樣輕悄悄地在他的心底落地、生根。

等他到了北平念書，像迎接著北地的春天，那顆文學種子開始不安、開始蠢動，隨時有一種隱秘的渴望，在他心理晃漾。

他的生活還是和以前一樣優裕，住在馬神廟附近西老胡同一號前院時，當一般學生一人一間地生活著，他就租了正房三間，從容溫舒地過日子。可是，他卻不再像以前那樣單純、沈默，不加爭辯地溫柔著，反而更加地熱切、更加地用功，無論是新文學或舊文化都不敢稍有鬆懈怠的地方。

就在這西老胡同的前院裡，他認識了租了西廂房兩間，還在北京大學念書的莊嚴先生。在他們熟識以後，臺先生就注意到這位哲學系學生所收藏的金石考古之書，比他本行的書要多得多，而正好，那是臺先生自童年時即已熟悉的生活趣味，他們踏在文化的階梯上，交換了一生的情誼。

而後，莊嚴先生守護著故宮文物，從民國十三年到退休終老，做了一輩子的「老宮人」，從北平到南京、到四川，再於抗戰後把重要文物運到臺灣，唯獨自己的收藏品卻一件也沒能顧及，他的因公忘私，就好像臺先生倉促間由四川到臺灣，一生都奉獻在中國文學的研究與傳授。

他們的智慧，都放在這樣一輩子的堅持裡。

●無求於名的「未名社」

就是在那樣用功、堅持，還帶點天真熱切的年輕時候，那顆不斷晃動、掙扎的文學種子，終於，活鮮鮮地迸出了新芽。

民國十四年，臺先生才二十四歲，就與同鄉同學韋素園、韋叢蕪、李霽野等人，自己集資，在北平組織了一個出版文藝叢書的文學團體「未名社」。曾合辦有「未名半月刊」，並出版「未名叢刊」，出刊的書除了創作外，還有不少翻譯，如杜斯妥也夫斯基的「罪與罰」、「窮人」，果戈里的「外套」等二十多種書。

回想起來，那樣年輕的孩子，確實也說不出什麼理想和目的，不過就是愛好文學，因著文學激盪出來的感動和沉思，潛藏在血液裡，日久就化爲章句流了出來。

在這羣編刊物的朋友中，有人寫散文、有人寫理論、有人寫詩，就是沒有寫小說的，臺先生便被「編排出場」了。他笑說：「趕出刊，版面還空白著，有的小說一個晚上趕寫出來，寫的都是小時候和周圍見過的人和事。」

兒時在葉家集的農村生活，成長後深刻感受到的舊文化和新衝擊，以及他所觀察到的人們的痛苦和困境，交織成豐富的人生情節，很自然地在臺先生的小說裡翻演著。把這些作品發表出來的想法，成爲當時辦刊物時最主要的動力。

臺先生說：「當時辦刊物，多半都各做各的，彼此不干預，也不嫉妒，只是想把作品發表出來，沒有需索過其餘報償。這和現在辦刊物的情形當然不同了……。」

這些話好像沒有說完，卻又在臺先生的語音裡簡簡單單地結束了。聽來輕描淡寫，但又讓人沒法不去考慮，現代辦刊物的人，是不是缺少了新文學先驅者那樣純粹的熱情？會不會在太多矯飾的姿態裡遺失了真誠的本質？

只可惜，臺先生他們那樣純粹的熱情，雖然被注意了，卻不被了解。民國十七年，「未名社」曾被北洋軍閥張宗昌迫害查封，到了民國二十年就正式解散、結束。

臺先生的兩本小說集「地之子」（民國十七年，收短篇小說十四篇）、「建塔者」（民國十九年，收短篇小說十篇），都屬「未名叢刊」，各印了一千五百本。

「地之子」、「建塔者」兩本小說集後來都絶版了，臺先生本人也沒留存。民國六十六年「現代文學」（白先勇爲發行人）雜誌復刊，在復刊號第九期上，刊出劉以鬯先生找到的「地之子」的大部分小說，後來由遠景出版公司出版了「臺靜農短篇小說集」，輯得的乃「地之子」中的十二篇小說，僅缺漏原版「地之子」中的第一篇及最後一篇小說。

而後，「聯合文學」雜誌重刊這兩篇小說，並補上「建塔者」一書中的兩篇作品。

軼失了長時間的臺靜農小說作品，終於，掙出委屈的空隙，枝葉茂密地伸長出來。

●小說裡的悲憫與同情

致力搜集臺靜農小說作品、現任「香港文學」雜誌總編輯的劉以鬯先生表示：「重視魯迅的小說，是應該的；忽視臺靜農的小說，幾近浪費。」

臺先生的小說世界，反映了五四運動之後十年左右的時代精神，對於當時的社會現象有其人道的關注。然而，相對於他那個時代的著名作家（最明顯的例子是魯迅），他摒棄赤裸裸的激情、叛逆與諷刺，而代之以屬於個人的一分靜定的沉思，不但沒有繁複的線索，而且能夠選擇適當的場景與具有代表性的人物，然後從小人物的小事件中，深刻地表現沒落社會的生活面，對這些愚昧無知的小人物寄予同情，常在小說中成為抨擊黑暗現實的一種力量。

在那樣的場景裡，人性的愛欲貪癡扭曲了人際倫理，人的尊嚴、生活的條件，都壓制到最低極限，然後，卑微而無奈地面對各自的憂傷和痛楚。可是，臺先生在刻劃這些人生困境時，以一種更為深沉的溫柔與同情，淨化了命運展現出來的淒厲痛苦，在絕望的困境裡，激發出人性中最堅強的韌力，這些流離困頓的悲苦人物，終於一天一天過完他們的生命歲月。

吳達芸在剖析臺先生小說中的人道關懷時表示：「不管臺先生描述的是何種類型的題材，他帶給讀者的，絕不是只讓我們繫心於題材本身的真實性及其背負的不幸與罪孽。一個甲子之後，當許多現象業已物換星移，細讀他所呈現的幽暗世界，我們深受感動的心靈所悲切的，早已不是那些血淋淋的事件本身（因為那些事件隨著時間有些已是過眼雲煙），我們最大的震撼畢竟仍在於作者那歷經時間的淘洗依然璀璨如新的獨特省思方式。」

儘管臺先生自謙寫小說不過是「編排上場」，卻寫下了一些優秀的短篇。他不僅長於選擇題材，而且具有講故事的本領。

他是一位重要的小說家，但是，他的重要性被讀者忽視了。

●不做杜甫，改作杜詩箋注

出版了兩本小說集，寫了一些極好的短篇，「未名半月刊」停刊之後，臺先生就不再從事小說創作，這是什麼原因呢？

臺先生坦率地説：「我學中國文學，受新的影響，再加上我又不是舊頭腦，寫小說是一件很自然的事。後來我去教書，教書要備書，還要改卷子，完全沒時間寫，一教書就教到現在，所以什麼小說也没法寫。」

如果他繼續寫下去，也許會成爲新文學運動裡極受矚目的作家，不過，在他寫出那麼動人的作品之後，卻又選擇了教書做一生的志業。打個比方來說，他也許可以做個像杜甫那樣的超級明星，他卻放棄創作，心甘情願地去作杜詩箋注，好讓更多人知道杜甫，甚至，栽培更多人成爲另一個杜甫。

他輾轉於中法大學、輔仁大學、厦門大學、山東大學先後任教。抗戰時遷至四川白沙鎮，執教於國立女子師範學院，一住就住了八年多。

抗戰勝利後，他接了成都四川大學的聘書。一邊還孩子氣地計劃著：住在四川八年多，因爲交通不便，也没去過成都，而成都素有小北京之稱，想來風土人情都好，這就藉著教書的機會到成都去住幾年。

就在這時候，他又接到臺大第一任校長羅宗洛先生寄給他的計畫書。計畫書中明列系分文學、語言文字及漢學組，他以爲臺大中文系的規模十分龐大，又爲了急於教授受日本統治五十年的青年學子，就決定到臺灣來。

不過，臺灣那麼遠，臺先生想起來心裡就很猶豫。可是，他的朋友都勸他，臺大中文系規模大，藏書也多，而且，最重要的是，當時交通困難，可以借這個機會出川。

臺先生嘆了一口氣說：「當時交通困難的情形，你們是無法想像的。我的父母、兄弟以及孩子又都生活在一起，人口很多，一下子也出不來，大家都很苦惱。」

他們一家人就分成四批出川，臺先生夫婦帶著他們的小兒子、小女兒先走，隨行的還有畢業於國立女子師範學校的助教裴溥言，也跟著他們到臺灣來。

●在臺大中文系裡歇腳

到了臺灣，臺先生才發現，所謂臺大中文系的規模，不過都只是計畫而已。整個中文系只有一個教授、一個助教，沒有學生。

第一年，他們把全校新生集合起來上大一國文。第二年，入學成績差的全送進中文系，總算有了中文系的學生。臺先生哈哈大笑說：「次年，念中文系的人差不多也都轉走了，剩下一、兩個人，連葉慶炳那樣的好學生還是後來轉進來的。」

當時臺灣的民衆都學日文，語言文字的問題甚爲嚴重，很少人能讀中文系。但他並不灰心，仍一面教書、一面讀書，並且在民國三十七年夏天，接掌系主任職務，一接就是二十年。

就在這二十年間，一點一滴地建立了臺大中文系的規模。當年交給他的計畫書，早早就不見了，他用他的關懷、愛心和耐性，在實際的生活裡作計劃。

這二十年的辰光，臺先生時時把中文系的系務掛在心上，難免就覺得壓力很大，前後向沈剛伯先生和錢思亮先生請辭過系主任的職務。臺先生含笑談起：「沈剛伯先生很會說話，錢思亮先生較沉默，遇到討論系主任的事就不說話。他們一個說話、一個不說話，反正就是不准辭。」

這「不准辭」的過程，其實包含了對臺先生最深沉的相惜與敬重。直到民國五十七年，臺先生確實年紀大了，才由屈萬里教授接掌。

而臺先生就在他的「歇腳庵」裡，靜坐、讀書，和更多的朋友、學生聊天。

●平凡的歇腳庵

臺先生的「歇腳庵」，不過是個尋常、簡樸的書房，八蓆大的地方，正好可以歇腳。這一歇，近四十年的辰光就流了過去。

「因為抗戰以來，到處為家，暫時居處，便有歇腳之感。」臺先生解釋命名的由來。這幢庭院深深的日式木造老屋，一日一日斑剝下去，卻仍是溫暖的。遮風、蔽雨，還有一個令人敬重的長者，再加上日日常開的大門，於是，有更多更多年輕的孩子，習慣在這裡歇歇腳。

那些學生路過溫州街，看到臺先生的大門敞開著，很自然地跨進門來，隨意和老師聊著，想到什麼就講什麼。臺先生說：「生活上的點點滴滴，不見得就沒有意義，談一談就談出意思來了，不見得要去討論政治、學術。」

有時候學生來繳作業，臺先生逐字細閱，修飾導正，每次批改學生作業，要花費他大量的時間，他這樣用心，只為了要多發掘一些程度較好的同學，好再費心指導他們。

臺先生教育學生，並不苛求，他認為要讓學生自由發展、自己追求。他的學生林文月表示：「臺先生教書的方式，比較著重啟發性。我們那一年的文學，只講到唐代，可是，一旦掌握到方法後，我們各自都把兩大本『中國文學發展史』讀完了。在後來自己也執教的經驗裡，我更深一層地體會到大學教育最重要的不在於量的灌輸，給年輕人指示讀書的態度和方法更屬要緊。因為四年的時間極有限，能讀到的書也不算多，但有了正確的認知後，便一輩子受用不盡了。」

林文月記得，「楚辭」的大考，臺先生讓學生在課外用白話文翻譯那些典麗的「九歌」篇章。「湘夫人」和「山鬼」等作品，在課堂上似乎已經了解，但要變成流利適切的白話文，委實是對自己賞析能力的一大考驗，不但可以看出個人心得，此外則又可從那譯文中見到文筆才情，而這兩種都是中文系學生必備的基礎。

由於臺先生的心血都放在學生身上，學生人數又少，所以老師和學生之間保持很親密的關係。臺先生的「歇腳庵」，經常是師生一起歇腳的地方，尤其每逢過年時，新舊學生登門拜年，或步行、或騎單車、或乘坐三輪車，人來人往，絡繹不絕。

這幢平凡的歇腳庵，因著這些文人學者的論談言笑，隱隱、隱隱的泛出光采。好像，那些陳舊的磚瓦木片，也跟著不平凡起來。

●龍坡丈室翰墨濃

「歇腳庵」裡，還有一位不平凡的常客。

從民國五十五年起，十年時間，莊嚴先生每週三下午都在臺大中文系教授書法。每到這天中午，兩個人就在臺先生的「歇腳庵」裡吃飯、飲酒、聊天，四十餘年共有的歲月流了過去，他們的前塵舊事可以把一餐速簡白飯，粧點成盛餐。

有時候，住在臺中的莊嚴先生留在臺北，設一竹榻，歇腳庵即成客室。這兩個幾十年的老朋友，相處的時間一多，難免就要論書寫字。在國內，臺先生摻有漢簡意味的「隸書」和莊先生的「瘦金書」，就像他們兩個高胖、瘦小的體型一樣，風格不同，卻併稱雙絕。

不過，臺先生從不以書法家自許，他既不教人習字、也不提倡寫字，更不天天寫字，他只是把寫字當作一種生活趣味，喜歡寫時就寫，偶有學生、朋友喜歡，隨手就送給他們，從不刻意追求書法上的成就。

剛到臺灣的前幾年，由於學生和朋友少，人際關係簡單，往來不多，是他真正寫字的時間。他花下的功夫，不只是臨摹，而且著重於讀帖，邊讀邊寫，一邊還寫進自己的學養和體會，慢慢就寫出了自己的風格。

也没想到，身緣的朋友、學生，多半都能寫書，臺先生替他們寫的封面題簽，慢慢就寫出了名氣，逐漸連不相識的人也輾轉託人來求字，這麽一來，臺先生越寫越覺得不勝其苦。

於是，臺先生於民國七十四年元月以「我與書藝」爲題，在聯合報發表了篇「告老宣言」，調皮、辛辣、天真、幽默，各種情味兼或有之，在短短的篇章裡，展現了臺先生在「未名社」時期所嶄露的文學才情，他表示：

……近年來使我煩膩的是爲人題書簽，昔人著作請其知交或同道者爲之題署，字之好壞不重要，重要的是在著者與題者的關係，聲氣相投，原是可愛的風尚。我遇到這種情形，往往欣然下筆，寫來不覺流露出彼此的交情。相反的，供人家封面裝飾，甚至廣告作用，則我所感到的比放進籠子裡掛在空中還要難過。有時我想，寧願寫一幅字送給對方，他只有放在家中，不像一本書出入市場或示衆於書販攤上。學生對我說：「老師的字常在書攤上露面。」天真地分享了我的一分榮譽感。而我的朋友卻說：「土地公似的，有求必應。」聽了我的學生與朋友的話，只有報之以苦笑。

左傳成公二年中有一句話「人生實難」，陶淵明臨命之前的自祭文竟拿來當作自己的話，陶公猶且如此，何況若區區者。話又說回來了，既「爲人役使」，也得有免於服役的時候。以退休之身又服役了十餘年，能說不該「告老」

嗎？准此，從今一九八五年開始，一概謝絕這一差使，套一句老話：「知我罪我」，只有聽之而已。……

這樣寫會得罪人嗎？可是，都這麼大年紀了，還怕得罪人嗎？臺先生想了想，立刻又覺得理所當然。歲月走過了長長的九十年，他越來越過得自在。就像八十一歲那年，他自己覺得在龍坡里住得夠長夠久了，日子恐怕不只是歇歇腳而已，將來還得住下去，爲了紀念，特地請張大千居士題了個「龍坡丈室」的橫匾掛在房裡。

雖然不過是個歇腳丈室，卻自在地洋溢出翰墨的芬芳。

●你不要老

慢慢地，「龍坡丈室」不但是臺先生的學生們一種溫暖的記憶，日久也成爲一個文化的重心。民國七十四年，行政院文化獎頒給臺靜農先生。對臺先生獻身教育事業垂五十餘年表示敬意，表揚他思想常新，不凝滯於物，對中華文化之精髓有深切之體認。得獎理由記錄著：「早年致力新文學創作，文風兼具犀利批判與悲憫胸襟，作品至今猶爲文學批評界重視；其後專攻古典文學研究，闡揚文化精義，重要著作『兩漢樂舞考』、『論兩漢散文的演變』、『論唐代士風與文學』等，斷論創新，精微獨到，於傳承文化，功不可沒。」

這些誇張的字句寫來容易，實則卻是臺先生十年、二十年……，這樣以「十年」做單位長期努力的累積。不只臺先生不喜歡這些夸飾出來的貢獻，恐怕，親近過臺先生的每一個人，都沒法在這樣精豔偉岸的字句裡，找到他們所熟悉的感覺。

其實，他不是個最出色的書法家，也不是個最偉大的教育家，更不是最有成就的文學家。他就是大家所熟悉的臺先生，溫和、親切和別人没什麼兩樣。如果一定要找出他和別人不太一樣的地方，大概就是用心。

他很用心的練字、很用心的寫小說，後來又很用心的教書、很用心的對待別人。生命很公平。因爲他用了心，書法、小說、學生，甚或是一般的人情應對，都給了他豐富的回報。於是，他成爲我們心目中一個很好的書法家、小說家和教育家。

不過，生命更公平的地方表現在歲月滄桑裡。

臺先生抽煙、喝酒、不愛吃蔬菜和水果，完全違反一般衛生之道，但卻長壽又健康，曾是醫生們極爲注目的「超醫學境界」。這個「超醫學境界」的長者在近年來卻慢慢衰老，白内障的困擾讓他不能再如以前那樣恣意看書。

有時候夜半醒來，久久不能入睡，卻又無法看書，一個人枯坐著，心裡很苦。臺先生說到這裡，突然擡頭告訴我：「你不要老。」

那樣簡單的字句，猛然往内心裡抽緊。即使他在受苦了，他也不要別人和他一樣。突然記起林文月寫的那句話：「一時無所事事，淚水竟控制不住地突然沿著雙頰流下來。那種心情應該是感傷的，卻反而覺得非常非常溫暖。」

從臺先生家裡出來，惶然站在街口，一時竟辨識不清，究竟是誰要挽留誰，好悵悵說出，你不要老呢？

（原載於76年10月「文訊」32期）

〈臺靜農作品選〉

始經喪亂

一九三七年七七事變發生時，我到北平剛四天，我原在青島山東大學教書，暑假快到，北平朋友要我去度暑假，而我自離北平後，也時有流落異地之感。學校既放假，遂搭膠濟路火車到了濟南，當地朋友陪我遊了大明湖及千佛山，湖水已經淤積，千佛山亦頗荒涼。可是這一古城，給我直覺的印象，彷彿一個人樸厚而有真氣。

到了北平剛休息過來，蘆溝橋轟然一擊，震驚了整個中國人民的心。幾天後，聽說我們的駐軍撤退了，偌大我歷史文化古都，已無防禦了，空了。可是北平城的老百姓走不了，而且還要活下去。其實他們也是飽經憂患的，自八國聯軍後，民國以來，大小軍頭兒稱王稱霸，他們都算過來了。而自九一八後，日本人與漢奸在華北的種種活動，已使北平人敢怒而不敢言，因而凜然於這次事變的嚴重。

七月三十日敵軍進了北平城，是在蘆溝橋事變二十多天以後。到處張貼「日軍入城司令」的布告，宣布佔領了中國的北京城。同時站在坦克車上武裝士兵，敵視着北京城的人民，坦克車巡廻馳駛着，地都是動的。中午我與苑北兄同醉在魏建功兄家，苑北擅書畫，信筆爲我畫了一幅荒城寒鴉圖，象征了這一歷史古都的劫運。今已事隔半世紀，偶一展視，當年國亡之痛猶依稀於蕭疏澹墨中。

我住在魏建功家，他是北京大學教授，負了歷史文化使命的北大，一旦侵掠者炮火當前，其光與熱也就黯然無色。而留守北大者除了事變時令他們守護這一文化古堡外，竟斷了聯繫。約在八月初平津鐵路通車了，我定在通車第三天離北平，因爲我的家人還寄居在蕪湖。建功告訴我，留守北大的朋友們，有關北大將來的問題，必得向胡適之先生請示，希望我能爲之當面轉達。於是我決定先到南京再去蕪湖。

到了火車站，立刻感到不同尋常，人聲嘈雜，擁擠不堪，既不分頭二三等，搶上車就好，遇到熟人，也不過冷冷的對着看一下而已，其中有大學教授與知名之士。此一行程，正常不過兩小時，竟走了加倍的時間。車到天津車站不能即刻下車，要等日軍先走。看到一小隊日本兵，每人手捧着布包的骨灰盒子，低着頭目不斜視的走過，那坦克車上的威風完全沒有了。這倒使我大爲高興，可是沒有抵抗，那有這樣事，這當然是民間志士游擊的壯舉。

從天津到南京浦口的火車，早已斷了，只有搭開灤煤礦的小火輪先到煙臺。船經過唐山時，船上執事人通知大家得躲進艙裏，以防敵人在岸上開炮。這隻小船上的人已經夠多了，一下都擠進艙裏，有人受不了嘔吐起來，所幸爲時甚短也就過了這一關。

到了煙臺，我因沒有什麼行李，只提了一個布包袱就上岸了，又累又渴，急想找一小店買瓶汽水喝。可是有一警員有意無意的跟踪着我。到了汽水店，他走到我的面前，我以爲我發生了什麼事，可是不然，他直截了當的問我一句話：「看見了咱們飛機沒有？」原來後方有此謠傳，我們的飛機去炸了敵人，他特來證實這一事實。不幸我的答覆使他失望，沮喪的走開了。

煙臺古名之罘，位居高巖，俯臨大海，一眼望去，浩然無際，是神仙窟宅，方士膜拜的勝地。紀元前兩位大君秦始皇與漢武帝爲求不死之藥，都到過此地。後來明朝在此設狼煙臺以防倭寇，始名煙臺，至清英法條約，闢作商埠。先是防東來的倭寇，繼則爲西方侵掠者所控制，今東寇且挾其大力深入，對此茫茫碧海，前途已不可想像。

從煙臺搭長途汽車去濰縣，途中小雨，公路泥滑，行駛甚慢，到達城外時，已經天晚，不能進城，即在城外飯店住下。於是同幾個鄉友自動到厨房燒火下麵條，没有青菜，只有大葱，這是山東名產，果然，每人一大碗都吃得香美。意外的，每人碗底都有兩三隻紅頭綠蒼蠅。原來交秋晚涼，蒼蠅都躲到鍋灶屋頂上，忽然一大鍋熱氣衝上去，蒼蠅只有翻觔斗似的落下來了。人站在鍋前，油燈無光，又是熱氣，並看不出來。所幸都煮熟了，細菌不會有什麼作用，不過大家都不免有些噁心，但在流離中也就不計較這些了。

濰縣城内有楊氏海源閣藏書樓，聚宋元本以下善本數萬卷，知名海内外，當時想：能到海源閣大門前看看也是好的。又車經蓬萊縣時很想進城走走，當然不可能。只得在車上望去。碧海之濱，林木茂密，城郭人家，隱約其中，直如一幅濃鬱奇麗的水墨畫，車上少年不覺對之大叫，我卻想到小學時學寫顏公麻姑仙壇記中的事，麻姑說：曾見東海三爲桑田，今見蓬萊水比往年淺了一半，恐將又要變成陸地了。這神話使我感慨的不止是蓬萊一地。

到了濟南，火車站旁行李如山，及大大小小的兒童，有三四位山東大學同事，神色沮喪與妻子行李窩在一起。有一同事原是青島人，帶着父母妻子兄妹們八九口，我問他，你是本地人爲什麼也要走？他說：青島已經掌握在日本人手中，一旦正式佔領了，還有好日子過？老人家流着眼淚將祖產店鋪賣了，全家逃往江南，有政府在，總不會作亡國奴。

搭上火車抵達綰淮南交通的蚌埠，市面繁華，勝於省會懷寧。雖然報紙上喧騰上海江灣已發生了戰事，而市民熙來攘往仍像平常一樣。我們住定了旅館，都鬆了一口氣，卻立刻感到一身油膩，於是拿了兩件乾淨衣服往澡堂去，没想到剛坐下，敵機轟炸起來。這是蚌埠首次遭遇，市面雖未破壞，人民卻騷亂起來。次晨我與同伴們分手，獨自去南京看胡先生。

到了南京，時已傍晚，直去張目寒兄家，他住的是一樓一底的房子。一進門就見到用四張老式靠椅駕一牀板，上面覆着棉被，地面也鋪了棉被，像一長方帳蓬，我問目寒，這是做什麼的？目寒笑着說是孩子搭的防空洞，我也不覺大笑。當晚同胡先生通了電話，他知道我從北平來，即說「你來得正好」，約定明天早晨見面。

見到了胡先生，好像剛起牀，倦容滿面，第一句仍說「你來得正好。」原來這天下午教育部召開會議，討論北方大學問題，蔣孟隣校長也要從杭州趕到。於是我向他報告留守北大的朋友們要我轉達的兩點：㈠七七事變後，止接過一通電話，要他們維持下去，可是現在日軍已進了北平，變化甚快，究竟要他們維持到什麼時候。㈡目前學校經費日形拮据，將來怕無法支持。胡先生聽了，還用筆記下來。

事隔半世紀，胡先生年譜長編一六一五頁記云：九月九日給北京大學秘書鄭天挺信，化名「藏暉」，商人語氣，答覆了我所轉達的兩點：㈠「弟唯一希望諸兄能忍痛維持松公府內故紙堆，維持一點研究工作。」松公府是北大紅樓的前身，即北大文學院所在地。㈡「弟與孟兄已託興業兄爲諸兄留一方之地，以後當繼續辦理。」這是說他與蔣孟隣校長委託浙江興業銀行，按月交一萬元供北大維持費。至於說：「弟自愧不能有諸兄的清福，故半途出家，暫作買賣人，謀蠅頭之利，定爲諸兄所笑。然寒門人口衆多，皆淪爲困苦，亦實不忍坐視其凍餒，故不能不爲一家糊口之計也。」這是說爲國難而出國作國民外交，心情是沉重的。胡先生這封信，是在出國動身前寫的。足見當時教育當局對於北平淪陷的大學，尚沒有辦法，當然這是要取決於國策大計的。

當日我與胡先生談了後，就去中央研究院看董彥堂兄，時彥堂正與徐仲舒兄忙着檢點圖書，準備搬遷。再去城南看酈衡叔兄，他見到我，既驚訝又感傷的說，正要在下午去武昌暫避。他是南京人，有老母妻子，家累頗重的。我回到目寒處，時方中午，目寒說：我以爲你早晨出門後，不知什麼時候才能回來呢，居然没有遇到警報。

午飯後，去看潘伯鷹兄，因離北平時方介堪兄爲他刻的幾方印，要我帶交給他。他是我少年同學，習古文，作舊詩，又擅長書法，也寫張恨水派的小說，筆名「鳧公」，久居幕府，有舊京名士習氣。見他神態悠然，方據書案，欣賞古帖。他的家人已疏散到別處，有一女佣人爲他燒飯，留我多坐些時，晚飯可以小飲，我辭了，仍回到目寒處。

傍晚時，忽然警報大響，接着就是飛機聲轟炸聲。開始時目寒還鎮定，以爲跟前幾次一樣未炸市區，漸漸感到嚴重，我們自動的走下樓，竟向孩子所搭的防空洞躲進。據說這次是南京炸得最厲害的第一次。目寒也緊張起來，檢點他收藏的字畫，打算運到安全地方去。

我從淪陷了的北平出來，經過海陸線，不知千幾百里，都平靜無戰事似的，而到了首都，竟置身於敵人的彈火下，真是出乎意外而無可奈何之事。雖然，「國破山河在」的時會，這不過是我身經喪亂的開始。

一九八七年七月

（選自洪範書店「龍坡雜文」）

●**鄭騫**，字因百，遼寧鐵嶺人，民前六年六月生。北平燕京大學中文系畢業，曾任東北大學、暨南大學、台灣大學教授、香港新亞書院中文系主任，並曾赴美國華盛頓大學、耶魯大學、印地安那大學講學。著有「永陰集」、「稼軒詞集校注」、「談文學」、「北曲新譜」、「辛稼軒年譜」、「陳後山年譜」、「唐伯虎詩輯逸箋注」等論述多本，另有單篇論文散見各刊物。

■曾永義

清風・明月・春陽

我所知道的鄭因百老師

自從民國五十三年受業鄭老師門下，迄今二十有三年，二十三年來，鄭老師教我誨我，給我的感覺一直像清風明月一般。清風給我舒爽、惠我心靈，明月教我仰望、示我典型，那麼的自然而親切。

記得民國五十八年上老師的蘇辛詞，老師說：「大家都知道，人活在世上有三種不可缺少的東西：空氣、陽光、水分。」於是老師就用此人生三要素來比擬蘇辛詞風格意境的異同。他說蘇詞是清風明月，來自天然；是「沾衣欲濕杏花雨，照面不寒楊柳風」的春風春雨，是「清風徐來，水波不興」的蕙風澄潭。明月雖晶瑩皎潔、普照寰宇，但藹藹含光；澄潭有時也會化爲滄海，雖包容博大但不波濤洶湧。稼軒則時時以强光刺人眼，掀起威勢則像「九天之雲下垂，四海之水皆立。」憤激頓挫起來更像「峽東蒼江對起，過危樓、欲飛還斂。」老師雖然校注過稼軒詞，也爲稼軒編過年譜，但一點也没有稼軒的氣息，倒是東坡的清風、明月與澄潭才是他最佳的寫照。

鄭老師名騫字因百，遼寧鐵嶺人。今年已經八十二歲，他對朋友學生常戲稱腰以上七十歲，腰以下九十歲，中間一段八十歲，全身平均還是八十歲。由此可以看出他自己感覺的身體狀況，也可以想像他平日不失幽默詼諧的一面。他的眼睛雖然有白內障，近視的度數也很深，但卻能看清楚報紙的九號字，所以讀書無甚妨礙，只是寫字感覺吃力而已。大約十年前，他的體重一直往下掉，但掉至四十幾公斤就停止了。直到現在還保持差不多一樣的斤兩。所以當老師手持拐杖、一襲長袍，散誕逍遙的在斜陽下漫步時，他那清癯的身影，真是望之若神仙中人。只是近日老師覺得腰以下像九十歲，所以只在屋中或庭院裡散步了。

老師雖是遼寧鐵嶺人，但出生在四川灌縣，那時他的祖老太爺作成都府水利同知。有一次老師翻開灌縣志，還對我指出他誕生的官舍圖。他二十六歲燕京大學畢業。在大學讀書期間，曾請假休學一年，在天津河北省立女子學院任教；在中學時候，又曾因病休學一年，所以畢業年齡晚了兩年，本來應該是二十四歲的。燕大畢業後，在北平有名的匯文中學任教九年。匯文薪高課少，圖書設備完善，老師在這九年當中，讀了不少書，也培植出不少後來蔚然有成的人材。

然後歷任燕京大學、國立東北大學、上海暨南大學教席。民國三十七年渡海來臺，乃就任臺灣大學教授，直到民國六十三年退休爲止，凡二十有七年。其間五度出國講學：民國四十五年、五十年兩度赴美國華盛頓大學，五十一年赴香港新亞書院任中文系主任，五十五年赴美國耶魯大學，六十一年赴美國印地安那大學。退休以後即被禮聘爲東吳大學、輔仁大學講座教授。直到今天，仍是「有教無類，誨人不倦。」老師從不以有關「孔子」的種種自居，然而正真實的體現了孔子的教育精神。

上老師的課，就是一種享受。老師的性情溫和，感覺非常細膩，他把詩詞中的意境講得彷佛就在你的眼前，循循然教你完全心領神會；那種感染你、滋養你的樣子，就好像杜甫筆下的春雨，「隨風潛入夜，潤物細無聲」。但是有一次當他講到稼軒感皇恩「一壑一丘，輕衫短帽，白髮多時故人少」時，卻不禁當堂潸然淚下。這是我第一次看到老師把情感流露的那麼明顯。詞中的稼軒「讀莊子，聞朱晦菴即世」的感慨，正觸動老師當時的情懷。老師其實是個極深於情的人，所以他關懷親友的種種，關懷學生的種種。由於他很能替人設身處地，所以他的關懷最是溫馨。

和朋友閒聊時，我常感嘆的說：「按理學問應當是後來居上，但我們比起我們的老師來，無論修養治學爲人都大大不如，真是愧對師門。」因爲我們敬愛的幾位老師胸襟學問人格都不是我們這些門下弟子所能望其項背的。

鄭老師非常喜愛書，直到現在還是不停的買書，平日把搬書整理書當作運動，把每一本書保管的很好，而書中則有了自己許多眉批和夾注。

老師治學以詩詞散曲戲劇爲主，雖是屬於韻文學的範疇，但根柢於經史考據。所以老師的著作，有篇幅比較短、內容比較淺近而啓發性較多的零篇論文集像「從詩到曲」，也有考據性質而內容仍以詩詞曲劇爲主旁及史傳小說的論文集像「燕臺述學」，兩書現已合爲「景午叢編」上下册，由中華書局印行。此外，老師更有學術專著，像陳簡齋年譜、辛稼軒年譜、稼軒詞校注、校訂元刊雜劇三十種、宋人生卒考示例、北曲新譜、北曲套式彙錄詳解等多種。

讀老師的「從詩到曲」，就好像坐在課堂上聽他娓娓而談，不疾不徐的、清清楚楚的，很複雜的問題、很難解釋的觀念，而老師用很簡單的話、很切當的比喻，使人恍然大悟、豁然貫通，更難得的是趣味橫生，使人忘了那其實是非常知性的學術論文。譬如論「詞曲的特質」，老師一開頭就說：

> 詞曲是同類別的文學作品而同中有異。同在形式規律，異在內容風格。正和許多同胞兄弟一樣，面貌神態儘管相似，而性情行爲並不相同。

把詞曲比喻成「同胞兄弟」，給人的感覺馬上就非常具體而親切，詞曲同中有異的「神貌」也就似乎宛然在人們的心目中。老師在說明詞曲在形式規律的同點之後，接著說：

在性行也就是內容風格方面，詞曲雖云相異，卻也是異中有同。這弟兄兩個的性行都是偏於蕭灑輕俊美秀疏放，而缺少莊嚴厚重雄峻，他們都只能作少爺而不能作老爺。所不同者：詞是翩翩佳公子，曲則多少有點惡少氣味。詞所表現的是中國文化的陰柔美，曲所表現的則是中國文化衰退時期一般文人對於現實的反應。

像這樣切實而不失機趣的「妙喻」，豈不很容易將人們「賺入」詞曲深曲的領域之中。所以熟讀老師的「從詩到曲」，一定可以悟出「深入淺出」與「引人入勝」的道理。

讀老師的「燕臺述學」，則使我們了解如何發現問題和解決問題。老師將每一個學術問題的周延和層面都說明和剖析的很清楚，然後有條不紊的、細密謹嚴的建立自己的理論和證據自己的說法。譬如「楊家將故事考史證俗」一文，老師探討的動機是：楊家將故事，流傳甚廣，家喻户曉，而學問之道，本無止境，近人研究此故事之成果，自仍有可補充之處。於是老師乃採輯羣書，詳加考證，自正史、載記與民間傳說考其來源，從小說與戲劇觀其演變。全編分七章探討：一、楊家將故事之原起與流傳，二、楊業姓名籍貫及稱謂考證，三、楊氏家族考證，四、折氏(佘太君)與慕容氏(穆桂英)，五、楊氏父子兩次救駕故事之歷史來源，六、三關六使之解釋及楊延昭汝州發配傳說之由來，七、各種地方志所載楊家將古跡輯證。經過這樣的論證，於是楊家將故事之於史有徵者，略盡於此。而我們也由此可看出一個歷史人物深入民間以後的演變軌迹及其所產生的廣大影響。所以「燕臺述學」諸篇，可以作為我們論文寫作的範本。

在老師的專著中，用力最深、費時最長的要算「北曲新譜」。老師因為研究曲律之書，自明代以來，皆詳於南而略於北；前代北曲譜專著，如太和正音、北詞廣正、九宮大成，及近人吳梅北詞簡譜，則或欠詳明，或多誤漏，或傷蕪雜，均未能作誦讀之津梁，示寫作之法則，以致一般學者欲治北曲，每因格律不明而發生種種困難。所以老師乃於民國三十四、五年間開始纂輯此譜，至民國五十七年方才最後完成。二十三年之間再三審核，數易其稿，可以想見其不殫煩瑣、精益求精的辛勤。老師編撰此書的方法是：遍讀現存元代及明初北曲，包括小令散套與雜劇三者，取每一牌調之全部作品，加以比較歸納，自創體例，用以明句式、辨之聲、定韻協、析正襯，以確立準繩，分別正變，庶幾使誦讀無棘喉澀舌之苦，寫作不致貽失格舛律之譏，於是乎治曲學和習曲藝的人就有了足資信賴的圭臬。

當「北曲新譜」付印的時候，老師正在印地安那大學講學，我有幸擔任校對全稿，對於老師治學的精勤和毅力，更從中體會甚深。譬如譜中「仙呂混江龍」這個調子，是北曲中用得最多而格式變化最複雜的，最短的只有九句四十四字，最長竟達七十七句一千三百五十八字，其間的增減變化、五花八門，真個是「神龍混江」，夭矯翻騰，洪波起伏，而老師則不厭其煩的，仔細的從所看到的四百多支混江龍中去探求其固定格式的所謂「本格」，並理出其有跡可循以增減變化的「原理」，於是原來被治曲者視爲「不祥」的「混江龍」，也就可以教人玩諸股掌之上了。

筆者生性疏懶，尤其不「精切」，雖然一直以老師爲模範，不停地在學習，但是「仰之彌高，鑽之彌堅；瞻之在前，忽焉在後」。迄今猶慚愧的未能窺及夫子的門牆。老師也深知我的疏懶和不精切，所以每次批閱我的論文都格外「小心」。譬如碰到我文中出現統計數字時，老師總要替我核算一番，而幾乎没有一次不發現我的錯誤。我爲了「改過」，於是把它表現在爲老師校對「北曲新譜」的功夫上，因爲那錯不得一絲一毫。老師說，直到現在他尚未發現譜中有被我看走眼的地方。我心中那份「得意」，竟是從來没有過的。多少年前，我重讀王西厢，發現其中問題頗多，於是找老師討論，老師不慌不忙的翻出他的讀書筆記，筆記的紙質已經發黃，可見蓋有年所。原來老師早就記下了十一個疑點，而我衹提出六個疑點，我們師生互相核對，有四點相同，老師所有而我所無的有七點，而老師所無我所有的居然也有兩點，於是我請老師趕緊把文章寫出來，老師於是寫成了「西厢記作者新考」。發表於幼獅學誌十一卷四期。這件事又使我油然愉快了一陣子。

民國七十三年六月，老師在國立編譯館館刊發表「論書絶句百首」，他說：

壬戌歲闌，忽發奇興，試爲論書百絶，並逐篇作注，闡明宗旨。潤色增删，稿凡數易，至癸亥之夏，大致完成，手自繕寫，歷時凡半年餘。書家不求備，詩句未能工，注文繁簡及其行款之安排，引書卷數之或注或否，均無定例。衰年倦目，聊遣晨昏，炳燭餘光，惟堪自照，非有意於著述也。

我想這就是老師平日的「消遣」吧！平日裡，我得便就去拜望老師，陪老師坐一會兒，說幾句話。景明、啓方和我每過一陣子就想到邀請臺老師、孔老師、王老師、張老師和老師一起聚聚，老師和他的老朋友們聚在一起總是很愉快，我們這幾位老學生陪著我們敬愛的老師們更是愉快。老師說他像我們這種年紀時喝紹興酒是用大杯子的，現在老師喝酒雖然有節制，但雅興尚不淺。我們看到老師談笑風生，尤其能多喝幾杯時，就特別感到高興。

近日我重讀李商隱的錦瑟詩，聚精會神的試圖別有新解，而當我仔細沈吟「藍田日暖玉生煙」時，豁然在我心目之中的，竟不是李商隱的詩意，而是老師多年來感染我的風貌。這時的「藍田日暖」是春陽普照的碧綠原野，在這溫馨明麗的大地裡，那君子懷抱中的瑾瑜，煥發著内蘊的華采，氤氳然的與暖日相爲輝映，我爲之神往許久，而忘了「一篇錦瑟解人難」。於是在清風明月之餘，我又沐浴了老師的「春陽」。

鐵嶺鄭因百先生，純行和雅，文學精深，敷教上庠，四十餘載。交遊歎其淹博，弟子沐於光霽，德與壽侔，化溥多士，時流欽止，而沖抱若虛。

這是前年老師八十大壽時，曾經受業的門人，爲老師呈獻祝壽論文集的序言。這段話正是老師的學生們對老師所傳達的最誠摯最敬愛的心聲。凡是認識老師的人都和他的學生一樣，同感於老師的「純行和雅，文學精深」，同樣衷心祝福老師「德與壽侔」，永遠健康愉快。而「惠風和暢」，「皎月在天」，「陽春有脚」，則更教我們舒爽，教我們仰望，教我們成長，我們敬愛的鄭因百老師，一直那麼的自然而親切！

（原載於76年2月「文訊」28期）

〈鄭騫作品選〉

「文化與生活」序

今年九月十六日是聯合報創刊三十周年，古人以三十年爲一世，這個期間不算短。爲了紀念這個可紀念的日子，聯副編輯部特別動員了龐大的人力，精選出三十年來登載在聯副上的各類文章若干篇，分類彙編，合成一集，名之曰「聯副三十年文學大系」。這是三十年來新聞界及文藝界一件大事，一件壯舉，其規模之弘大，未必絕後而確屬空前。

這部總集名爲「文學大系」，內容卻不限於純文藝創作，全書共分五個部門：小說、散文、詩、評論、文學史料，前三者屬於純文藝，後二者並不完全是。文學史料門只有一個單元：「風雲三十年」。評論門則有七個單元，每個單元的文章編爲一卷，每卷各有序文一篇。聯副主編瘂弦先生囑我爲其中的第七卷「文化與生活」寫序；我本無此資格，而雅意殷拳，辭不獲允，只好勉強答應下來。

本卷共收文章四十九篇：其中有四篇演講筆錄、兩篇訪問對話、一篇座談會紀錄，其餘四十二篇論文由作者自行執筆撰寫。有幾位所寫不止一篇，所以作者共爲三十一人，包括紀錄訪問者六人在內。這些篇論文、筆錄、對話、紀錄，涵蓋面相當廣泛。有些文章討論文化本身的各項問題，如傳統文化與新文化、中國文化與西洋文化、科學與社會、天道與人文等；有人講人生旨趣與歸宿的抽象理論，有人關心中國青年與青年中國現狀與趨向的具體事實；或談古代經典，或論現代史學及史家；或論中國人物畫，或談西洋搖滾樂；治版本學者論藏書樓，收藏家談藏書票；連孔子的幽默都被發掘出來了。我雖沒見過「大系」的全部目錄，但從其他各卷的標題來看，似乎凡無類可歸或類別難定的文章都歸入了這一卷。也許有些讀者認爲這一卷文章性質未免龐雜，但我可斷言，其價值絕不因之而有所減損。這些篇文章大多數都具有精湛的內容，獨特的見解，值得熟讀深思。讀者程度高的讀後會莞爾而笑，程度較淺的會恍然大悟，可以增長知識，可以引發興趣，也提供了若干需要學術界及社會人士共同探討的現代文化問題或生活方向。都不是看過一遍就不必再看的尋常文字。

本卷作者三十一人：論身分，有文壇先進老師宿儒，也有英髦俊彥後起之秀。序年齒，除去已逝世的林語堂先生俞大綱先生之外，八十以上者五，七十以上者三，最年輕的幾位則只有三十幾歲。真是「羣賢畢至，少長咸集。」老中壯青，四代同堂。其他各卷一定也有這種情形。上述作品內容涵蓋之廣，作者年齡差距之大，正足以表示三十年來文藝及學術思想的蓬勃發展。

爲這樣一卷書作序，委實不是件容易事；面對這些性質不同而程度也不可能齊一的文章，作者中又有五位比我年資深年長，誠惶誠恐，頗感無從下筆。躊躕經日，終於想出了一條路。本卷主題是「文化與生活」，而有關戲劇的文章最多，約占全部篇數四分之一，自成單元。文化問題，「茲事體大」，淺識如我，固然「不敢贊一辭」；何不就生活及戲劇二者，零星的寫一點意見或感想。

王右丞云：「少年不足言，識道年已長；事往安可悔，餘生幸能養。」這是我很喜歡讀的四句詩。我生性懶於思考，最怕談哲學，但畢竟年事已長，近來似乎也頗識一些道理。根據我本身的體驗以及目所見耳所聞，我想略談一項人類生活上的問題：精神與物質。

一般人常把生活分爲物質生活與精神生活；我認爲這是不對的。物質與精神渾然一體，如何能分？又有人說，物質與精神是一體兩面；這話也不完全對，一體而爲兩面，還不是分開了？精神與物質的相合，應當比作「水乳交融」，每個水裏都有乳，每滴乳裏都有水。精神是乳，物質是水；其重要條件是每滴之中乳多水少。水多乳少，稀稀薄薄的，誰能愛喝？喝下去也是養分不足，不能發揮其作用。有人早餐喝一杯牛乳，可以等到午飯，若只喝一杯開水，一會兒就餓了。孔子說：「譬如犬馬，皆能有養；不敬，何以別乎？」養、屬於物質，敬、屬於精神。即使是犬馬，給牠們食物的時候，固然不必恭恭敬敬的說：「犬大爺、馬先生，請吃飯。」但如在他們面前拿著一根鞭子不停地揮舞，牠們一定吃不好，甚至不敢吃。因爲牠們的身體(物質)雖未受到傷害，精神卻遭到威脅。人類無論上智下愚，都會因惱怒或憂愁而寢不安席食不甘味。孔子在齊聞韶，三月不知味；餓者不肯受嗟來之食；陳後山不肯穿從趙挺之家裏借來的衣服而寧可忍寒挨凍：都是精神勝於物質的明證。

從前在北平有一位朋友給學生講文學作品的內容與形式。他說：「文學作品就像餃子或餛飩，內容是餡，形式是皮，不可偏廢。但要像北平話所說『薄皮大餡』，才是標準好吃的餛飩餃子。皮厚餡小是包子，有餡無皮是川丸子，有皮無餡就成了片兒湯。」——片兒湯是北平尋常人家的一種麵食。和好了麵，擀得極薄，用手撕或用刀切成均匀的片狀，下鍋煮。有葷素兩種，葷者加油、鹽、白菜、瘦肉絲，素者不加肉絲。片兒湯的作法及味道跟南方的陽春麵差不多，陽春麵是長條兒的，片兒湯是薄片兒的。人類生活也是如此，精神是餡，物質是皮，餡要大，皮要薄。而川丸子總是比片兒湯好吃，如果二者不可得兼，吾寧舍片兒湯而取川丸子也。

我對於西洋話劇完全外行，中國古典式的歌舞劇，即以平劇或稱京戲爲代表的所謂國劇，則因爲居住北平多年，從小就是戲迷，其間種種，略有所知。限於篇幅，不能多談，僅談最普遍的臉譜與服裝二事。

國劇臉譜是從面具演變進化出來的。用精心設計的色彩與形象，象征劇中某些人物的性情、品格、身份、地位，以及種種特徵。較之面具更爲美化，更爲真實；不過這是誇大突出的真實，是透過幻設而生的真實感，與一般所謂真實不同。真實人物那有那種長像的！幾十年前，新文化運動初起時，曾有人批評臉譜說：「真是荒唐，竟把圖案畫到人臉上去了。」殊不知就是要畫在人臉上，才能產生上述那些效果。這個道理，現在已普徧被接受，不僅很少有人再發出民初那種淺薄錯誤的批評，還有不少人繪製各角色的臉譜，附加說明，精印成册；於是這些「圖案」又從人臉上移到紙上去了。然而，往臉上畫精美的彩色圖案是一種高度的技巧，遠比在紙上畫困難；塗著滿臉油彩，可想而知是很不舒服，還要挺上二三十分鐘甚至一個小時，更需要高度的耐力。隨著國劇的漸趨没落，會在臉上畫、肯在臉上畫，這樣的人已越來越少。近年的國劇演出，有些演員所抅臉譜已比從前簡易，甚至有些本該「抅臉」的角色也改爲「淨臉」。（乾淨的淨，不是生旦淨末丑的淨。）再過若干年，臉譜將成爲畫册上的遺跡。畫册上的臉譜不能跟演員臉上的比，前者是平面的，後者是立體的，前者是靜止的，後者是生動的。——臉譜另一重要效果是襯托淨角唱念時的腔調韻味及氣勢，「聲容並茂」。同樣一個淨角的，不管是幾十年前的金少山、裘桂仙，現在的高德松、陳元正，在臺下便裝清唱，其雄壯、渾厚、蒼勁、威猛，便較之抅上臉穿上戲裝登臺演唱時大爲減色。視覺與聽覺互爲影響，這是人所共知的。

國劇服裝，自成一格。其特點是：表示劇中人物的身分、地位、職業、民族、性別、年齡等等，並配合全劇的場面及人物的動作而變化調整。卻不分季節，不論時代，是四季裝，歷代服。忠姦善惡，男女老少，夫人使女，相公書僮，達官貴人，販夫走卒，中原士夫（漢人），番邦兒女（胡人），服裝各異，不相混淆。公衙差官白天跟部下開會時的服裝，與夜出辦案時所穿著的完全不同。元帥坐帳點將是一套戎服，上陣交鋒就要另換一套。但是，無論劇情進行於春夏秋冬，發生於漢晉唐宋，服裝都是一樣而無所分別。常有人問國劇服裝是那一代的；答案是：那個朝代都不是，而是國劇所獨有。如必欲求真考實，我想國劇中漢人的服裝可能跟明代差不多。因爲許多名目跟明內府本元明雜劇後面所附「穿關」大致相同，這些「穿關」，詳載各劇人物的服裝，都是出於明朝成化弘治間內府伶工或職業劇作家之手。另一方面，國劇服裝的式樣很像明刻本戲劇小說的插圖。至於番人服裝則是清朝的，四郎探母的「兩把頭」、「花盆底鞋」、「對襟褂子」等，都是地道的清代裝束，我小時候猶及見「勝國衣冠」。四郎探母是宋遼交戰時的故事，遼代人絕對不是那樣打扮。這也是國劇服裝只論人物不分時代的一個例證。

報紙體育版評論球賽，往往有這樣的話：「某球隊或某隊員臨陣失常，未能打出平時水準。」我這篇序文確實有點失常，結構支離鬆懈，詞句拖沓繁冗。當然，我的「平時水準」也並不高，但較之這一篇或許高出些許。反正球是輸了，希望輸得不是太多。其所以如此，則是要配合全書出版日期，時間有所限制，寫前没有充分沈吟醞釀，寫後没有充份洗伐點竄，「刮垢磨光」。

杜甫詩云：「新詩改罷自長吟」，長吟即是「推敲」改定。「詩是精鍊的語言」，當然要千錘百鍊；文章，無論是文藝性或學術性的，又何嘗不然。有一位前輩曾說：「文章寫完了要擱一擱」。意思是說，要假以時日，多看多改，才能站得住。另外我一位老師則說：他寫文章只要在寫完之後再看一遍，大致改一改就可以了；擱得久，改得勤，看了又改，改了又看，便老是覺得疵病百出，永遠拿不出手。這兩種說法合起來，便是論語上所說的：「季文子三思而後行。子聞之，曰：再斯可矣！」我平時寫文章，至少要改兩遍。也就等於再思，有時會數易其稿。這篇文章則只是大致改了一遍，也就是只經過一思。寫作過程既與平時不合，寫作結果焉得而不失常。

總而言之，這實在不像一篇序文，讀者不必把牠當作序，只當作這卷書的第五十篇文章，看過之後，一笑置之可也。

（選自聯經出版公司「聯副三十年文學大系」評論卷七「文化與生活」）

●**楊雲萍**，本名楊友濂，民前五年生，台北市人，筆名有雲萍、雲萍生等，是台灣第一位以純熟白話文寫文章，辦白話文學雜誌的人。曾任職於國立編譯館、臺大歷史系教授，博士班兼任教授。著有「山河詩集」、「臺灣史上的人物」、「臺灣文化與文獻」等。

新紙十千墨一斗

楊雲萍教授的文學與史學

■丘秀芷

他是本省籍第一位以流暢白話文寫散文、小說的先進。

他是一位收藏家，明清字畫和古來的貨幣，他都收藏豐富，更有上至商、周的斧、戈、首布等稀珍古物。

他也是南明史學者、臺灣史權威。寫古詩，也寫現代詩！

他，跨越線裝書、白話文運動……。

最先拜讀楊先生的文章，是在「古」資料中，在民國十三年二月二十一日的報刊上讀到，士林雲萍生作的「一陳人之手記」，篇幅很大，而且是文言文，跳着看，看到最後作者的自我介紹是：「韶華似箭，歲月如梭，匆匆人間十八年矣！」十八年？十八歲？

手記中分許多段，有智慧的語花，如：「萬有不可解，知不可解則可解。」也有讀書心得，有生活描述，有心靈的觸動！二十多則手記，唯一有少年情懷的是：

往北車中，逢一麗姝，此彼有意無意。一時詩興勃然，乃成一詞焉。

「眸。似月如波脈脈流，銀河淺。織女欲何求（蒼梧謠）。」

噫。余其揚州杜牧乎。自嘲自恥，自罵自警。然還自祝自禱。

其他二十多則，全是思想深沉，甚至有中年人的成熟，怎麼說也不像十七、八歲的「總角少年」。讀「一陣人之手記」時，心想，也許這位「雲萍生」，是成年人以少年人的身分寫文章。

繼續翻舊籍，於該年（民國十三年）四月十一日的臺灣民報上，又有一篇「士林雲萍生」的文章，卻是白話文，語氣類似革命先烈陳天華的文章，一再强調、句型叠複！題目是「改造的真理」。其中有一段是：

> 「唉，破壞是意味建設！否定意味肯定！散離是意味集合！過激和極端意味中庸！從那悽悽慘慘的無人曠野中間，現出真善美樓臺的時候，正就是，我們雪那過激和極端恥的時期！」「我們要改造社會，豈願不要保中庸麼?豈願要走極端麼?……」

這篇文章，放在民國十三年初臺灣新發行的刊物上，是很特殊的一篇。不只論調，更在新文字語法的運用。那時的臺灣知識分子，只能寫文言文，標點符號最多只會用句號和頓號。有很多文章，還是「一條龍」，不但沒分段，而且沒有標點符號，連句逗都沒有。

緊接着，民國十三、四年間的舊籍刊物有許多「雲萍生」的文章，包括小說、劄記、散文……等多種變貌。

民國七十三年秋冬之際，數度拜訪這位一甲子前的崢嶸頭角少年，如今學術界南明史臺灣史的泰斗——楊雲萍教授。

●芝蘭堡弘農堂楊家

楊氏的堂號有弘農、天水、四知、栖霞。弘農最顯！源出河南。五胡亂華期間，南遷閩越。其中有一支到福建漳州，傳到十三世紀楊國策，於乾隆十五年（西元一七五〇年）隨着移墾潮來臺灣。

楊國策到臺灣北部淡水廳芝蘭堡雙溪庄水空仔頭——水源地，也就是今日雙溪故宮博物院右鄰，一個山明水秀土地腴美的地方。他以一根扁擔兩個畚箕一根鋤頭爲本，一鋤又一鋤，一擔又一擔，爲子孫開拓出基業，挑擔出美景。

第十四世也就是第二代楊家炳，繼承衣鉢；第三代楊士元，也是耕作傳家。到了來臺灣第四代楊永祿（生於道光二十三年西元一八四三年，他的傳記見「臺灣省通志」、「志稿」、「臺北縣志」、「臺北市志」、「士林鎮志」等。）自小也跟着雙親在田野中打轉。那時家中已有不少田園，不過每逢農忙，都是互相幫忙的。

楊永祿十六歲時，一回幫別人家收割稻穀，在挑穀子過田溪的時候，一不小心，兩米簍的穀子全傾倒在溪中隨流水而去，撈都撈不回來，不得不賠償人家。他憤而下決心：從此好好念書，改行！

他讀書真讀出志業來，詩名傳聞鄉里，此外，他還致力芝蘭堡地方文化的提昇。他先出資修芝山岩慈濟宮爲學塾，以此爲鄉里子弟受業的場所，更集資重修芝蘭講社。

說到「講社」，這制度的創始人就是「藍鼎元」。藍鼎元於清初平定朱一貴之亂，善後政策之一就是設講社，以教化啓發當時的民衆。

楊永祿於清末設芝蘭講社才三年，清廷割臺，日軍據臺。日人漸漸逼使漢學塾關門，也使講社無法繼續下去。不過，由於楊永祿於地方上德高望重，日人不得不任命他爲士林區長，他也常藉士林區長的身份來掩護地方上的人士。

●祖父的風骨

光緒二十九年（西元一九〇三年），已六十一花甲之齡的楊永祿爲日人所執，區長的職務也去掉。

鄉人着急得很。後來他被釋放出來時，士林（也就是芝蘭堡）地區鄉人，人手一柱香迎接，禱祝謝蒼天。

他自己賦詩言志，其中一首是：

人情冷暖太分明，加減乘除重與輕；
劫後又多家國淚，一無所值是虛名。

幸好未幾，獨子楊敦謨自總督府醫學校畢業（臺大醫學院前身，當時小學畢業可以去考，但必須十六歲。屬於中等專科學校，當時在臺灣是臺人能就讀的二所最高學府之一，另一爲臺北日語學校。）楊敦謨娶黃知母氏爲妻，到後壠（今苗栗後龍）任公醫。「公醫」係當時臺灣總督府所派任的負責地方上的衛生官員，也就是醫師。

民前六年（一九〇六年）十月十七日，楊敦謨的長子出生，輩分爲「友」字輩。楊永祿很高興，爲長孫取爲友濂（也就是楊雲萍教授）。

楊友濂從小隨老祖父母住在士林，祖父很疼愛他，常抱他到各處走，並指着人家楹聯上的字，一字字念給他聽。小小楊友濂最先開口說話，竟是念大門的門聯，衆人都十分吃驚。

老祖父則十分高興，親自寫門廉上的每個字，做成卡片，拆開來問才一歲多的小孫兒，居然字字不誤，真的會認字。這孩子豈不是天生的讀書種子嗎？

楊友濂才丁點兒大，祖父楊永祿就開始爲他啓蒙。到三、四歲時，已會背誦全本千家詩，而且認得大部分的字。這時老祖父反而開始躭心起來！

老輩人的想法是：過分聰明的孩子容易遭天忌！怎麼辦？只有長輩多積德，爲小輩積福澤。楊永祿囑咐在後壠行醫的兒子楊敦謨說，多積福澤多修善行！

老祖父篤信：「積善之家，必有餘慶。」楊敦謨除了行醫，一向就樂於助人。濟助地方上的人，也濟助別人。有一次，醫學校的在校學弟賴和與杜聰明來看他，楊敦謨招待食宿又贈送盤纏。在他是本着愛護後輩學弟，却没想到無意中，為自己的長子紮下很好的人際關係。這是後話了，賴和成為楊雲萍文學上的至友，而杜聰明則成為最愛護楊雲萍學術界的前輩。

●古籍與全本

楊友濂小時多半跟祖父住在士林。幼年時有一件事使他記憶深刻，那就是祖父七十一歲大壽時，士林街家家為之張燈結綵。他很以祖父永祿公為榮，祖父之所以受閭里人們敬重，在於他學問道德行止。

楊友濂八歲在後壠念一年公學校，又轉回士林入芝蘭公學校跳班讀三年級。學校裏上的是日文課，但回到家中，繼續跟隨祖父讀漢文、學詩。

十一、二歲時，他常搭車到大稻埕一兼賣中文書刊的紙行（今迪化街）看漢文書。有一次，他買了一本袁枚的「隨園詩選」回家，拿給祖父看。原以為祖父會誇他一番，誰知祖父正色告訴他：

「你讀書，起步要謹慎、基礎要打好。學詩，就要上追唐宋，尤其杜甫、李白等古人的詩。基礎打好之後，才讀近人的詩，不只讀詩要精研古典的，讀其他的書也應該如此。」他因為書讀得多，所以在入芝蘭公學校時作文就好。

隔數年，他上中學後，有一次上課時看禮記節縮本，他的導師今村新先生以為他看小說，走過來取走他的書，一看是禮記節縮本，就告訴他：

「你讀書，不能讀節本之類，要讀就讀全本。真正的好書，是不能增加或節縮的。」這又如醍醐灌頂，使他一生受用無窮。

祖父的原則是：讀書作詩要從古典研究起，基礎打好來。

今村新老師的理論：讀書不能偷工減料，要讀得徹徹底底。

祖父與中學漢文老師，影響他一生治學態度。

●益友江夢筆

楊友濂的中學是臺北第一中學校（建中前身）。

本來，他大正八年（民國八年）就公學校畢業。那時臺灣有臺北醫學校可考，但醫學校限制必須十六歲才能考，再念五年出來才能當醫生。他只好再等兩年。民國十年春天，考臺北醫學校的有數百人，只錄取四十名，他錄取了！

機會十分難得！但是這一年，臺北州立中學，破例招收「本島人」（日據時稱臺人為島人，山地人爲番人或高砂族）。這學校一向專收日人子弟，但是這一年，日本臺灣總督府爲了要作個樣子，表示「一視同仁政策」，改變教育政策爲「共學制」，於是臺北州立中學（旋即易名臺北第一中學），破例錄取本島人，但只取兩名。全校五年級近千名學生，只有兩名臺人，美其名「共學」。這兩名，其一爲士林的楊友濂，另一名爲彰化的謝振聲（已歿，醫學博士）。楊友濂每天通學，搭淡水線的火車，往來士林臺北之間。

一天，在回家的車上，看到一位乘客在翻閱一本婦女雜誌，不過裏面是用白話文寫的，而且是來自祖國刊行的。他十分興奮，很想借來閱讀，却又不敢開口。

在此之前，他雖曾讀過白話文小說，如紅樓夢、水滸傳（此書對他的一生影響尤大），但是從未看過祖國的新雜誌。

幸好不久，他認識一位少年江夢筆。江夢筆的父親經營「江聯發人參行」，因爲做漢藥生意，常回祖國，也因此家中有了不少祖國的新雜誌。

透過這個管道，楊友濂讀了不少白話文雜誌，如「小說月報」、「詩」、「東方雜誌」、「星期六派」等等。由於看多了，也就自己開始寫札記、心得。

民國十二年四月十五日，臺灣一羣知識分子在東京辦對臺發行的臺灣民報月刊發行了（不久即改爲旬刊，後來又改爲周刊，民國二十一年改爲日報）。

楊友濂很注意這份漢文刊物，不過，這刊物常被臺灣總督府禁止在臺發行。

同年九月一日，東京發生史所未有的大地震，三分之二以上的房子毀於地震與因之引起的火災中。橫濱則幾乎全市於火海裏。臺灣民報原已印就的第七期付之一炬不說，寄印的印刷廠也被燒掉。但十月十五日即復刊並且刊出啓事：請大家多賜稿。

●總角少年

楊友濂平日多作劄記，看到臺灣民報征稿的消息，於是將劄記略略挑選整理，然後以「士林雲萍生」爲筆名，投寄出去，總題目爲「一陳人之手記」。

民國十三年二月二十一日（第二卷二號）的臺灣民報，以兩頁半的篇幅刊出。就這樣，這位十八歲的少年第一篇文章刊於報章上。那是文言文，有議論也有感懷。

他再接再厲寄出的第二篇文章則是白話文論說性的「改造的真理」，這篇文章在今天讀起來，不算特別如何，但是在民國十三年的臺灣，則是一篇觀念新穎，而且以較純的白話文寫的文章。

不久，他又寫一篇「月下」，這又是另一種風格，而且竟是以意識流方式寫出的小說。內容是母親以婉約的方式勸兒子早早結婚，做兒子內心掙扎矛盾的歷程。

此篇體裁今天看起來似乎很舊──奉母親之命結婚，但是描述的筆法，較之今日新銳作家毫不遜色。何況在那多數知識分子還不全運用白話文、標點符號的年代裏。

發表「月下」後没多久，他跳回兩千年前，寫「那一天的老冉」。假設騎牛的李耳見孔子的情景。再接下來一篇「這是什麼聲？」筆觸却伸到低階層社會賣糕粿小販的疾苦。以現代時髦用語，那是「社會寫實」的現代詩。

短短半年多時間內，他以各種筆法寫各種文章，而他，只是十八歲的中學生（其實只滿十六歲）。他所以能以各種筆法、多種觸覺展現文章，無他，如上述他古書讀得多、讀得深，又讀過不少日文世界名著，而且能着先遍讀許多白話文著作。

●臺灣第一本白話文學雜誌

這位少年作者「雲萍生」從寫「一陳人之手記」之後，就常到臺灣民報臺北支局（分社）。臺北支局就設在抗日志士蔣渭水所開設的大安醫院右邊間，業務也由蔣渭水負責。去那兒，他不只見了蔣渭水，也常碰見陳逢源、張我軍等多位先生，這些學界前輩都鼓勵楊雲萍多寫稿。

「士林雲萍生」的稿子也真的一篇又一篇投到報刊。但蔣渭水以及臺灣民報一些相關人員，早就受日警注目。一次，他在討論「自由戀愛的問題」時，由於意見很引人側目，日警看他是臺北第一中學的學生，因此就向學校打小報告，警告學校要多注意這個「本島人」學生。

幸好他的導師今村新先生非常開明，也很愛才，又了解他，不但不責備，反而說：「高等特務（日警）這一批人最無聊。」

民國五十四年三月，臺灣的第一本白話文文學雜誌出版了，雖然只有薄薄十多頁，但是內容豐富。有散文、小說、新詩、舊詩、論說、翻譯。內容是：

創刊詞（器人）。罪與罰（小說——雲萍）。女人呀（散文詩——泰戈爾原著，雲萍譯）。論覺悟是人類上進的機會接線（論說——器人）。相片、即興、月兒（新詩——雲萍）。小鳥兒（散文詩——雲萍）。車中即景（新詩——器人）。吟草集（舊詩——雲萍）。無題錄（隨筆——雲萍）。編後記（雲萍）。

作者由兩個人包下來，雲萍即雲萍生，也就是楊友濂。器人，則是他好友江夢筆。兩個初生之犢這麼創辦了具有歷史性的雜誌——臺灣第一本白話文文學雜誌。中間所以夾雜了舊詩「吟草集」，這是年輕人「意氣風發」，向人示意，表示：他們雖辦「白話文雜誌」，却不是不會舊文學的啊！因爲民國十三、四年間，在臺灣，已掀起新舊文學之戰！張我軍是新文學之代表。舊文學的代表是連雅堂。

張我軍首先於民國十三年中發難，寫「糟糕的臺灣文學界」，接着又寫「爲臺灣文學界一哭」、「請合力拆下這座敗草欉的舊殿堂」、「絕無僅有的擊鉢吟的意義」……，今是罵舊詩學界的「守舊者」。尤其多處含沙射影，把連雅堂的形象呼之欲出。

連雅堂則全力反對新文學。他以文言文用十分嚴厲的口吻說：提倡新文學者是：「其所謂新者，持西人小說戲劇之餘焉，其一滴沾沾自喜，是誠坎井之蛙不足以語汪洋之海也噫跛。」

熟讀古籍的楊雲萍則加入新文學運動的陣營，他在人人雜誌第二期寫一題「無題錄」，就是針對連雅堂的「餘墨」而發的。

多年後，連雅堂和楊雲萍見面，說：「當年，我以爲你纔配攻擊舊文學，因爲你懂得舊文學！」這是後話，民國十四年時，楊雲萍可很敵視連雅堂呢！當然也很不贊同連雅堂的論調「詩要有韻」。他則認爲：詩未必要有韻。

人人雜誌第二期出刊時，江夢筆已回祖國定居，作者加了好多位，鄭作衡（筆名縱橫）、鄭嶺秋（鶴瘦），江肖梅、黃瀛豹（啓文）、張我軍（一郎）、翁澤生、柯文質。

尤其張我軍有名的新詩集「亂都之戀」中的一部分就是登在這一期人人雜誌。

翁澤生這一期裏登的是新詩「海濱白骨」。他屢屢在臺灣民報寫抗日文章（屢被禁），在厦門從事抗日活動，後來他被捕，被日警刑死，死得很慘。

柯文質也是烈士，他的後人於光復後受烈士遺族優待。

而最讓楊雲萍感嘆的是，江夢筆不久又回台灣，但因傷懷家國，而投淡水河自殺身死。那些「人人雜誌」的新文學運動時的夥伴，令他一生一世懷念。

●諷刺文學

其實楊雲萍並沒有摒棄舊文學，他繼續讀古書，而且，常以古籍中的某些文句，提挈出來，再以當時的情況來詮釋。他將這類文章名爲「豆棚瓜架」，連續刊載在臺灣民報上。例如刊於七十六期的「上士聞道」：

> 上士聞道，勸而行之。中士聞道，若亡若存。
> 下士聞道大笑，不笑不足以爲道。——老子。

若是人們——有靈魂，懂得香臭的人們，聽着爭自由的○○運動，馬上就放下一切的小我——他的頭顱、他的鮮血、他的情愛，躍然來和同志合力奮鬥。若是沒有靈魂，不懂香臭的東西，聽着這運動，只像牛聽着琴，茫然把眼睛珠一黑一白。至於畜牲和走狗那一類，聽着這運動，就陰險愚弄般的大笑反對起來。但是，若不被那一類的反對大笑，這運動就不是真的○○運動了。因爲那一類的墨色腦袋裏，唯有『喪天良』而已。他們不反對而贊成的盡是『喪天良』！」

那麼，我們當然可以發現如左的定理：

『真的○○家，真的爲着民衆而奮鬥的人們的價值，是和他們所受畜牲和走狗的大笑的量成正比』（註，最要認明是否畜牲和走狗。）

尚可找出這樣的教訓：

『○○家——或是先覺者之受民衆的歡迎的時候，是否不是這位○○宮，或先覺者的偶像化的第一步的時候？』（註，民衆是否盲目）。

用○○來代表某些特別的字眼，只因爲不能寫。他用很低調的題目，但談的却是很大的問題。

他的第一篇諷刺小說「光臨」（民國十五年一月一日），其實也是臺人第一篇。現今很多人常提賴和（懶雲），其實，賴和在同一天同一期臺灣民報上登「鬥熱鬧」，兩篇之間的寫作技巧，並異甚大。賴和的「鬥熱鬧」，仍然半文言半白話，結構鬆散。而雲萍生的「光臨」，諷刺「三脚仔」保正怕日警的已運用很白的白話，標點也全都運用很妥切，而且架構緊密。賴和曾對楊雲萍說：他之所以體會文學的意義和力量，就是因爲讀到「光臨」這篇作品。事實上賴和日後寫評多反日警的作品，就是受到楊雲萍的「光臨」所影響。而日據時，臺灣總督府最具體的「尖端」控制力量，就是田舍皇帝——日警。故反警察、批評警察就是反日本的權力、批評日本的統治。賴和後來會坐牢原因在此。

●到異鄉

民國十五年三月八日，楊雲萍中學畢業，立即啓程到日本唸書。初到日本，他還常寫一些小說散文。如「到異鄉」、「兄弟」、「黃昏的蔗園」、「加里飯」等等。

他先就讀於日本大學文學部預科。結業後，就讀日本文化學院大學部文科。那時文化學院大學部部長就是日本文壇赫赫名家「菊池寬」。菊池寬非常賞識楊雲萍，此外，大學部裏還有一位老師也很欣賞楊雲萍，那就是後來得諾貝爾文學獎的川端康成。

在兩位大師的薰陶下，楊雲萍並沒有大量創作，反而更謹慎下筆。再者他的興趣轉向多方面。本來他就對歷史有興趣，這時，更潛心於研究歷史。因爲這時的楊雲萍已不只關心故鄉臺灣，再關心整個中國的前途。中國近百年來所面臨的，是有史以來最惡劣的局面，他要從「歷史」去找答案，後來他會研究「南明史」，與此時的動機，有密切關係。

再有，他覺得語文基礎十分重要，因此除了本來就深入的漢文、日文之外，他又在英文、德文下很大工夫。一般人把語文當工具，他却認爲：語言不只是工具而已，更可以從語言探討出民族性、地域性，也可以反省出自己的語言的本質。譬如中國人說「吃飯」，而日本人却是「飯吃」。中國人吃字在先，吃的東西於後，日本人却先把「目標」擺了出來。中國人說話，常不用主語，英、德歐美的語言，都有主詞。

楊雲萍覺得從語言去研究民族性，十分有趣。對日文尤其下相當深的工夫。只是戰後的日本語文亂了。他對英文也一樣深入研究。

此外他也醉心哲學，他的思想已比多元更多元化。

他的生活也是多元化。除了文學、歷史、語文，他更好收藏。本來收藏就跟歷史有密切的關係。

其實他的文學作品，從一開始就顯現出多樣性來，隨筆、箚記、散文、小說、論說、新詩、舊詩全寫。寫的層面角度更深廣。他認爲：「文學是一種表現。」

如果從他作品筆觸之廣、筆法之複雜來看，正可印證他的爲人興趣非常多樣。

初到東京，楊雲萍還參加臺灣青年會，當選青年會的學術部長，但是後來因爲青年會有些人過分極端，而且不紮實行事，他不得不退出來。這時在臺灣的文化學會也是如此，有些青年過分偏激走向左傾，無情的向舊幹部開火，逼使舊幹部離去。

楊雲萍覺得從事民族運動、文化運動立意很好，但走火入魔就不好了。

●回家鄉做學問

留日六年，再回臺灣，楊雲萍已由尖銳的少年，變成穩重的青年。林獻堂非常欣賞他，很想把族內的一位女孩嫁給他，可是他們二人無緣。林夫人亦極疼愛他，他常去霧峯萊園，一住數日。

楊雲萍回臺後，沒有正式職業，就是讀書、寫詩、作學問。他對南明史特別有興趣，乃因他對南明那一批愛國志士學人最敬服。他研究出鄭成功登陸的確實地點。以及當時的「曆」有「清曆」和「大統曆」。鄭氏自永曆六年用大統曆，因此，鄭成功登陸的日期是清曆順治十八年四月二日，明永曆十五年大統曆四月一日，也就是西元一六六一年四月三十日。他也考據出鄭成功死於瘧疾。這都是學術上重大的發現。

因爲日本人一再破壞臺灣的許多文物，楊雲萍抱着能保留一分是一分的心理，盡量收藏。除了字、畫、古物，他收藏錢幣，尤其是南明的錢幣最稱完備，勝過「昭和泉譜」、丁氏「古泉大辭興」、「東亞錢志」等著錄之總數。

清代兩百多年，不許民間保留有三王（吳三桂、耿精忠、尚可喜）和明鄭氏的許多文物，尤其錢幣。清代「錢譜」也不敢著錄。楊雲萍則設法蒐集許多珍貴的三王、明鄭錢幣，甚至明末闖王流寇的都有。譬如：

明末流寇孫可望——興朝通寶。李自成——永昌通寶。張獻忠——大順通寶。吳三桂未稱帝前——利用通寶。稱帝後——昭武通寶。吳三桂之孫吳世璠——洪化通寶。耿精忠——裕民通寶。

他還保留有連雅堂大部分手稿。

●山河詩集

楊雲萍到二十九歲才結婚。夫人黃月裡小他八歲，是淡水高女畢業，是溫文美麗又極有才賦的智慧女子。

黃月裡嫁給這麼一個「没有正式職業」的丈夫，却無怨無尤。有段時期他們生活相當窘迫，黃月裡就在每年尾冬人家農家休耕時，跟人家借田來種芥菜、蘿蔔（農人很樂意，因爲人家種菜會澆肥，又會除草，地較肥，又免長雜草，何樂不爲？）高女畢業的大家閨秀，也不得不以彈鋼琴之手做粗重的田間工作，却仍滿心喜悅。她是一位基督徒，在她的「視界」，一切歸諸神的意旨，她全力支持丈夫没有正業的讀書人生活。

七七事變前，楊雲萍的詩曾入選「昭和詩選」，肯定了他作品的價值。

民國二十六年以後，楊雲萍一系列在報刊上發表的文章，已偏重歷史研究和考據。如芝山巖考、鄭成功雜考等，另有介紹前人或同時代人的詩文，又有談玄學的專論。

不過他繼續作詩。民國三十二年，他出一本日文「山河詩集」，以「山河」二字爲題，乃源自杜甫的詩「國破山河在」，雖然這部詩集中二十四首，其實沒有「山河」一詩，只不過有濃郁的家國感情，也有歷史感情。如其中一首「新年詩感」，不僅隱藏志節，也暗發豪語：

我之詩篇散在世上。
我之考據文字與先哲同其久遠。
觀碧空無礙於奔濤駭浪之彼方。
信唯有道義千古不滅。
今茲癸未(民國卅二年)陽曆元旦，
陽光明麗，梅花之槎枒，
古枝新幹，最多着花。

詩集中多篇敍述第二次世界大戰中，臺人生活之困境，如「賣不出去的詩」、「路」等，他隱藏著自己對苦難臺胞的感情，宣諸於文字。

從中學生時代起，他就擅長寫販夫走卒之流的悲苦，此時依舊。但這時，更加渾圓成熟。至於對祖國的感情，可以從「猩猩」一首詩看出來：

歲月是怎樣流走的，已經沒有了記憶。
有的只是長的臉毛，和垂下來的下巴肉而已。
終日，抓緊了鐵柵，擺動着腰肢。
但，擺動腰肢並非我的趣味。
至少，接連湧來的故山之思，多少能抖落些吧。
……

他自嘲爲猩猩，這篇文章有些消極。不過，另一篇「鱷魚」就積極了。

「你說我是太過於靜止了嗎？是因爲地球迴轉得太快呢！可是，這裏的水太冷了，再使水溫暖一些吧。寒冷，寒冷，啊，寒冷。然而，唯有附着在我尾巴上的劍，絕然絕然不會生銹。」

舊時也作了不少，如「似灌園先生」（灌園爲林獻堂先生之號）、「甲申保成」（本文題目「新紙十千墨一斗」即出於這首民國卅三年作的舊詩），都很明顯的寫出自己對汪僞政府、日本軍閥的批判意識（前二首詩已刊於七十三年二月號文訊，楊雲萍教授作「未消瘦的詩魂」）。

●另一種層面

光復後，他從家中走出來，歷任臺灣省行政長官公署參議；臺灣省編纂組主任，省通志館、省文獻會、北市文獻會委員，以及東海、文化、臺大等校歷史研究所博士班教授。這些工作，也使他與文學「創作」愈來愈遠，他的作品全與歷史相關。

民國四十一年開始在中華日報連載「臺灣史上的人物」，一日一篇，共一百二十篇。在「臺灣風土」雜誌上的作品更多，此外在「臺灣風物」、「史學集刊」等許多學術刊物發表論文。

他的論文甚受世人重視。民國四十八年，一月八日，胡適先生曾給他一封信：

雲萍先生：

前日在山上暢談，甚慰。

謝謝你的信和大作五篇。

「鄭成功焚儒服考」一篇，我最感興趣。你考定這個傳說只有鄭亦鄒的一個來源，證據很充足；考定梨洲遺著中的「鄭成功傳」不是梨洲的著作，又考證謝國楨的錯誤，都很好。你指出鄭成功在遁入海之前已統過兵，並非「未嘗一日與兵權」，是很有力的反證；其餘四篇，也都拜讀了，多謝，多謝。

胡適敬上　四八、一、八

胡適先生！這位提倡白話文運動的先驅，與臺灣第一位寫純白話文學創作的楊雲萍，在三十多年後，往來交談的竟是「古老」歷史問題，未嘗不是一件有趣的事。

如今，一般人更只知道：楊雲萍教授是研究臺灣史、南明史的權威，但少有人知道他以前寫過多種類型的文學作品，也少有人知道他是臺灣第一位以純熟白話文寫文章，第一位辦白話文文學雜誌的人。

最近，「國立編譯館」新刊連雅堂的「臺灣通史」，行將發行，請楊教授作一篇新序登於卷首。在這篇短短序文中，可以看得出現今七十九歲楊教授的歷史觀，和還未失去的詩魂以及憂憤之情的一端，與他六十一年前的作品比一比，讀者或多或少有一些感想、感慨。錄之以結本文。

「臺灣通史」新序

歷史研究，客觀性乃最重要之條件。然歷史認識，自有其主觀性。有歷史家，斯有歷史，雅堂連橫著「臺灣通史」，是一部主觀性極強之史書。他是歷史家，更是詩人，更是愛民族的志士。「通史」成於日本人占據臺灣後二十三年。河山已改，事物多非，連氏悲之、憤之，有所希期，作此巨著。

「通史」亦有其可議論處。如史料不完備，「府志」類，僅「余志」。各種檔案，以及日、荷文件多付缺如。然因時代所囿，固不能苛求，或以一而概全。其爲古典的存在，將與臺灣之河山，同其不朽。

「通史」，原刊之外，版本甚多。此次「國立編譯館」以謹嚴態度、周到工作，重刊新版，黎明出版文化公司廣爲刊行，實對此巨著之再肯定。

先生逝世，已經過四十八年，回憶當時余尚年少，曾爲文請益，又曾樽請暢論。後來與哲嗣震東兄，交情如手足，文孫戰與長男莅威又爲同學。嗟，四十八年，恍如一瞬，日來也上風雲，讀史著，能無憂患乎？

（原載於74年2月「文訊」16期）

〈楊雲萍作品選〉

一陳人手記

解題：作於西曆一九二三年，時年十八，台北第一中學校三年級學生。翌年，即西曆一九二四年，日本大正一三年，二月，發表於「台灣民報」第二卷第三期。六十五年之歲月，恍如昨日。

牧童。僕之刎頸交也。曩日來訪。見僕書篋。檢索無遺。手僕手記。反復再四。悠然曰：「汝盍寄於臺灣民報諸。」僕怫然曰：「汝其戲我奚甚耶。夫此胡談亂筆，倘一旦刊諸誌上。是可忍也，孰不可忍。」牧童正色曰：「假使汝所謂胡談亂筆，又安知讀之者，目汝之胡談亂筆。反可以自警自戒者。」僕乃笑曰：「直期海濱逐臭之萬一耳。」於是，草草抄錄。敢去問世矣。間有不快處。約削去三分之一。然其餘，殆無刪改。欲存廬山面目故也。而量則數月間而已。嗟夫。僕本三尺微命。一介書生。徒懷壯志。空抱雄圖。歎馮夷之易老。痛李廣之難封。一事無成。半籌莫展。而韶華似箭。歲月如梭。忽忽人間十八年矣。嗚呼。玹下歌殘。舟輕一葉。離騷賦罷。酒滿千杯。寧跡樊生。也從屠狗。願逢老子。可學騎牛。然投筆燒硯。班超直入虎穴。去鋤休耒。陳勝自許鵬騰。是以僕未嘗不為世界千千萬萬而自重自愛也。回思手記之迂拙。自覺紅透耳耳。若謂宋人燕石之珍。則僕知陋矣。

一九二三年

○月○日

生於虛無。然不可忘乎現實。

萬有不可解。知不可解則可解。

○月○日

雨霽。望月浴畢。如秦鏡。萬籟都絶。只虫泣一二。兀座庭石。偶有動于懷者，而傷情之思生焉噫噫十年前之如今宵月夜。豈非我倚祖母放歌曰：「勿訝登科早，嫦娥愛少年。」時乎。憶昔年之我乃無垢一純潔，不知理智爲何物之一童兒耳。而自察十年後今日之我。不得不自歎其遷變之甚，負罪之速也。昔康强之祖母。今也則病矣。嗚呼。明月無心。依稀皎皎。未曾爲被時刻翻弄下界人間憐也。虫聲斷而復聞。再增忸怩耳。

○月○日

管子將了。三思之。幾卷管子。有片言可以敝之曰：「衣食足、然後知禮樂。」所謂法家者之思想，其與唯物史觀同否幾里歟。

夜閱松永氏「支那我觀」。至於共同管理一篇。曰：『列邦宜虛心公明。揮其經濟的手腕。徹底的干涉其內爭內政。是、不但斷無侵害支那主權、而正四萬萬支那民族之幸也。』余不禁廢書而歎曰：『噫噫。奚矛盾之甚耶。既曰干涉其內政、而曰不害其主權。又不察人之有得隴望蜀心乎。倘如是，則齒其寒何。』事雖非屬新聞。杞憂有不再燃不得者也。至其論民族性。余始而慣，繼以怒，既乃歎，終于笑、噫。

○月○日

星期。向窗攻莊。爲昨梵膏繼晷歟。不覺何時已入黑甜鄉矣。醒時、日將西矣。遙耳樵歌互答。見情口占二句云『睡起宛然成獨笑。教聲樵曲在雲問。』示諸祖。祖曰：『古人之句有似此者。』余不覺笑曰：『知之矣。孟新書也。』潛在精神其斯之謂歟。

○月○日

朝飯多一盛。爲余今日之所全得。可勝概夫。可勝概矣。

○月○日

父夜歸自北。携金魚數尾。命余貯以瓶。因有感乃跡莊周寓言。成一篇焉。

雲溪子訪屯山子。見案上、瓶泳金魚。雲溪子曰「瓶何小也，魚其幽悒乎。」屯山子笑曰：「夫物自其大者而觀之，則南溟東海乃杯水之不若。自其小者而觀之，雖硯池盤水亦洋洋之湖海也。況子非魚、又安知魚之幽悒乎。」雲溪子抗髒曰：「吾觀物之大小輕重也從一標準。是瓶也是魚也，瓶豈非小哉。況子非我、又安知我之不知魚之幽悒乎。」屯山子勵聲曰：「若是爲蜎蠉。瓶大乎小乎。」雲溪子曰：「瓶其大也。何則、標準者蜎蠉也。」屯山子鼓掌哄然曰：「子非蜎蠉、不知瓶之大也。子非金魚不知瓶之小也。何況子非我，又安知我之不知子之不知魚之幽悒乎。」雲溪子不讓曰：「子非我也。又安知我之不知子之不知我之不知魚之幽悒乎。」互相爭辯不休。

偶耳咳聲。回視之。芸萍子來也。二人語以故。芸萍子乃惝然曰、『微乎、微乎。吾人智力之有限也。絕對的真理、非吾人理智之所能探求者。』惻惑悽愴。直將狂者。

當斯時也，忽薰風習習。瑞氣氤氳。一白髮黃顏老人現焉。三子似醉如痴。眼不能閉、不能張。四肢頓難自主矣。

俄、老人悠然曰、『相對的批判、以探求絶對的真理。』聲同曉鐘。三子齊呼曰、『知之矣。知之矣。』張目時。方覺同睡机上。而瓶中金魚、猶自上下不已。開户視之。疎星在天。明月滿地而已。

○月○日

偶步庭南。於栖棘中。得一菊焉。有感。遂成斯篇焉。雖然、余豈灰心如若乎。其亦刹邦的偶感己耳。搖搖枯草裏。一菊我獨參。有方隣栖棘。左方被葛覃。可憐我自憐。悠悠恨奚堪。同是一樣菊。我獨受人戡。同寔一樣菊。彼獨上詩談。雖有淵明者。衰容實自慚。嗚呼今已矣。暮雨聽啼鴿。

○月○日

久旱雨下。草木山川。盡皆蘇生。畜犬似不勝其樂者。狺狺高下。余亦覺快爽。然思及泥途之步難。對此美景。頓生一點不滿焉。嗚呼。耽美之福，余真畜犬之不若矣。

○月○日

閲矢崎美盛氏「近代哲學思潮」。其征物質而重精神、微客觀經驗而重主觀、直觀、微觀察而重思索者、爲現代哲學之傾向矣。

○月○日

往北車中。逢一麗姝。此彼有意無意。一時詩興勃然。乃成一詞焉。

眸。似月如波脈脈流。銀河淺。織女欲何求。(蒼梧謠)

噫。余其揚州杜牧乎。自嘲自恥、自罵自警。然還自祝自禱。

○月○日

無用爲用。無爲有爲。豈矛盾乎無不生有之法則。

○月○日

自校歸。遇一盲與相之者。盲、相之父歟。相乃八九之童也。時，日將西。四顧蕭條。唯白鷺三五而已。

嘻嘻。此父子其何處人氏耶。將何歸乎。

細觀盲者貧困窮苦之色歷歷留于顏面。況當此日暮途遠時乎。移目觀其小童。形容枯槁。衣服醜敝。而索飢之淚猶未干也。

俄此小童呼焉『父、白鷺已不見矣。殆達塒矣歟。』盲惶然急張其眼。似欲得一覩其如何者。噫。然，彼也則盲，雖一時本能的舉動。瞬後已自覺其天賦之薄、而淚滿襟矣。

嗚呼。世上幾多權貴。一夕揮霍千金。錦衣珍膳者，會憶世上有此薄命窮困人乎。

余不禁仰天欲一哭矣。再回視之。彼二人已杳如黃鶴矣。秋風其冷何。

○月○日

偶檢書篋。出昔時舊稿一。乃游芝山岩時集句也。曰：

芝草生香，到此間似有幾分仙氣。

山花獻瑞，入斯寺頓起一點禪心。

噫。此豈非四年前十四歲時之作乎。彼時也，余乃品紫評紅一風騷小兒耳。而今也則何。見景傷情。思今懷古。唏噓終夜。

○月○日

春榆君。舉花燭之喜。擬進一詞。無奈詩興不興乃學祭獺魚。強成一詞。羆豹呈祥蘭室。蓬萊景幽初闢。玩玉似相耍。韻事幾多君擇。如蜜蜜蜜。俏影低徊羅帟。（右調宴桃源）然再讀之。覺無味甚。刪潤幾次。終不滿意。嗚呼。西哲言「作之之詩。雖盡善亦第二之盡善也。」誠不我欺矣。詩安可作哉。

○月○日

芭蕉黃熟。乃折數枚。時，清風徐來。碧天如洗。於是乎，倚松根而啖焉。半枚而一仰，則蒼天悠悠。仰倦而又啖。鳥鳴啾啾。啖而又仰。仰而又啖。吁吁。淵明自酌。此宜謂雲萍孤啖。

○月○日

傍晚。散策田畝間。忽赤白犬五六。狺狺相鬥。似有所爭。俄、一農夫。手木棍。大喝一聲。則羣犬宛如漏網之魚。爭先竄逐。而昔并命之爭。渾煙化雲消矣。嗚呼。當此二十世紀物質文明中毒之秋。計空名、謀虛譽者比比也。安得有如此農夫者，手木棍。當頭一棒。使其醉而醒，濁而清乎。惆悵久之。則皓月當空矣。歸閱漱玉詞。以當鎮靜劑也。

○月○日

讀孫子至於作戰篇曰：「兵聞拙速。未睹巧之久也。」乃歎曰：「恨不能與前獨帝，而與論斯言。」

○月○日

星光萬點。虫韻一聲。晚飯後。乃逍遙乎田畝間焉。俄、而姣兎東升。滿地皎皎。於身追隨月色信步徘徊。五步一唱。十步一吟。不知身已至街衢矣。時、漏近三更。人籟都無。白壁赤瓦。直似巨人泰然安息月下者。其與紅塵萬丈白日時。奚啻霄壤之別乎。正恣嗟間。忽有聲自南來者。如怨如慕。如泣如訴。嫋嫋同春雨之濛濛。蕭蕭將秋風之淅淅。噫噫。此何聲也、其悲切若是乎而身已向南行于不意識間矣。聲出一洋樓也。于霧玻璃上，琴影映焉。而纖纖細手。猶花移波動未已也。嗚呼。弄玉耶。班姬耶。卿、知樓下斷腸傳人乎。余雖未見卿玉貌花顏、然欲香紫影、豈非卿之玉貌花顏乎。余雖未接卿鶯聲燕語、然入妙神音、豈非卿之鶯聲燕語乎。嗟夫。杜牧尋春，東風吹何處。歸歟，美景不再。留兮，魚漏頻催惆悵彷徨。渾難自主矣。殆將四更。始言歸焉。乃剪燭記之。尚有餘恨也。

○月○日

讀史至古之有宮刑。笑曰：「怪哉。千年前已有優生學乎。」

○月○日

客曰：「煩悶者社會進步之源也，即認識世界進化之基也。古來英雄傑士賢哲皆煩悶之產物也。是以人而無煩悶，狂人耳。非人也。」余曰：「煩悶可也。然非能煩悶之可貴。能煩悶奮發有爲之可貴。狂人者，能煩悶而不能奮發有爲者也。」

○月○日

閱孫文學説。三更猶剪燭焉。偶一蛾飛繞燈光。狀似不勝其樂者。然未幾被火焚矣，余撥書喟然歎曰：「快哉斯蛾也。夫物之寓形于宇內也。不啻蜉蝣。而所貴者唯適應耳。汝能以惟一之生命、而爲適志之犧牲。非達觀之士。誰能如此乎哉。世上無知小子。誚汝之投火自焚。噫。豈真知汝者哉。豈真知汝者哉。乃成一絶。」

成敗丈失本不期。恣意縱橫是男兒。
世間若輩吾何畏。直搏扶搖出天池。

（選自台灣民報第二卷第3號）

●**王集叢**，民前六年生，四川省南充縣人，原名王義林。上海中華藝術大學畢業，曾主編「大路月刊」，重慶「掃蕩報」、「時事新報」、「中央日報」主筆。來台後任職中央廣播電台，於民國六十五年退休，並曾任教台北師專。著有「三民主義文學論」、「中國文藝問題」、「文藝新論」、「文藝思想問題與文藝」、「作家、作品、人生」等學術著作及小說「晨霧」等。

■楊錦郁

驍勇奮戰的鬥士
王集叢先生的文藝生涯

●一盞落地的立燈

我們抵達的時候，內湖治磐新村數十幢七層的公寓正浴在一片氤氳的水氣中，王集叢先生就住在這裏。我們循址上了七樓，王先生已迎在門口，他讓身進去，進門處直放在一張大書桌，桌上零亂的散著他的文稿和用具，背後是一面靠牆的大書橱，這麼一小方天地，便是他著耕筆墨的園地。

屋內收拾的清爽雅緻，女主人雖不在，但從客廳裡一盆怒放的桃花，電視上頭鈎法細膩的織巾，沙發上整齊的椅套，在在可以感覺出女主人的慧心。

元宵節方過，餐椅上斜掛著一小串燈籠，這該是屬於孩童的東西，王先生說：「那是我孫女的，她今年十一歲，去年剛從大陸出來。」這個孫女的來到，想必爲王家憑添無數的歡笑。

一盞落地的立燈散發出暖暖的昏黃，爲室內營出靜謐的氣氛，想像裏的王集叢先生不該是這麼溫厚平和，他不多話，和文字裡流露出來的氣魄磅礴，予人有截然不同的感受。

話題觸及了過去，他簡短的說，「沒有什麼好談的。」感覺上，像他這樣一位與中華民國共同成長的人，經過了外在風浪的洗滌和本身知識的薰陶，已練就一種恬淡而豁達的心胸，過往的經驗有沒有人認同或激賞並不是很重要的，重要的是手上的筆還能做多少事。

●蜀地少年

王集叢本名王義林，民國前六年生於四川南充縣中和場，那是一處偏僻的山區，王家世代就在此地務農為生，過著清苦的生活，王集叢有三個兄弟一個妹妹，他排行老大。

在他六、七歲時，他的父親務農以外，經營小本生意賺了一些錢，家庭的環境因此獲得改善，也想到了子女的教育問題。他的父親生性聰明而有眼光，鑑於附近並沒有學校可唸，於是不惜鉅資聘請名師前來開辦私塾，這位老師有「廪生」的功名，教學認真而嚴格，傳授的科目則以三字經和四書五經為主。他要求學生每日要背誦數段或數行，每月還要重複累積，遇有懶惰倦怠者，動輒以板子戒尺教訓，結果家長反應良好，學生也大有所獲。王集叢先生日後對四書五經的認知，即得力這位導師的教導。

在這段時間，正值辛亥革命如火如荼進行中，王集叢雖然處在四川的偏僻地，但是幼小的心靈仍然受到若干的衝擊與啓示。

十歲左右，他先進入了鄉中的七寶寺高等小學，小學畢業後又進入南充縣的南充中學就讀。中學畢業後，又到重慶、成都求學。於民國十八年左右負笈到上海，進入中華藝術大學研究文藝。

●文藝列車越軌的卅年代

因為命中需要林木，到上海後，他便根據自己的原名「林」的意義，改名為集叢。

當時上海尚由公共租界和法租界所組成，這些租界形成一個個小王國，在管理上各有各的一套。由於洋人和華人大量湧入，使得上海租界的經濟和社會結構有很大的改變。而在文化活動上，上海則承繼著「五四」以來新文化的精神，造成百家爭鳴的現象。周策縱先生在「五四運動史」中提到上海市的歷史特點說：

「上海租界的民權鬥爭對二十年代初期中國青年知識分子的心智狀態發生過很大的影響，因爲在這時期中，許多重要的知識界領導人物、政治工作者、活躍和有抱負的青年男女，以及有魄力的新中國的學生都被吸引集中到上海市。」

王集叢便是這些新中國的學生之一，他在這個特殊的地區裏，目覩了西方帝國主義對華人的壓榨，而給予共黨大搞「普羅文學」的機會，他也置身於「民族文藝」和「自由創作」的爭議。這些外緣環境的衝擊豐富了他的文學心靈。二十歲出頭的王集叢貪婪地汲取各方面的知識來源，然後本著理性的態度和成熟的心智確立自己在文學研究上的新方向，那便是三民主義的文學觀：第一，中國不能建立階級文學。第二，中國文學需要正確的中心思想。第三，中國需要建設自己的文學。第四，中國正走向三民主義的新紀元。

在這段期間，他還與任卓宣等幾位朋友，合開了一家辛墾書店，辛墾一名是由Thinking音譯而來，表示要辛勤開墾以推展思想運動，「辛墾」所出版的叢書中還包括了王集叢從日文翻譯的「新藝術概論」。

除了開書店外，他們幾個朋友又合辦了一份「二十世紀」月刊雜誌，於民國二十年二月一日出版，王集叢在第一卷以「林子叢」爲名，發表「藝術」一文，討論藝術的本質、發生和功用等問題。

這段上海的生活經驗讓王集叢留下難以抹滅的印象。日後，他所寫的第一部長篇小說「晨霧」，便是以這一時期爲創作背景，他在該書的後記裏寫著：

「這作品所寫的，是『九一八時代』一些青年的生活意識與社會關係。那時正當文藝列車越軌的『三十年代』初期，一股逆流直沖上海文壇，橫擊許多青年的心靈。那時我在上海，也愛好文藝，自然受了些影響。我曾看到一些人在逆流中狂舞，捕捉魚蝦，並幻想藉狂浪登上高峯。又看到一些人被沖打得頭破血流，甚至肉體與靈魂全被淹没。也有些人在掙扎、奮鬥中躍出逆流，走上歷史前進的正軌。那些人影，那些活動，那些生活，三、四十年來一直活躍在我腦中，終於以小説形式寫了出來，就是『晨霧』。」

民國二十五年，他離開了上海，重返成都，在一間中學擔任教職，後來又轉入中央組織部工作。

民國二十六年，「七七蘆溝橋事變」發生，全國民心一片沸騰，瞬時展開對日抗戰的行動，這時候共黨走投無路，也宣稱「三民主義爲今日中國所必需」，接受政府的領導，參加抗日行動，爲國效命，暗中却揭櫫著：「七分發展實力，二分應付政府，一分抗日」的策略。

此時王集叢在重慶，和堅持反共的三民主義學者任卓宣時相往來，並且經常爲文駁斥共黨禍國殃民的謬論。二十八年，任卓宣在重慶創辦一個「專門研究三民主義的理論刊物」——「時代思潮」，闡揚三民主義的思想，王集叢率先發表了許多有關三民主義的論文。

●「三民主義文學論」

早在對日抗戰全面展開時，先總統　蔣公就曾號召國人不僅要達成消滅敵寇的目標，同時還要一面致力於國家建設，以實現三民主義的新中國。

當時江西省遭受匪禍甚鉅，幸賴　蔣公駐節剿平，江西省主席熊天翼先生爲了感念　蔣公的德澤，遂在省內創辦一所大學，並且以　蔣公之名爲名，稱爲國立中正大學。熊天翼先生更有心以該所大學爲推展三民主義運動的重鎮，於是多方延聘師資，任卓宣、吳曼君、王集叢等先生都在被聘之列。

王集叢先生於三十年初到江西泰和，先任職於省黨部，主編「大路月刊」、「文藝建設」，這兩本雜誌是綜合性質，編排新穎大方，在基本的宗旨上則以强己破彼爲主。

彼時的江西省是全國第一個展開三民主義文化運動的省分，在推行的口號上有三民主義「生活化」、「制度化」、「學術化」，爲了響應「學術化」的號召，王集叢多方面搜集有關三民主義文學的論文，編了一本「三民主義文學論文選」，由時代思潮社出版，接著又根據他對文學理論的精深研究，與對三民主義的瞭解，撰寫一本「三民主義文學論」，於三十二年由時代思潮出版。這本書原先分爲兩册，一是「三民主義文學論」，一是「怎樣建設三民主義文學」，後來在臺灣再版時，則合而爲一，以前者爲名。

「三民主義文學論」是我國第一部研究三民主義文學理論的書籍，也是王集叢人生裡的一大里程碑，書一出版隨即榮獲江西三民主義文化運動委員會獎勵。他在該書裡以民生寫實的精神來闡釋文學理論，更成爲後進者學習新文藝的指標。書中有一段話可以代表他的中心思想：

「三民主義是一種思想體系，這體系的中心即是民生史觀。它以『民生爲歷史的中心』，認爲社會的組織和變化，歷史的本身和發展，文化的產生和進步，都是由民生決定的。這個見地，即與文學產生於生活的事實完全合一，毫無矛盾。」

●驍勇奮戰的鬥士

三十一年春，江西省政府和省黨部同時改組，王集叢辭去了「大路月刊」主編一職，回到重慶。先後任職於重慶戰時青年訓導團，及重慶市政府設計委員兼編審室主任，重慶綏署政工處長，同時還兼任重慶「掃蕩報」（後改名「和平日報」）、「時事新報」、「中央日報」主筆。

當時重慶的報販每日清晨，總是扯著嗓子叫著「中央」、「掃蕩」、「新華」，中央和掃蕩兩報是代表全國軍民心聲的中央社，新華則是共黨用來宣傳其叛國誤民的工具。

重慶的「掃蕩報」位於李子壩，面臨嘉陵江，環境宜人，輪值寫社論的主筆必須夜宿報社，等待最後的電訊，以配合新聞撰稿，尤其還要針對共黨的統戰伎倆予以痛擊，每每熬夜下來，總會有一種疲累的感覺，然而王集叢對這份工作却甘之如飴。

抗戰勝利後，爲了順應全國的和平建設，「掃蕩報」也更名爲「和平日報」。在全國的一片歡騰之下，原以爲中國就可步上平坦的命運。孰知共黨却在蘇俄的撐腰下逐漸坐大，尤其在東北一帶更接收了日本的軍備，蔚成一股畸形的勢力。於是在重慶的新聞界又展開另一場短兵相接的筆仗。王集叢便是那驍勇奮戰的鬥士之一，在長春的失陷和收復當中，不斷以一支筆力斥「新華日報」的謬論，揭發共黨包藏禍心的真面目。

三十八年年底，王集叢從四川經廣州輾轉來臺灣，矢志追隨國民政府堅持反共立場。來臺之後，王集叢先在臺南高工教了三年的書，後來又轉入帕米爾書店擔任主編，隨後進入中央廣播電臺，以一枝强而有力的筆撰寫廣播稿，他堅守在這個工作崗位上長達二十多年，於民國六十五年一月退休。

在中央廣播電臺的這一段時間，可以說是王集叢生命裡一個重要階段。由於工作所需，他多方面閱讀中共的文藝資料，深入揭發共黨利用文藝爲工具的伎倆，以及理論上的謬誤，爲了攻破共黨的魔障，他凝聚心力以書生的武器不停揮灑，寫成一部部「傑出」的著作，其中「文藝新論」於民國五十五年獲得第一屆「中山文藝獎」；「三民主義與文藝」於六十二年獲「中華文化復興運動推行委員會」第五居「菲華特設中正文化獎金最優著作獎」。

從工作崗位退下來之初，王集叢爲自己訂了幾個重點：第一是加强三民主義新文藝課題的申論，第二是希望能完成三十年代的作家論，第三是能夠以新觀點對中國古典文學再研究。關於第一點，我們可以經常從報章看到他以本名或「余明」、「菊生」發表的文章，至於第二、三點，他已出版「作家、作品、人生」一書，交予集荷出版社。

集荷出版社是由他和夫人夏荷書女士所主持，社名就是嵌自他倆的名字。王夫人早年留日，精通中、日、英文，曾譯書多部，是王集叢精神上不可或缺的支柱。

王集叢目前還擔任自立晚報的主筆，並在臺北師專講授「大陸問題研究」一課。

●重回熱血奔騰的年代

那天，我們在他家裏，聽他平淡的叙述過去的一些片段，行將離去之前，我們問他借幾張相片，他說「一張也沒有」，問他有沒有把自己的資料整理起來，他說「亂的很」。我讀他在自選集前面所寫的小傳，字數甚至不及他對馬瑞雪或冰心等人的背景叙述，但是他說「那已經夠了」。

長久以來，他個人的精神似乎都已化爲筆下的精髓，他在意的是時代的天空，而不是個人的歷史。

我們又談到了大陸的覺醒文學，以及新三民主義建設的種種，他的精神爲之一振，聲音也頓時提高，他滔滔的暢談，那激越的聲音和神情令我產生一種錯覺，彷彿我又隨著他重回到熱血奔騰的年代。

（原載於75年4月「文訊」23期）

〈王集叢作品選〉

馬瑞雪的心聲淚痕

名音樂家馬思聰先生的全家，於一九六七年一月間逃出大陸，獲得了自由。在自由生活中，他在美國和自由祖國演奏他自作的樂曲和古典名曲，傳達心聲，引起了廣泛的共鳴，獲得了普遍的讚美。他的女公子馬瑞雪則以文藝創作表達心聲，使人和她一同感受痛苦，一同流淚，一同走上爲民族、自由、正義奮鬥的大道。

我看從馬女士的幾篇散文和小說。散文寫自己的見聞和感受，藉外在的真人真事表達內在的情真意，使人與之同在，共感真僞、善惡、美醜。如「一代藝人」，寫梅蘭芳被中共折磨致死。其死後的情形，作者的簡要描述是：「向來中共重視的人死後都葬在八寶山，梅太太不畏權勢，堅持梅先生要葬在他生前自己選的墓地。中共要在墓碑上刻『梅蘭芳同志』的字樣，梅太太斬釘截鐵地反對，她說只刻『梅蘭芳』三個字就成了。梅先生地下有知，一定會含笑九泉。」這是事實報導，也是客觀的描寫，而梅太太「不畏權勢」的反抗精神活現在眼前。於此不僅梅先生「會含笑九泉」，所有讀者亦必同聲讚揚。

散文「冬夜」寫一位「朗星叔叔」的懺悔。他參加中共許多「運動」，「總是一馬當先」。最突出的表演，是他在「土改」時候，「一心想立功，却被分到一個赤貧的農村」，經他的血手，竟把一個帶著兩個小孩卅多歲貧窮寡婚活活鬥死了！還有，他對詩人艾菁本來「崇拜得五體投地，爲了給他寫傳，天天到他家和他聊天。」後來他手中這「傳記」竟變成了揭發艾菁「思想問題」的好材料。從此這位名詩人「被打入十八層地獄，永遠得不到翻身」。這些罪惡行爲，是「朗星叔叔」以「懺悔的聲調」說出的。作者一開始寫其傍晚放學回家看見他在那裏久等，等她爸爸媽媽回來；最後顯示他「良心發現」，不得不追述這段「往事」，否則「寢食難安」。使其「終於明白，他爲什麼那樣焦急地盼望爸爸媽媽的歸來」。前後呼應，有力地突出要點。沒有特別說明、渲染，而在一個墜落的靈魂心上閃爍著人性的光輝。對文藝界言，在中共清算鬥爭作家中，少有關於詩人艾菁的消息。讀此文，可知一點「秘密」，對他在大陸的遭遇有較多的了解。希望作者多提供一點這類大家關切的情況。

另一篇題材是「毛澤東死亡的消息」，「不哭有罪」，也是表達真情深意的散文。描述大陸電視報導毛澤東死亡的鏡頭，人民「表現的是沉默」，在「必須哭的訊號時」，「拼命地擠眼淚」。於是作者主觀心情與客觀實況結合，寫道：「我留心審視這些電視裏的鏡頭，可憐，本來做戲不難，但爲毛澤東擠眼淚真不容易。我看到許多哭樣的面孔，却找不出多少淚」。接著寫其「九歲那年」、「還是四年級小學生的時候」，「史達林的死訊」傳來，大陸同胞被迫作哭的表演，發現其「臉上沒有淚痕」，竟有人大叫把她「拉到派出所，交給警察」。這是「不哭有罪」的前例。想念及此，今毛澤東死亡．大陸同胞擠不出眼淚，豈不又犯「不哭有罪」？深入體會，這「罪」的根源，在於毛澤東一意學史達林，行暴政，搞個人崇拜，其殘暴罪行，害慘了大陸同胞，大家不知流了好多眼淚！史達林和他的先後倒斃，大家聞訊，只有慶幸、愉快，那裏還有悲傷之情？那能擠出眼淚？如真流出眼淚的話，則是「喜極」的淚，是欣聞惡人遭天遣的淚。「不哭有罪」這句話中，交織著暴政的罪惡，人民的痛苦、憤恨，表現了那個社會殘暴、專橫、恐怖到了什麼程度，使人同感悲憤。

我剪存她的小說，今找到「波托瑪河畔」一篇，是有深意的創作技巧高超的作品。這大概是由於新聞報導的啓示，及作者在大陸和美國的見聞與生活體驗，引起「靈感」寫成的。其中一女青年陳怡來自中國大陸，一男青年瓦西里來自蘇俄，他們在美國相遇。雖然國籍不同，但同受共黨暴政的迫害，都堅決反共。由他們的接觸往來，顯示出中俄共殘暴的作法與程度不同，他們的遭遇也不一樣，這大同小異寫得很具體生動，有强烈的真實感，吸引力，非有實際的生活體驗和創作才能者不能爲此。

這對反共青年男女，接觸日多，自然發生愛情。小說特寫他們的眼睛，「藍眼睛」、「明澈的眸子」、「充滿同情的眼神」，互相注視的眼睛，「熱情望著」的眼睛，以此傳達反共心聲，相愛情意。反共無國界的真理，由他們的眼光照得更明亮、更具威力，而志同道合的青年男女以眼光談情說愛，也顯得極自然。故事的發展，那「興味線」先引人注意這對青年男女的結合，共同奮鬥。但是，筆鋒一轉，仍用陳怡的眼光，看到瓦西里，使她「想起俄羅斯的古老傳說和優美的詩篇」，引起瓦西里吟詠萊蒙托夫的詩——「……透過藍色的夜霧……我想到故鄉……」於是展開新的情節，寫出新的意象。陳怡的心呼應著「故鄉」，「想起了家，想起了學校，想起了未婚夫李邁」。特寫她與李邁相識、相愛，共同奮鬥，游泳逃往香港，在與兇猛的鯊魚博鬥中李邁死亡，她獲救的過程，而將瓦西里接到「爸爸的信」與他的家庭遭遇及其決心投奔自由的經過，交織其中。他們相愛的熱情也隨著高漲，但陳怡終於意識到「俄羅斯使她覺得好奇，却不能使她覺得親切。她終有一天要回到自己的祖國，瓦西里願意爲了她的緣故，犧牲他的俄羅斯，永遠和她住在中國嗎？」答案是有問題的。後來陳怡接受了一位「王先生」和「殷勤」。「王先生像大哥一樣護她，他們有共同的文化，共同的語言，共同的生活習慣。和王先生在一起，她幾乎忘記了在海外的飄零。」於此我似乎聽到馬思聰先生演奏他自作的民族樂曲，自然的民族熱情，表現得那麼美好動人。

但堅定的國家立場及熱烈的民族感情，並不妨害全人類的反共團結。因爲共黨暴政剝奪人的自由，傷害人的尊嚴，威脅人的生存，那確是一個「狗都不如的世界」，凡有自尊心的民族，凡真愛自己國家民族的人，莫不堅決反共。在這一正確認識下，在「紅葉帶給波托河畔的人們金碧輝煌的秋天，陳怡和王先生的感情已經成熟，準備在婚前舉辦一個盛大的派對。」「派對之前，陳怡首先想到的，當然是瓦西里。」接受邀請的客人中，還有三個「是匈牙利事件爆發時逃出來的青年。」終結是：「靜處，瓦西里和陳怡握住了手，他們之間保持的不是男女愛情，而是爲了共同的志向和立場，他們永遠站在一起。」多麼堅定的意志，多麼純潔的友情，多麼偉大的人格啊！

這一短篇小說，以陳怡爲中心，有關的人物六、七人。由他們的生活言行與相互關係，描畫中俄共的殘暴罪行。呈現一幅縮影，反共意識、民族思想與男女愛情交織其中，內容相當複雜，故事也很曲折。但布局有條不紊，文筆流暢、活潑、深刻動人，寫現實、夢幻、回憶，都引人入勝。其中許多對話，心理描寫，作者馬瑞雪女士的心聲，反映了大陸同胞的心情。她筆下的陳怡流了許多眼淚，使人看到大陸同胞的悲痛，也看到她的淚痕。

（選自集荷出版社「作家、作品、人生」）

●**王夢鷗**，民前五年生，福建長樂人。福建學院、日本早稻田大學畢業，曾任教於廈門大學、重慶中央政治學校、政治大學、日本廣島大學、台灣政治大學等校。著有「文藝技巧論」、「文藝美學」、「文學概論」、「唐人小說研究」、「唐詩人李益生平及其作品」、「傳統文學論衡」、「古典文學論探索」等。

■林佩芬

長鯨吸百川

王夢鷗先生的學術成就

●地靈人傑

長樂，兩個簡單的字，卻成了不簡單的組合，天下有好幾處用它爲地名的呢；唐代有長樂郡，明清有長樂縣，卻分別在福建、廣東、湖北，幾處異地而同名，是不是都由「知足長樂」的啓示而來的呢？民國以後，幾處的長樂改成了閩侯縣、五華縣、五峯縣，而留下了福建的長樂沿用舊名。

這裏，靠近福州，濱海，想來該是個水秀山明的地方吧，地靈人傑，不也是可以互爲印證的嗎？這裏，便誕生了王夢鷗；那是在民國前五年。

驀然回首，四分之三個世紀都過去了，綿長的歲月，那也是長溝流月去無聲呵！

早歲，夢鷗先生就讀於福州的一所專科學校，後來改制爲福州學院，畢業後，才又負笈日本，就讀於早稻田大學。

在異國，那也正是意氣飛揚的少壯年歲啊，汲取知識，也正如長鯨吸百川般的廣博，文學、藝術、美學、電影……初發的新芽展伸著蓬勃，一點一滴的充實自己，厚、實；辛勤的耕耘，便是來日豐收的準備啊，遊學的日子，努力，便是一切的說明。

學成回國，那已經是民國二十五年了。

首先從事的是電影工作——回想起來，也不禁發自內心的展出微笑了，夢鷗先生的笑，該也是「憶昔午橋橋上飲，座中都是豪英」的詮釋吧！那段少年的歲月，可想而知的，留在回憶中也是一種激情。

後來，便到廈門大學教書，那是民國二十九年；也就是在這個時候，夢鷗先生寫了不少話劇劇本，「生命之花」、「紅心草」等等都是這個時期的作品，在各地公演的時候，更是造成轟動，廈門、重慶，直到包頭，各個劇團爭相演出夢鷗先生的劇本；乃至三十四年出版的「燕市風沙錄」，演出的時候，真不知風靡了多少人呢！

前臺北體專校長林鴻坦先生，當時任教育廳所屬的第一劇團團長，及率領第二劇團的石先生，不但是夢鷗先生的好友，更是當時實際演出夢鷗先生劇本的負責人；至於觀衆嘛，夢鷗先生印象最深刻的，便是姚一葦先生了，從讀初中的時候便看夢鷗先生所編的劇，直到大學畢業，那可真算得上是「忠實觀衆」了。

但，這部「燕市風沙錄」只能算是副產品的——夢鷗先生笑謂。

原來，這部劇本和夢鷗先生另外一部民族英雄故事的傳記「文天祥」是一則故事，兩種說法的「左右手」作品，一傳，一劇，不同形式的表現，卻同時出於夢鷗先生的手筆，夢鷗先生才華之展現，真也是文學創作上的一個特例了。

民國三十五年，由於當時的廈大校長同時任職中央研究院總幹事，聘請了夢鷗先生進中央研究院服務，因此，夢鷗先生除擔任廈門大學的教職外，又進入了中央研究院服務，此後，便隨着中央研究院遷南京、廣州，而定居於臺灣。

初到臺灣，由於當時書籍的印行並不普遍，各方面的欠缺也使得讀書風氣不盛，因此，正中書局在遷臺以後，便着手刊行、出版一些優良的圖書，推出的外國著名小說的翻譯，也商請了夢鷗先生執筆，「可崙巴」一書的翻譯便是在這個時候完成的；同時，夢鷗先生也兼任了中央電影公司的編劇委員，展現了他在電影方面的才華，參與製作的影片如「梅嶺春回」，在當時，便是膾炙人口的作品。

由於民國三十年到三十一年間，夢鷗先生曾到重慶政治學院（政治大學前身）任教一年，民國四十五年，政治大學復校以後，便聘請夢鷗先生擔任教職，迄於今，除了在五十八至五十九年間應聘赴日本，任教廣島大學的一年之外，夢鷗先生二十多年來都在政大擔任教職，桃李春風，也數不清化育了多少英才了。

二十多年來，夢鷗先生在教學之餘，更著力於古籍的研究、文學理論、文學批評方面的論述，雖然在從事學術研究的領域中，無形中便疏離了劇本的寫作，「生命之花」、「紅心草」、「燕市風沙錄」諸作也早已絕版於坊間，但他在學術研究方面卻有了更高、更傑出的成就，二十多年的歲月，研究出來的成果斐然可觀，發前人所未見，而嘉惠後學者，允爲「一代宗師」。

●「文學概論」與「文藝美學」

文學，正是「一個涵義豐富的名詞」；文學觀念的建立，原是文學研究的基本。「文學概論」和「文藝美學」二書，前者重在界說，後者重在剖述，所作的探討則又概括了整體的文學理論範圍。

無論是「事出於沉思，義歸乎翰藻」的確認，還是近代西洋「詩」的文學觀，文學的本質與意義，在在都是一種對永恆和完美的追求；形式、內容、情感、想像，夢鷗先生的「文學概論」作了一個原則性的探討，韻律與意象的技巧運用，敘事與文體的相互關係，動作與情節構造的貫穿……組合起來的是文學的整體性理論。

是歷歷分明的，迷人的文學便是建立在條理分明之上的。

「文藝美學」的完成雖然是單篇的組合，卻又是另一層次的整體理論。以史爲經，由古典到現代，是敍述，也是回顧，論析的是西洋的文學觀念、古典、浪漫主義、寫實主義、左拉的自然主義，乃至於現代的文藝論；一種文藝思潮的起源、發展、演變和特性，以及二十世紀的文學批評，夢鷗先生作了一個詳盡的說明。

緯，則論及幾項文學上的大問題：「美」、「適性論」、「意境論」、「神遊論」。

文學理論的提出，不但在澄清紛爭的文學觀念，建立整體性的秩序，更爲文學研究者創作者的基礎；爲後學者建立一個認知的理論基礎，自然意義重大。夢鷗先生的這兩部書完成以來，一則二十年，一則十年，早已爲後學者奉爲圭臬，影響所及，當然也非一時所能計量的了。

至於「文藝技巧論」一書，則大抵是當時發表於「作品」雜誌上的一些散篇，輯而成書；夢鷗先生謙稱這只是小書，但這冊書在當時文藝理論未有專書出版的情況下，青年學子得以聊塡貧乏的智海，卻是深深影響着有志「學文」的年青人呢！

古籍的整理原是一項需要默默耕耘的浩大工程，夢鷗先生先後完成了「鄒衍遺說考」、「鄭注引述別本禮記考釋」、「禮記今注今釋」、「禮記校正」、「漢簡文字類編」諸書。

以「禮記」的整理爲主，「漢簡文字類編」則是研究漢簡的專書。

●「唐人小說研究」

「小說至唐，鳥花猿子，紛紛蕩漾。」，「唐人小說，不可不熟，小小情事，悽惋欲絕，洵有神遇而不自知，與律絕可稱一代之奇。」，「蓋此等文備衆體，可見史才、詩筆、議論。」；唐人小說，不獨讀來令人心醉神移，其中天地，更是包含萬千，自然成爲中國文學史上的瑰寶之一。

夢鷗先生自民國五十年起即着手研究唐人小說，迄今，先後完成了「唐人小說研究」專書四集，「唐人小說校釋」二册；二十多年的時間和心血，開創了研究唐人小說的先河，也完成了研究唐人小說的浩大工程；在這方面，夢鷗先生堪稱「當代宗師」了。

夢鷗先生的這項研究工作首先便在「正名」。

坊間所見的一些文學史論著，或唐人小說的單行刊本，多以「傳奇」二字總括唐人小說，譬如世界版汪辟疆校本名「唐人傳奇小說」，傳記文學版孟瑤著「中國小說史」，書中也以「傳奇」名唐人小說；而王國維著「宋元戲曲史」中更明言：「傳奇之名，實始於唐，唐裴鉶作傳奇六卷，本小說家言，至宋則以諸宮調爲傳奇，元人則以元雜劇爲傳奇，至明則以戲曲之長者爲傳奇，以與北劇相別，乾隆間黃文暘編曲海總目，遂分雜劇與傳奇二種，蓋傳奇之名，至明凡四變矣。」

但是，夢鷗先生卻對「傳奇」與「唐人小說」二詞，提出了獨特的見解，而澄清了前人的混用。

夢鷗先生以爲，唐代寫這類作品的作家，自己並沒有定這種名稱。而最早爲唐代這類作品提出名稱的，當是北宋的沈括，他在「夢溪筆談」中討論到唐人的這類作品，便名之爲「唐人小說」。

至於「傳奇」這個名稱，正如王國維所言「始於唐，唐裴鉶作傳奇六卷，本小說家所言。」那麼，「傳奇」只是一本書的名字，並不代表唐代其他的這類作品。

而事實上，唐人的這一類作品，有傳，有記，作品的性質、名稱，大約都標出來了，並沒有用「小說」或「傳奇」這兩種名稱；但有一點必須注意的，無論是傳或記，唐人多是以史家的態度來寫作的，這點與六朝志怪大不相同，是唐人「從事小說創作」的一大特色。

其次，夢鷗先生所要提出來澄清的，是「溫卷」之說與「古文運動」促進唐代小說的發展。

「溫卷」，當然是科舉制度的副產品，唐代仕子常有「溫卷」的行爲，但，夢鷗先生認爲，這與小說的發展並無多大關係，因爲溫卷的行爲是在唐代之後才流行的，其事在後，而且考尋幾位小說作者的生平也可以得到明證，例如「甘澤謠」的作者袁郊，他於唐懿宗咸通九年作甘澤謠九章，早已爲侍部郎中，那裏還要「溫卷」呢？

再說「古文運動」，固然是文體的解放，但是，唐人小說，尤其是晚唐的作品，多用六朝文體，正好與「古文運動」相反而行，那裏會受到它的推動呢？

研究唐人小說，必須就它的整體來看，思想、形式、內容，都要並重，否則便只是瞎子摸象了。

夢鷗先生的「唐人小說研究」四集，分別爲「纂異記」、「傳奇」、「異聞集」、「玄怪錄」、「續玄怪錄」、「宣室志」、「河東記」、「牛羊日曆」、「補江總白猿記」、「謝小娥傳」、「東城老父傳」、「袁氏傳」、「虬髯客傳」諸作作了詳細的考訂並深入論述，無論是作品本身、作者生平、作品中的精髓，都詳加探討；尤其是第三集中所研究的「本事詩」，不獨校補考釋詳實，更詳列今本與宋本之比較，傳本之差異，及與「太平廣記」所列之條目比較，更爲後學者研讀唐人小說的重要依據。

「唐人小說校釋」兩册（至今僅上册出版，下册尚在排印中）則由「太平廣記」中選出篇幅稍廣，敍事較具規模的篇章詳爲校釋，並作敍錄，述其來龍去脈，文旨體要，歷來論述，盡備於此。

上册中所見有「吳保安」、「枕中記」、「任氏」、「柳氏傳」、「鶯鶯傳」、「長恨傳」、「東城老父傳」、「李娃傳」、「霍小玉」、「張老」、「浮梁張令」、「賈人妻」、「紅線」、「聶隱娘」、「裴航」、「虬髯客」、「玉知古」、「東陽夜怪錄」十八篇。

關於唐人小說的研究，夢鷗先生不但開先河，更集大成；考訂原文，詳釋其義，論其所以，這「一家之言」，更是「經典之作」；長達二十年的研究，心得聚積的智慧，廣博、精深、獨到，那將是中國文學史上的另一大瑰寶。

同一時期出版的「唐詩人李益生平及其作品」，則是研究李益的專書。

或許是因爲「霍小玉」的緣故，李益其人，始終在這層浪漫故事的籠罩下而名不彰，作品的流傳更難逾越霍小玉的讀者；夢鷗先生特爲李益現存的詩集編目，又詳加推究其生平事蹟與作品；這，是不是也可以算是「發潛德之幽光」呢？

近日裏，夢鷗先生的另一册書「中國文學批評探索」也已經編輯完稿，即將由正中書局出版。

這本書收集了夢鷗先生近幾年來所發表過的關於中國文學批評方面的散篇，這些論述文字，早在「中外文學」、「古典文學」等刊物上發表的時候，就已經擲地作金石聲了，而今，這部集稿終於在後學們殷殷等待中即將問世了，不啻是件「喜訊」啊，但是，道賀已是多餘，新書出版，詳加研讀才是後學者該作的吧！

默默的文學耕耘者，謙冲的學者，蘊發的芬芳是永恆的；夢鷗先生正是一個最好的說明和啓示。

（原載於72年12月「文訊」6期）

〈王夢鷗作品選〉

文藝寫實傾向之進展

大抵文藝作品之產生，不是出諸作者內發的，便是由於外鑠的。而二者有時是共存於一件作品中，有時則有所偏重，有時甚或故意打破均衡而偏重於一面的表現。這內發的與外鑠的，到了不均衡的發展時，作者或固執其抽象的世界，或依直接的經驗而加以率直的再現。後者是屬於文藝之寫實的傾向，或謂之寫實派。

寫實派的文藝，在十九世紀甚囂塵上，但這是說寫實派的文藝理論與運動，至十九世紀始被做爲專題提出；至於實際情形，則無論在理論上或事實上皆早已存在。故欲略知文藝寫實傾向之由來，不能不稍做歷史的回顧。惟回顧其歷史，必須先認定寫實派所揭櫫的標準，而後始有憑藉去檢討以前的此種傾向。

近代寫實派所標榜的言論，在其發展過程，亦頗有進出。倘比較其論點並參證以作品內容，則其最重要之點，似乎就在於把我們所經驗的一切不加歪曲地再現出來。然而，個人的經驗有限，倘若依照此定義來寫作，則其取材範圍不免甚狹，幸好他們所謂的經驗，僅是要撤去前人專意於美的、善意的、騎士的宏量、英雄的崇高以及純粹的戀愛等等的限制，而把偉大與卑賤，超奇與庸俗，美與醜，併蓄而兼收之；換句話說，他們對於自然界所提供的材料皆一視同仁，但憑經驗所及即加以照樣的描寫。這裡，他們對於藝術美的要求，提出「真即是美」的一句解釋。真即是美，這句話很合於我國「妙契天然」的褒詞，說它的「妙」處即在於逼「真」。至於這個「天然」本身，是否即如前人所言「自然本身含有一切的美」的意思；寫實派不管這自然美，而只管「妙契天然」的人造美。人造美是藝術，他們以為經驗的再現，就是藝術創作，故其重點即放在這上面，而取材反而廣泛。

其次，由於不歪曲的再現，所以他們不許「借題發揮」或「感情用事」。這一點，論者或借用雨果「悲慘世界」中滑鐵盧戰爭的描寫與史湯達爾「巴爾姆修道院」中的滑鐵盧戰爭的描寫，比較而得寫實傾向的所在。因為二者取材於同一戰役，而且同是曾經根據記錄與實地調查，但史湯達爾僅只藉為小說中主人公的經驗，而再現其經驗；雨果則放眼全局，即使寫到法國兵的弱點，也要為拿破侖悲壯的戰爭而給與全體以理想化的印象。所以，與其說雨果是在再現那個印象，不如說在製造那個理想，與史湯達爾之僅止於經驗之再現顯有不同，故後者竟被引為寫實派之先驅，而前者則否。

再次，由於寫實派之不欲借題發揮或感情用事，故其描寫常顯有一個特征，即是他們的作品雖取材廣泛，但其描寫多是停止在事物精神以外的物象上。因此，他們所謂再現，又可瞭解為事物表面的、物性表面上的再現。他們設計以行動（包括動作與語言）代替人心的活躍，其屬於個人心理過程的交代，亦限於人人所經驗的心理，既不敢入於玄奥的衍釋，更不能做預期的設想；凡屬於抽象世界中的人物精神或性格一類的東西，他們必須用整部作品所造成的印象來表示，決不以空泛的形容詞做輕易的斷語。

總之，寫實派所揭櫫的這些標準，在文藝心理的衡鑑上，可說是利用人人經驗所及或想像得到的事物來反映作者所欲再現的一般經驗。質品之：他們既不願以抽象的來表現抽象的，也不願以現實的來表現抽象的或以抽象的來表現現實的，而是要以現實來再現現實。但從這一點，即可看出文藝的寫實傾向，其由來已久。因為純文藝所以有別於其他文字作品，就是由於它不但傳達一個概念，而是傳達能與概念相結合的一個意象；用文字這個抽象的符號構造人人經驗所及或想像得到的東西。關於想像，儘管寫實主義者反對作品中夾雜有任何屬於想像性質的東西，然而做為文藝欣賞，則不能不依想像來完成作者所欲達成的意圖。文字的表達是間接的，它不能不依賴別人由辨音字而來的能力以發動個人的理解和想像的機能。惟其如此，始能使我們於千載之下閱讀古人的描寫，仍能如見其人如聞其聲。易言之，若使寫實派文藝僅有這些特點，其實早已與文藝而俱來，固無待後人之張揚複述。唯獨其中可以區別的，乃是作者對於文藝之社會作用所持的態度。這裡，有的作者是在藝術以外另有目的而寫作文藝，他們的作品不僅發自藝術的創作衝動，同時，還或多或少含有淑世的教育目的，另一種則是純粹發自個人劇烈經驗之驅迫，以直寫自然為快樂；亦即他們僅為藝術而做藝術的活動，此外不另有其他目的，後者，或可稱之為自然主義；但因此一名詞自左拉以後另有別解，故只稱之為純粹的寫實派，以別於另有作用的淑世的教育的寫實派。一句話，討論文藝之寫實傾向，人們多以前者為目標；但實際表現於文藝作品中的，却以後者為普遍。而後者實等於用寫實的方法來表達或解決一個較大的命題。

這種普遍的寫實傾向，可追溯到人類文化史之初期。我們想像原始時代，人們對於物質的感應力，如牛馬然，初無具體的與抽象的分別，人之模仿自然，是出自人與自然同體的感覺。到了人智漸闢，始漸從渾然一體之中分出「自我」與外界「現實的對立」；更進而從「自我」之中分出「靈」與「肉」的分歧、到了靈肉分家，在西洋，因基督教義之確立，便成為再不能混合的存在；因基督教義之傳佈，原始的寫實遂與理想主義分道揚鑣。所以有人認為倘若在荷馬的「伊利亞特」中分辨寫實與理想的痕跡，便顯然有時代的錯誤。

理想的痕跡，是結合着濃厚的崇拜心理。理想之加入文藝，即是用原始寫實的方法來表現其崇拜的對象。在古希臘崇拜美與神，他們的藝術除用這種宗教性的意義之外，於做爲淑世的寫實主義文藝，便也有多少政治和道德的目的，如亞里士多芬（Aristophen），歐力比特（Euripides）的作品，即是如此。唯獨他們不同於拉丁作家，不過是他們對於美的崇敬更多於對於政治的熱情。而羅馬人接受希臘的是那些合於自己氣質的東西，所以，在其寫實傾向中更强化了淑世的功用。如呂克列宙斯（Iucretius），維吉爾，郝拉斯等人，幾乎都是爲闡發某種道德教育的目的而用作品的意象來傳達。他們這種寫實的傳達方法，遞相沿襲，其在傳奇和戲劇方面，便應用得更爲澈底，有時描摹世態，或對慘劇的實際表演，一變而爲只求博得觀衆之喝采，此外更無目的了。像這傾向，似已爲純粹的寫實主義之濫觴。

中世紀如有文藝，可說是基督教的文藝。基督教對於過去文藝之寫實傾向，本不相容。但是，他們既無法撲滅文藝，同時爲求教義之普遍與深入，反而要保留利用它爲工具。因此，他們一面除將教義與希臘哲學混和而益趨於抽象化複雜化使成爲純學者的東西之外，另一面即是教義平民化使之能在被稱爲蠻人異端者之間展開。前者使藝術聽命於教會，其表現的，如中古的宗教劇；而後者，因宗教不能離開民衆，亦即要做爲宗教文明的文藝便不能無視現實的一羣，於是教義反而被引上寫實之路。不過，他們對此，立意甚爲簡明，無非要借藝術來宣揚上帝所創造之愛與美，亦即借用民衆想像得到的現實來傳達其神秘的思想。這種神秘與寫實之調和，峨特式的藝術可爲代表，而表現於文藝作品中，如中古的大詩人葛蘭戈爾（Gran-Golre）、維龍（Villon），他們即在民衆中吟咏民衆的道德，而這民衆的道德即是基督教與現實的結合。拉沙爾（La Salle）的騎士傳奇。也是這樣，要從民衆所熟習的實生活中抽繹他們的道德教訓。

中古的寫實生活的描寫，大別之可有三方面：武功，平民生活，家庭生活。其中雖對於自然物之描寫不很注意，然而刻劃人情，則已寓有濃厚的寫實傾向，可做爲後世心理小說之前驅。這種傾向經過宗教改革與文藝復興運動，漸漸使信仰與理性互相坌湧，人們要在形而上的神秘世界中加以形而下的實證精神的滿足。於是理想與現實開始不易調和，而文藝的寫實傾向遂亦得到較爲明瞭的分野。當時在這方面，有的是順從自然法則而逞一己洋溢的精力來熔化傳統的限制，如拉勃雷之虛構故事，莎士比亞之經營劇情，聖達曼(Saint' Aman)之描寫世相，由於他們在人事方面所做無忌憚的再現；在無忌憚之中也許是含有多量浪漫的氣息，然而無忌憚的再現，實也是後世寫實派所取循的趨向。

此外，隨着宗教改革發展而來的寫實派，他們仍保持着應用文藝來導使民衆崇敬神恩的使命。這在法國當崇拜理性的古典主義風靡時代，而英國的作家却做如是表現。如李察德生對於基督教紳士的造型，笛福對於人們信仰之表達；以迄於斐爾丁，哥爾斯密士，也都是以使徒的態度來從事佈道工作。無疑的，他們的寫實，只是爲淑世活動而寫實，較之當時古典主義所含有的一些寫實傾向可說是更缺少認真。論者常謂法國的古典直接於文藝復興精神，要通過古代文明而復返於對自然的興趣，但在文藝的表現上，他們却不是一直如此，嚴格的說，當時的古典文藝，可說是用那服膺基督教義的心靈來做異教徒的想像，如拉辛的戲劇即其代表。這裡面，與基督教化的寫實主義不同之點，即是他委身於宗教教育而又涵泳於希臘文藝。他們不但使當時人復得欣然於古藝術形式之美，而且是如基督教義之楔入人心一樣，使人們深入於古人的精神而感染到古人熱愛自然的心理。由理想美移至感覺美，由其對於大理石像的莊嚴趣味，而移至對血肉之軀的想像的趣味。他們的藝術雖沒有多大改變理想派的形式，但已大部分移入感覺美的範圍，由此而產生了近代寫實主義的基礎。

這就是說：由文藝復興發展而來的寫實傾向，雖也具有教育的目的，但其態度已遠較那純以淑世爲目的者爲冷淡。尤其到了十八世紀，他們撇棄經典的訓言而去援引通俗的哲理來做矯正人心的說教。這不是以教義接近民衆，而是以民衆的道理接近民衆，不是援用現實來表達神秘的思想，而是以現實來傳導現實的思想。他們爲廣大現實的人生而藝術，但現實的人們並不對古代的人事有甚深的瞭解與濃厚的興趣，爲着從事教育活動，而文藝不能不就現時生活中尋取題材，以給民衆以較强的刺激。

爲着題材之切近，作品中人物之現實性日益增加，而理想的成分遂相對地減少。這彷彿是作品中主人公靈魂之日漸墮落，而使完美崇高之性格不易出現；然而代替這完美崇高的，却是由古代典型性格之溶解與變化而來，使完整的由溶解變化而成爲個別的。到了這裡，文藝的寫實傾向已導致作品中的人與事，由超奇趨向平凡，由類型趨向個性，才子佳人的傳奇漸成爲小人物的別傳，這一現象，這一趨勢，都只是歷史上事實的演進，不但與後來的理論無關；相反的後來寫實派理論之提出，却是隨此趨向到達某階段而後出現的結果。當然，達到後一階段的結果，其中還存着許多的外在條件，有了這些條件，而後經作家們的隨波助瀾，給與更多的意見，始能匯爲一派思潮而造成更有力的傾向。

（選自遠行出版社「文藝美學」）

●**潘重規**，本名崇奎，民國前四年生，安徽婺源人。國立中央大學中文系畢業，曾任東北大學、暨南大學教授，四川大學、安徽大學教授兼系主任，台灣師範大學國文系主任兼國文研究所所長，文化大學教授、中文研究所所長兼文學院院長，香港中文大學、新亞書院中文系主任兼文學院院長。著有「紅樓夢新解」、「亭林詩考索」、「敦煌詞話」、「紅學六十年」、「玉篇索引」、「中國聲韻學」等多冊。

敦煌石窟寫經生

精研紅學與敦煌學的潘重規先生

■陳瘦白

●「我是一個書呆子！」

「我是一個書呆子。」潘重規哈哈大笑。

他生於民前四年，今年滿七十七歲；可是無論你從外表、行動那方面來看，都不可能會是一個超過五十五歲的男人。

他生長在一個書香門第，自幼就與書籍結下不解之緣。

他畢生奉獻學術和教育，到今年教書已經有五十五年了。

他每天清晨起來先打一個半小時的拳，數十年如一日。

……

他的本名叫潘崇奎，號石禪。章太炎先生爲他改名重規，黃季剛先生又爲他易字叫襄善。

民國十四年夏天，潘重規進國立東南大學（後來易名爲國立中央大學），追隨王伯沆（瀣）、黃季剛（侃）兩位先生讀書。伯沆先生以理學聞名，並擅長詞章，有時與學生談到紅樓夢，往往引人入勝，別具會心，潘重規之治紅學，會不會與他有一些淵源？而季剛先生在他的弟子中，更特別賞識潘重規的誠篤向學，乃將長女許配給他，年輕的潘重規想來是英氣煥發、才華橫溢，方能受到恩師的鍾愛吧。

民國十九年大學畢業後，在武昌湖北高中教了三年多的書，不久又回到中央大學擔任助教，隨侍季剛先生左右，讀其藏書，學問功力遂日益精進。民國二十八年執教於四川三臺國立東北大學，剛好看到姜亮夫教授從巴黎照回來敦煌尚書釋文卷子的照片，就寫了一篇「敦煌寫本尚書釋文殘卷跋」，發表在東北大學志林學報創刊號；那是潘重規第一篇有關敦煌學研究的文字，同時也肇始了他數十年如一日的敦煌學研究。民國三十一年轉教於成都國立四川大學，並主持中文系務，這段時間，常與川中耆宿向仙喬、林山腴、趙少咸、龐石帚等諸先生來往。抗戰勝利，出川到上海暨南大學教了半年書，不久又接受鄉長邀約回安徽，任國立安徽大學教授兼系主任，爲桑梓作育人才。民國三十七年冬，共產黨倡亂，戰火彌漫，長江輪船停航，交通斷絕，剛好有一艘空船開往九江，他便決定搭這艘輪船離開安慶到九江，再經南昌輾轉到江西贛州，當他離開安慶那天，二十幾個學生幫他把書一箱箱搬上船，臨別時，大家都悲感萬端，依依不捨。他作了一首詩，寫在至今還保留著的一張宣紙上，大家簽名留念。

歲晏臨歧酒不醺，
干戈滿地惜離羣，
莫愁霰雪彌天至，
手把寒梅贈與君。

天不厭亂，不久流離到了廣州。民國三十七年春天到五月執教於紅花岡文化大學；後來廣州局勢告急，學校停課，遂和廖英鳴教授流亡香港（那時香港已承認中共政權），爲吳敬軒先生開辦廣州文化大學分校，名爲「大學」，實爲補習學校；當時不但學生非常少，校舍、教室亦十分簡陋，他一人身兼教務長、教授、書記、工友數職。

● 一個嚴正的表示

潘教授在香港時，臺灣師院任教的同門龔慕蘭、高明教授，打聽到他在香港的通信址，即請師院國文系高鴻縉主任函電交馳，邀他來臺任教。民國三十九年，潘重規攜眷住進省立師範學院（今之師大）的單人宿舍，月薪新台幣兩百八十餘元，為了節約一份每月十六元的中央日報報費，每天都向同事借閱。初到師範學院任教期間，社會上有一批人大罵讀經是開倒車，是現代化的絆脚石，他深不以為然，乃提筆寫了一篇「一個嚴正的表示」，宣達國破家亡後的感覺。並在一間小教室，課餘時講解經書。後來聽衆不斷增加，師範學院人文學社索性請他在大禮堂公開講四書，每星期日上午八時至十時，風雨無阻，數年不曾間斷一次。他不登廣告、不發消息，聽衆有學生、小販、軍公教人員、立法委員、國大代表，還有不少遠從桃園、新店清晨六點就衝泥冒雨騎單車趕來，黑壓壓擠滿了整個大禮堂。當時有一位賣水果的退役軍人也來聽講，他為什麼賣水果呢？他說，其實賣水果很辛苦，本來人家要請他去當管理員，但他提出的條件是禮拜天不能來上班，因為禮拜天要去聽老師演講。因此他只好繼續賣水果，每逢年節，就提一串香蕉去看潘老師。學社負責人同他商量，是否能改在夜晚，便利聽衆？他拒絕了——「我講經書是要證明讀經是有害於國家社會的建設？還是有益於國家社會的建設？我的見解假如不正確，登了廣告、發了消息，便要負犧牲聽衆時間精神的責任。如果改在夜晚，便須浪費學校財力，消耗政府能源。我空手登臺，聽衆隨意聽講，聽得愜意，不妨會心微笑；感到不滿，儘可揚長離去。彼此問心，誰都沒有虧欠誰。」

歷經十幾年的顛沛流離，目睹國家殘破，更肯定局勢的敗壞實在是緣於傳統文化的衰頹，為了端正學風，培養國民愛國思想，除了大力倡導孔孟學說，並建議在培養師資的師範學院，各年級都正式開設四書課程。這一建議立刻得到劉真院長的贊助和政府的批准，成爲二十餘年來在師範學府推行不懈的制度。過了幾年，國內終於設立「孔孟學會」，儒道大弘。

●推翻胡適卅年的定論

民國四十年十一月九日，師範學院大門口揭櫫着一張紅殷殷地大海報，老遠老遠就可以看到「紅樓夢」三個大字，走近幾步，發現兩句驚心動魄的標語：「揭開了民族血淚的紅學，推翻胡適卅年前的考證。」那天晚上，聽講的人羣不斷地湧進一間大教室，實在容納不下，只好把演講會場改在大禮堂；聽衆中有考古權威董作賓、師院院長劉真及師院教授高鴻縉、程發軔、陳致平、曾祥和諸先生。

這場演講，是繼四個月前在臺大的演講，答覆胡適之先生對紅樓夢的意見，掀起本世紀以來最大的一場紅樓夢論戰，轟動文壇。紅樓夢這本的抄本問世以來，沒有一本載有著者姓名，論者往往各持己見，憑藉零星資料的發現加以推論，從而建立龐大的理論。斯時斯地，潘重規强調此書的遺民血淚，在學術之外，是不是另外尚含有深意呢？

民國四十三年，張曉峯先生出任教育部長，大力提倡學術，恢復停頓多事的學術審議會，要他擔任遷臺後第一居學術審議會文學部門的委員。同時，他在教書之餘，更兼師範學院國文系務，並且主編部定標準本高中國文教科書，爲臺灣國文教育奠立基礎。當時教育部認爲他辦理師院國文系績效輝煌，要他籌辦增設國文研究所；此時新加坡成立南洋大學，這所全世界海外華人首創的第一間華文大學，特地禮聘潘重規和蘇雪林擔任中文教授。他一方面有志推廣海外華文教育，一方面也想設法把久陷大陸的親人拯救出來，於是就赴南洋大學任教。

●浮沉異域的書生

在南洋大學四年，除了出席西德慕尼黑東方學會議和麻堡漢學會議，就是教書、讀書、著書，不曾越過星馬界外一步，然而謠諑頻興，有人說他已經回大陸，更有人言之鑿鑿說他在大陸向臺灣廣播。後來太夫人安抵香港，為了便於侍養，遂應錢穆先生聘請，到香港新亞書院任教。

香港是國際性的開放都市，不僅可以開擴眼界，因為世界漢學家往來頻繁，也可以拓展交遊。在香港任教十幾年，曾多次參加世界漢學會議，並屢赴倫敦、巴黎閱讀敦煌卷子，此期間不斷發表學術論文，闡揚華學精益，他的論著確鑿淵深，於是聲譽大著於國際漢學界。

民國六十二年，受聘擔任巴黎第三大學博士班客座教授，寄居在巴黎大學城的東南亞館。近百年來，法國是歐洲研究漢學的重鎮，過去的沙畹、伯希和，以及當時的戴密微教授都是國際漢學界的泰斗。他們搜羅的華學典籍，至今收藏在法國國家圖書館和巴黎中法圖書館，其中伯希和教授運去的我國敦煌卷子，更是國際學際界的瓌寶。因此他離開香港前往巴黎時，寫下一首詩：

一篋行裝半篋書，
棲棲去住意如何？
九州掘作秦坑大，
海外聊堪活蠹魚。

一個浮沉異域的讀書人，俯仰由人，仍孜孜矻矻要過五柳先生「時還讀我書」的生活，是一種什麼樣的精神？

民國六十三年回到香港，忽然接到戴密微先生的信，說他的敦煌論述蜚聲士林，法蘭西學術院將以漢學茹連獎頒贈。法蘭西學術院和我國中央研究院性質略同，而茹連獎則是法國頒贈給國際有成就的漢學家的崇高榮譽獎。

同年他應張曉峯先生的邀請，回到華岡任教並主持中文研究所。剛回來時，覺得自己流浪多年，一面教學，一面想彌補蹉跎的歲月，所以住在文化學院藝術館就閉門讀書，很少離開學校。

現在呢——

現在潘重規居住在復旦橋下的一條巷子裏，那天我去拜訪他，看見這樣一位蜚聲國際的教授還一如往昔，坐在窗前振筆疾書，案頭隨意放置着稿紙、筆、眼鏡，四面是龐大的書牆，處處散發著一種對學際的虔敬與終生不渝的信仰；我望見紗窗外，看見春天的山茶杜鵑正盛開着。

●人生吃飯的機會太多，異域讀異書的機會太少

蘇聯漢學界領袖孟西科夫教授，看到潘重規研究敦煌文獻和紅樓夢的論文，寫信邀請潘重規到列寧格勒，參觀他所整理的一萬兩千個號碼的敦煌卷子，及乾隆抄本紅樓夢。民國六十二年，東方學會閉幕，潘重規懷抱着滿腔期待，決定闖向那座陌生的城市、陌生的人民、陌生的語言文字、陌生的社會制度，為的只是想一睹那部用御製詩做襯葉的抄本紅樓夢。

民國六十二年八月八日，他由巴黎搭乘飛往列寧格勒的班機。

飛機像一片雲絮，從南海飄向北海，晨光熹微，那些渺渺茫茫的雲絮彷彿縷刻着石窟、紅樓、黑水以及鳴沙山的風聲。

抵達列寧格勒的第一天清晨，潘重規拿着地圖走出旅館，穿過公園，沿着匿娃河找到「拿勃雷士拿佳街十八號」，這棟綠色的高樓——亞洲人民研究所列寧格勒分院。他用力推開沈重堅厚的木門，才從

辦事員的口中知道：孟西科夫離開列城去渡假了。他回到旅館枯坐，等待孟西科夫回來的消息，憑窗遠眺，眼前沒有一寸認識的土地，沒有一個認識的人物。

在列寧格勒十天，實際上只有三天半獲准閱覽圖書，當他初次手捧紅樓夢抄本三十五冊，「真有甄士隱夢中看到通靈寶玉的感覺。」他急忙捧著書細心閱讀，把頭腦變成電腦，把多年來胸中蘊積的問題盡量向三十五冊抄本中獵取，直到圖書館關閉，立刻趕回旅館，整理所看到的材料並準備次日研究的問題。時間一分一秒地溜逝，他提高警惕，更加快速地進行工作。八月十六日孟西科夫教授特地到閱覽室邀他共進早餐，他婉言早餐吃得太飽，加以推辭。他心裏想：人生吃飯的機會太多，異域閱讀異書的機會太少，千辛萬苦換來十幾小時的讀書機會，豈肯為了吃飯而耽誤？

人，是廢寢忘食的讀書人，其對知識的狂熱追求、對學術的虔敬信仰，使他飛繞大半個地球去讀幾本書。而書，的確是最珍貴的中國文書；那三十五冊的紅樓夢抄本用很薄的竹紙一字一字抄寫，每葉都有襯紙，而襯紙卻是用清朝乾隆皇帝御製詩第四集、第五集拆散後反摺襯入。這真是天大的諷刺。皇帝的大作成為無名氏小說的襯葉，不管裝訂者有意或無心，總是把滿清皇帝蹧蹋到顏面無光了。由於親眼看見抄本，修正了孟西科夫認為「抄本是以御製詩集的襯紙做稿紙，以詩集做襯葉」的觀點。而推斷抄本是用普通竹紙做稿紙，到後來批閱既久，書葉的中縫裂開，經收藏者重加裝釘，於是拆開御製詩集做襯葉，因為竹紙太薄，又把御製詩集反摺，將有字的一面隱藏在裏面，免得御製詩的文字透過竹紙，擾亂視線。由於每一頁竹紙的中縫皆已裂開，粘貼在襯葉的邊緣上，加强抄本重加裝釘的證據。這一事實與抄本產生的時代有重大關係：因為御製詩第五集刻成在乾隆六十年，如用御製詩集的襯葉稿紙，則抄本伐寫成的時間必在乾隆六十年以後；倘若只是重裝釘時用御製詩集做襯葉，則抄本寫成的時間便遠在乾隆六十年以前。

● 一個赤貧如洗的秋天

民國六十五年八月，潘重規赴巴黎參加國際漢學會議。這是他原定計劃，準備花三五年的暑假到巴黎閱讀敦煌卷子，把敦煌卷子中的儒家經典，好好地加以整理。不料從倫敦轉機到巴黎，短短四十五分鐘的行程，英國航空公司竟把他隨機掛號的行李遺失。這一件名爲衣箱實是書箱的行李，不但囊括了準備好的研究資料，連六百元美鈔的盤纏也全部在內。這一次出乎意料之外的偶然事件，不但使他在巴黎過了一個赤貧如洗的暑假，也把原定的研究計劃全盤打碎。凑巧口袋中放着一本胡適之編纂的詩選，詩選後面附載了胡先生校訂的敦煌雲謠集，這本書原來預備在飛機上打發空閒時間之用，沒想到竟成爲這次旅途中手邊唯一的敦煌資料，在無可奈何的情形下，只好把它和法國所藏敦煌原卷細細參校，一方面消磨光陰，一方面等候行李的消息。

本來敦煌石室發現了唐五代歌辭的寫本，是近世紀中國文學史上一件大事，其中雲謠集更屬文學界最注目的一部異書。因爲在敦煌石室未開以前，五代趙崇祚編的花間集，是我們能看到的最早的一部「詞的總集」；而雲謠集的抄寫更在花間集之前。根據這一事實，中國第一部「詞的總集」便須改寫爲雲謠集了。因此，當倫敦博物館一卷不全的雲謠集，在民國十二、三年間傳到東方時，羅振玉便歡喜地刻在敦煌零拾裏；而現代號稱四大詞家之一的朱古微先生得到董康從倫敦抄回來的雲謠集寫本，立刻把它收在彊村叢書，成爲叢書冠首的第一部詞集，後來又自劉復抄回巴黎國家圖書館所藏的雲謠集殘卷，悉心校訂，第一次合編巴黎、倫敦兩本的足本。總之近代詞人學者對它發生過關係的，如況周頤、王國維、冒鶴亭、龍沐勳、盧冀野、鄭振鐸、唐圭璋、王重民、任二北、胡適之、饒宗頤等，不勝枚舉，談到研究雲謠集，如果沒有看到原卷，便容易發生誤會。在無數大詞家學者之餘，潘重規暗自揣度：「還有容我插手的份兒嗎？」他一方面苦候失踪的行李，一方面更加誠惶誠恐地參校，不敢有絲毫自信，他商得英法圖書館同意，把雲謠集卷子全部照相影印出來，遍校巴黎、倫敦所藏的原卷後，發現諸家校訂還有許多值得商榷之處，因此寫成敦煌雲謠集新書。他說：「研究敦煌寫本的作品，必須通曉那一時代人寫作的習慣，必須通曉那一時代人語言思想的習慣，才能認清作品的真面目，才能領略到作品的真風格。」

●攻破文字障

校完了雲謠集卷子，行李箱還是杳然無踪。潘重規又從巴黎友人處，借來一部王重民等編輯的敦煌變文集，繼續校對變文卷子，那裏知道發現的問題更複雜、更嚴重。這是一件極其瑣碎、辛苦、機械而不許粗心大意的工作，以後賡續五、六年的暑假，他只好飛赴巴黎、倫敦，將兩處所藏的敦煌變文卷子，一卷一卷的和敦煌變文集校對，發現王重民諸氏認錯、抄錯、改錯的地方非常多。

敦煌石室藏書的發現，震動了國際學術界，其中最重要而絕傳已久的變文，尤爲近代學人所注目。原來變文是我國失傳已久的一種演述佛經故事的講唱文學，在變文沒有發現以前，文學史上許多重要問題都成爲疑案；在變文發現以後，我們才在古代文學與近代文學之間得到了一個連鎖，我們才知道普及社會的宋元話本的真正來歷，也才明白千年來支配着民間思想的寶卷、鼓詞、彈詞的淵源，如果不把變文這個重要已失傳的文體弄清楚，則對後來的通俗作品的研究簡直無從下手。所以近數十年來研究敦煌變文的學者非常多，其中王重民等編撰的變文集，根據一百八十七個寫本，編成七十八種，被國際學者公認是所有變文輯本中最豐富的一部。然而在標題、章句、分篇諸端仍出現許多極難校正的錯誤。因爲變文卷子多半是唐五代時的寫本，抄寫的文字訛俗滿紙，但訛俗之中又自有它的習慣的條理，如果不小心推敲，擅作主張，便會陷於錯誤之中而不自覺。所以校錄敦煌變文寫本，最難克服的便是「文字障」。簡單來說，「有字形無定之障，有偏旁無定之障，有繁簡無定之障，有行草無定之障，有通假無定之障，有標點無定之障。」這許多多的障礙，使得歷來校對敦煌寫本的學者如羅振玉、胡適、向達、王重民等諸先生，憑他們卓越的學問智識，單作抄寫騰錄的基本工作，還是免不了發生相當多而嚴重的錯誤。這便是他「不得不耗費五、六年的時間，僕僕於倫敦、巴黎的圖書館，披校卷子十餘過的原因。」

民國七十二年，敦煌變文集新書付梓，這本數十萬字的書是以敦煌變文集七十八種變文爲底本，並詳細加以訂正、補充，不僅增添新材料，也提出新說法。潘重規希望「繼續前輩學者的努力，尋回失落在海外的學術新材料，正確的呈獻給學術界人士，作爲發明新學說的可靠根據。」他誠懇地表示：「中國學術典籍是中國民族文化精神智慧的結晶，具有永恆不朽的生命，我們都只是爲它服務的工作人員，但我們都對它有崇高親切的敬愛，希望一個接一個的貢獻心力，爲它做出有價值的工作。」

●紅學六十年

民國六年，蔡元培發表了「石頭記索隱」，爆發了胡適之和他的公開辯論。蔡元培認爲：「石頭記者，康熙朝政治小說也。作者持民族主義甚摯，書中本事，在弔明之亡，揭清之失，而尤於漢族名士仕清者，寓痛惜之意。」胡適之則確定紅樓夢的作者是曹雪芹：「紅樓夢是一部隱去真事的自敍，裏面的甄賈兩寶玉即是曹雪芹的化身，甄賈兩府即是當日曹家的影子。」這一次辯論，胡適之大獲全勝；之後，胡先生又考得曹雪芹的家世，又發現脂評本紅樓夢抄本，因此斷定前八十回的作者是曹雪芹，後四十回是高鶚的僞造。胡先生認爲這是歷史考證方法的成功，因此博得一般學者的信從。魯迅的小說史略，乃至日本歐美人，差不多整個世界談紅樓夢的全都採用了胡先生的學說，從民國十年到民國四十年講紅樓夢的可以說得上是「定於一尊」的「胡適時代」了。

直到民國四十年。

民國四十年五月廿二日，臺大中文系邀請潘重規演講，他提出對紅樓夢的意見，正式提出對胡適之學說的懷疑——這可能是本世紀對胡先學說懷疑的第一人。潘重規認爲：紅樓夢這部書的作者是一位經過亡國慘痛的文人，懷著滿腔的民族仇恨，處在異族統治之下，刀鎗筆陣，禁網重重，作者無限苦心及無窮熱淚，藉著文字的絕技寫成這部隱書。作者藉通靈說此石頭記一書的意思，是要用「傳國璽」來代表政權，「石頭」、「寶玉」都是影射傳國璽。傳國璽的得失即是政權的得失，林黛玉代表明朝，薛寶釵代表清室；林薛爭取寶玉，即是明清爭奪政權，林薛之存亡，即是明清的興滅。

遠在少年時代，潘重規就是紅樓夢迷，腦海中終日盤旋着林黛玉和賈寶玉的倩影，不但不曾問曹雪芹是什麼人，也不曾問作者是誰。後來多看清初遺民的文章著作，以及文字獄的檔案記錄，觸發了紅樓夢中隱事隱語的機括，愈看愈覺得紅樓夢是一部漢族志士用隱語寫隱痛隱事的隱書，決非曹雪芹所作。

有人認爲他用隱語諧音拆字的方法去探求紅樓夢中隱藏的意義，是穿鑿附會猜笨謎的方法。他說：其實中國文字這種種傳統的隱藏藝術源遠流長，並且普遍成爲富有民族思想的漢人用做表達意志的共同工具，尤其是清初這一段時期，無論是文人學者或江湖豪俠，凡懷抱反抗異族的志士，都是利用「隱語式」的工具在異族控制下秘密活動！我們翻開清初文字獄檔案，知道那時候的知識份子在異族統治下的憤恨情緒和反抗事實，他們阻織同志和宣洩情感全是用隱語式的文字工具，和紅樓夢作者運用的文字技巧如出一轍。也有人質問：「你這樣考證，破壞了文學的趣味，是反文學、非文學！」其實這是似是而非的說法，因爲文學批評必須根據正確的文章，才能探求出正確的意義。本來世間一切學說真理，全靠不同的見解眼光，相摩相盪、相激相溶，然後才能彼此發明而獲得真知。他治學認真不苟的態度，使他從勇於懷疑到積極查證各種不同的斷案；當年他分別從考證紅樓夢的方法問題、紅樓夢前八十回和後四十回的問題，條陳縷析，辯而再辯，質疑胡適之的紅樓夢考證。在舉世學界認定紅樓夢作者是曹雪芹，堅定地獨特異議，毋寧是很孤獨寂寞吧！然而他卻在孤獨中發表了五十幾篇論文，不斷探討、研究紅樓夢的問題。

民國五十五年，他在香港中文大學新亞書院中文系開設了一門「紅樓夢研究」的課程，成立了紅樓夢研究小組，創刊紅樓夢研究專刊。他呼籲愛好紅樓夢的人士，無論對紅樓夢的看法如何，必須設法豐富紅樓夢本書及有關的資料，要盡力整理所有的資料，要好好利用所有的資料，要盡量流通所有的資料。他並且一再提出他的論辯對手胡適之指示研究紅樓夢的方法告訴他的學生說：「我們只須根據可靠的版本與可靠的材料，考定這書的作者是誰，著者的事蹟家世，著書的時代，這書曾有何種不同的本子，這些本子的來歷如何，這些問題乃是紅樓夢考證的正當範圍。」

潘重規研究紅樓夢六十年了，這一條寂寞的遠路還要繼續走下去。此外，我想略提他窮半生之力貢獻的另一學術高峯——敦煌學。

●欲使中國之學還歸中國之文

敦煌學是近世紀的顯學之一。

陳寅恪先生曾經說過：近代學者如果沒接觸到敦煌學、甲骨學等門類的新學問，對學術可以說是未入流。由此可見敦煌學受到學術界重視的程度。所謂敦煌學，包括的範圍非常廣，具體說來，主要是敦煌遺書和敦煌藝術品兩方面；其中敦煌遺書的面世和被劫有一段心痛的掌故：

清光緒廿五年，千佛洞有一位叫王圓籙的道士，無意中發現石室中藏滿數萬卷經卷。當時有少數卷子流傳到士大夫手中，他們只當做古董收藏，並沒有進一步追尋。後來英人斯坦因率探險隊到達敦煌，利誘王道士，運走廿四箱寫本和五箱繡畫美術品，安置在不列顛博物館。法國伯希和教授聞訊趕到千佛洞，和王道士議價購買，他的漢學造詣較深，特別挑選有年月署名提記和非漢文的卷子運回巴黎國家圖書館。經過這兩次收購，精華已去大半。接着還有德、日兩國人前往劫經數次。後來伯希和把這消息透露羅振玉、董康、蔣伯斧諸人，學部才電請陝甘總督以三千元購得剩餘卷子，押運回京，沿途被人偷去不少。

敦煌是中國的土地，敦煌文獻是中國文化的鉅大遺產，可惜現在大部分流散在英、法諸國，成爲他人的「國寶」，這對我們中國來說，不但是極大的損失，也是極深的恥辱。敦煌遺書的內容豐富，牽涉到的學術部門極爲廣泛，它關係到中國中古時代的歷史、地理、宗教、種族、社會、經濟、語言、文學、藝術等；八十年來，國際學人爭相研究，乃成爲近世紀的顯學。

各國研究敦煌學的學者，一開始都以編製目錄爲急務。除了編目，許多學者又將敦煌卷子照相抄寫複印；一般學者得到新資料後，有的作單篇研究，有的作專題研究，有的作專書研究。敦煌文獻多數是中國人用中國文字所書寫，但是我們看一看歷來研究敦煌學的著作，大多數是用外國文字在外國發表。民國六十三年，潘重規不顧一切困難編印了一本純用中國文字的「敦煌學」雜誌，他在發刊詞中說：「

欲使中國之學，還歸中國之文。」「敦煌學」第一輯出版後，得到很多學者的贊許；法國華學泰斗戴密微先生說：這是中國人研究敦煌學成熟的時機。

潘重規希望將來能收回流落海外的國寶，就像有一天能收復被侵略的國土一樣；即使不能收回，也應該把所有的敦煌遺書全部影印回來，公諸於世，解決研究者的困難，讓有志研究它的學者不必在國外辛苦奔走！數十年來，他以一己之力奔走國外各圖書館，儘可能的蒐集敦煌資料，影印敦煌卷子。他之所以不畏艱難，想一睹敦煌原卷，爲的只是求一個「真」字。做學問如果所得非第一手資料，很可能就犯下不可避免的過失。劉復先生根據敦煌手抄切韻的卷子編成「十韻彙編」，對中古語音的研究提供了很寶貴的參考資料，已經是很了不起的著作。後來姜亮夫教授在巴黎把這些卷子重新校勘、抄錄，發現劉氏的錯誤竟有幾千幾百條之多，這是相當驚人的數目，因此姜氏編了一本「瀛涯敦煌韻輯」，作爲十韻彙編的補正。潘重規四次赴倫敦、巴黎，把姜氏的書重新校勘，發覺姜氏的錯誤也有幾千幾百條之多，因此又寫成「瀛涯敦煌韻輯新編、別錄」。根據原卷都可能犯了如此多的錯誤，更何況是依據那些二三手的複抄本呢！

爲了追求「真」，潘重規有一段「一字萬金」的掌故。

民國六十八年十月在倫敦不列顛圖書館，看到斯坦因敦煌第四三三二號寫本，一張舊紙正面抄錄了兩首曲子詞，第一首別仙子，第二首菩薩蠻。這首可能是歷史上最古老的菩薩蠻，在王重民的敦煌曲子詞集及任二北的敦煌曲校錄都有收入。王重民曾見原卷，任二北看過照片，但都把「且待三更見日頭」的「日頭」誤作「月頭」。這次見得原卷，日字寫得特別工整清楚，不知任、王何以致誤？校正了一個差之毫釐，謬以千里的關鍵字，省去後不必要的揣測和猜疑。然而他回頭計算此次校正這個字，在倫敦小住，旅館日租二十英磅，總共竟花費新台幣一萬元。所謂「一字萬金」，多少說明他獲見作品真面目的代價。

●敦煌學中國化・敦煌學現代化

目前敦煌文獻已由隱晦艱苦的時期，到達昌明安定的境地。回想敦煌遺書閉藏在石室，因發現而流落世界各處，漸漸地安頓下來；從亂七八糟一箱一捆的飄流到倫敦、巴黎、日本、蘇聯和世界各地，漸漸得到珍視、整理，乃至公開編著目錄；恰似流亡各處的難民，經過播遷困苦，終於獲得栖身之所，領得當地的居留證。潘重規希望這些分崩離析中的學術文化寶書，走向團聚統一，他說：「我們應該聯合國際學術界的力量，來編纂一部敦煌遺書總目錄，一部敦煌論文著述總目錄。」此外，應該成立一個「研究資料中心」，將全世界保存的敦煌卷子全部攝影，每一個卷子又有臨寫本和楷寫本，如此便可以重新加以檢查、分析、綴合，研究工作就可以更全面、更深入。

潘重規教授在敦煌學會本部——中國文化大學，多年來苦心堅持印行「敦煌學」雜誌。他提出兩項原則、兩種精神和從事敦煌學研究工作者互相勉勵：「敦煌遺書是中國學術文化的遺產，儘管全世界的學者用各種文字來發表研究它的成果，我們必須使它中國化，將一切資料譯成中文。我們研究敦煌學是要使現代人和後代人能接受此一寶貴遺產，所以我們必須使它現代化，使現代研閱的人一目了然。」每次看到潘重規教授孜孜矻矻，力學不倦，從未以名成業就而鬆懈，不免令人想起那年他飛往法國前，所寫的一首小詩：

微茫孔思與周情，
入海遺編照眼明，
錫我頭銜新署印，
敦煌石窟寫經生。

（原載於74年4月「文訊」17期）

列寧格勒十日記

〈潘重規作品選〉

像一片雲，飄，飄，飄，從南海飄到北海。雲片中，鏤着字：石窟，流砂，紅樓，黑水，這些字，像電流似的，催動着這片雲，飄，飄，飄，飄向北海之濱的列寧格勒！

一個陌生的城市，陌生的人民，陌生的文字語言，陌生的社會制度，加上種種的障礙，重重的限制，如果想踐踏着這陌生城市的泥土，除非走入虛無飄渺的夢中。現在夢游已醒，夢影分明，追寫游踪，我真依然懷疑這只是夢！

啓程的前夕

一九七三年八月七日，我在巴黎裴亞蒙旅館，整理完紅樓夢新辨稿，倚着行裝，寫了一段自序說：「現在，我懷抱着一腔期待的心情，將要闖向渺渺茫茫晨光熹微的前路，我希望朝思暮想的御製詩做襯葉的抄本紅樓夢，能給我嶄新的見聞，作爲我寫『紅學六十年』新材料。」我此時的心情，委實得一個「闖」字。我在巴黎，參加東方學會，曾主講兩次，一次講紅樓夢，一次講列寧格勒孟西科夫教授發表的變文雙恩記。孟西科夫教授是蘇聯漢學界的領袖人物，一萬二千個號碼的敦煌卷子由他負責整理。一九六三年，他編印了兩巨册列寧格勒的敦煌目錄，描寫了將近三千個號碼敦煌卷子。編印了東方古代文獻叢書，影印敦煌讚文多種。今年春天，新出版了變文雙恩記二册。他又和巴納邵克（Panasauk）教授合譯紅樓夢，他主譯的紅樓夢中全部的韻文。這部毫無删節的全譯本紅樓夢（Coh B Kpachom Tepeme）二大册，在一九五八年，由蘇聯國立文學出版社印行。他早年看見我研究敦煌文獻和紅樓夢的論文，頗有同調之感；因此寫信歡迎我到列寧格勒參觀他研究的資料。我在東方學會閉幕之後，寫信給他，告訴將乘八月八日班機飛列寧格勒，臨到起飛前夕，沒有得到一字回音。巴黎到列城，只需四小時航程，去信二星期，竟然杳無消息，不能不繞室徬徨。許多可能的壞結果，不斷的在腦海衝擊。我茫然，悵然，最後抱着不顧一切的決心闖向前去。這是我啓程前夕時的心情。

閒居漫遊

第二天是星期六（八月十一日），東方院照例停止辦公。昨晚和孟西科夫教授道別時，知道今天是他女兒的十六歲生辰。他今日將款待女兒的中學同學和朋友，明日將邀約他的親戚，他還開頑笑說：「二八年華是很重要的啊！」因此我們約定下星期一上午十時在東方院相會。他特別囑咐張明海女士陪我遊覽列寧格勒名勝。所以今晨九點鐘，我等候張明海女士同在餐廳進早餐。食畢，步行往匿娃河濱的汽船站，擬作海上之游，岸邊的游人早已串線似的排隊輪候購票。我們遙望前面浩浩蕩蕩的人羣，張女士認爲正午以前，很難輪到我們，因此，改變計劃，步行往北岸，參觀戰神廣場紀念碑，據說無數的國殤埋在其下，碑上刻着一段極爲壯烈的文詞。我們步行兩三小時，感到疲乏，也覺得飢餓，又踱到大街，一間名叫「北方」的食堂，據說是列寧格勒最大的食堂。列隊門外的食客都很耐心等候。蘇聯的商店都是國營的，處處總免不了排隊，我們等候了約摸一小時，纔挨近食堂，獲得坐位。又等了半小時，纔得着所需的食品。草草喫完，我們漫步去參觀彼得大帝的小宮。簡陋的木屋，傳說是一七〇三年五月，彼得大帝花了三天時間所造成的。這個小木屋只有兩個房間，右邊是彼得大帝的書房和接待室；左邊他用來做餐廳和臥室。彼得大帝是有名的長人，高達二點零四公尺，他必須「鞠躬如也」的穿過門户。傳說一個外國船長，偶然來到這簡陋的小屋，彼得大帝款待他晚餐，船長取出一套麻布製成的漂亮衣服，贈給這小屋的女主人。彼得大帝微笑的對女主人說，妳穿上這套漂亮的服裝，纔真正像一位皇后了。真象揭開，使得這客人惶恐困窘不堪，彼得大帝却引爲大樂。我們在這一個號稱博物館、舊王宮的公園，盤桓了整個下午，直到傍晚然後歸去。結束了一日的步行，約定明日一試海行的滋味。

八月十二日，清晨九時半，剛剛下了一陣小雨，天氣陰沈，仍有雨意，張女士帶了雨具，來旅館同住匿娃河畔的汽船站。今天陰雲密布，風力頗强，購票的長龍顯得大大的縮短。不到半小時，我們已購得船票。登上比香港渡海輪小得多的汽船，航行列寧格勒的命脈——匿娃河。匿娃河全長七十四公里，有十三公里是在列寧格勒市區之內。一切城市的建築物都拱向依偎着這條河流。自從彼得大帝開闢以來，列城一切設計，都是根據這條河流而設計的。河流的闊度，由小半公里到大半公里，我們乘船河上，兩岸連緜不絕的都是宏偉傑構。南岸的東方院、冬宮、大博物館、海軍部；北岸的彼得聖保羅堡壘、普希金博物館、列寧格勒大學的理學院、文學院，加上無數橫跨兩岸的大橋，我們憑着船欄瞻眺，張明海女士指點講述，使我目不暇觀，耳不暇聽，心不暇記。大約乘風鼓浪航行了二三十分鐘，船出了匿娃河口，到了芬蘭灣，纔覺到烟波浩淼之感。船停泊在海岸，上岸後，好似香港啓德機場伸入海中的狹長跑道，遙望宮室嵯峨，這便是極著名的彼得戈洛夫 Petergrof 公園，從彼得一世到一九一四俄國大革命，二百年間都是俄國沙皇的夏季住所。遠遠地看見無數的噴泉大瀑布，像救火車水喉射出多少丈高的水柱，迸灑在數不清的銅人銅獸的頭頂上。原來此處正是前日隨旅游團游覽的地方。雖然今日天氣陰沈，但噴泉射出的銀液和金像發出的金光，依然是非常奪目。前日是由陸上自高而下，今日是從海岸自卑而高。在最高處一座兩層宏偉的樓房，他們稱之爲彼得宮，內裏陳列保存着彼得大帝和皇室的遺物，開放給民衆參觀，並不需購票。我們到達的時候，大約十一點鐘，排隊等候參觀的人，似乎還不及昨日在輪渡購票的人龍之長，我估計有一二小時必可進入宮內，張明海的觀測似乎和我不同，但她不肯拂逆我的意思，便隨着人潮排隊鵠候，這隊伍中很多是一家人或一組人同來的，他們都輪流換班排隊等候，似乎這也是一種樂趣。我和張明海女士也仿效他們，不知換了多少番次，已經晌午一點鐘，我估計的時間已被粉碎。我們約定，除非傾盆大雨，將堅持下去。雖然天公作美，到三時以後，陽光大收晴彩，不過腹內卻感覺空虛。幸虧張明海女士從遠處的攤販，買了兩塊雪糕回來，倒也有充飢解渴之效。我們企立了不少的時間，縱然不至昏倒，但對着大好風景，卻做出「排班輪候」的蠢事，我暗自懊悔說：「除非宮內藏有敦煌卷子、古本紅樓夢，纔值得我這樣耐心苦候呢！」眼看着每一羣人參觀出來，然後一羣人換班進入，好不容易，捱到下午四時，總算擠進了宮內，初入門處，一大堆的繫帶的大拖鞋，每人取一雙套在鞋上。免得弄污地板和樓梯。一羣人擠進一個房間，就有一個女職員擔任講述，大家草草看畢，又通過另一房間。不外是皇室的陳設、畫像、裝飾品。上樓下樓，穿房過户，如此經歷十幾個房間，約摸一個小時，我們又擠出這一宮室。我留下的印象，不外是彼得大帝收藏各國的珍玩，其中有許多是中國的瓷器刺繡之類。我們像出籠的鸚鵡，感覺一片的舒暢。在斜陽掩映的大園林，依山傍水，實在想再流連一會，無奈自晨至午站立八小時，其間只享受了一塊雪糕。我們只好先找到彼得宮旁一間餐廳，吃了一杯奶茶，一塊蛋糕，然後迤邐走下去，遇到林下石凳木椅，便坐下來休息一陣，非常吃力的纔走到海邊汽船站，輪購船票的人龍，更是多得驚人。我們分開兩路輪購，幸而購得七時半的船票，回到旅館，進晚餐後，似乎天色還早，多謝張明海女士還教我幾句常用的俄國話，纔告辭而去。

（選自學海出版社「列寧格勒十日記」）

●**黃得時**，民前三年生，台北樹林人，日據時期台北帝國大學（今台灣大學）中文系畢業。曾主編「台灣新民報」副刊，創辦「台灣文學」季刊，任台大中文系教授。「台灣遊記」、「黃得時詩選」、「台灣歷史的認識」、「日治時期臺灣文學中的民族意識」等多部，另有學術論文散見各報刊。

臺灣文學的見證者

薪傳文化香火的黃得時先生

■李宗慈

●晴園老人黃純青

黃得時，臺北縣樹林鎮人，民國前三年十一月五日生（西元一九〇九年）。祖籍河南光州固始縣，後來徙居福建泉州南安縣黃龍茵後鄉。他的曾祖父黃元隆，於清嘉慶六年（西元一八〇一年）隻身來臺，住在今天的臺北縣樹林鎮，娶曾祖母羅金，墾地耕田，自食其力，自此便成爲臺灣人，稱林黃氏。

其祖父火煨公，克紹父業，「氣宇宏大，胸懷豁達，犁雨鋤雲，勤四體以培國本，築場穫稻，務三時而告農功，棕衣箨笠，叱犢西疇，口唱田歌，優游自得也。」

其父黃純青，生於光緒元年（西元一八七五年）正月二十四日，幼時聰慧過人，冠於一鄉，便決心習科舉業。十二歲時即以能作八股文章成篇，漸露頭角，名動一方，人們均稱他爲「神童」。

光緒二十年甲午戰爭爆發，臺疆山海沸騰，科舉制度也跟著撤廢了。翌年（光緒二十一年乙未），馬關和約議成，臺海易主，但是臺灣人民義不臣倭，紛紛起而抗日。同年七月，日軍大舉南下，以圖消滅丘逢甲、劉永福等勢力，而樹林的義勇鄉民們，紛紛奮起截路並且劫奪日軍的軍糧，以打擊敵人的戰力，另外又襲埤角火車站。年僅二十一歲的黃純青先生，乃毅然地投筆從戎，參加對日抗戰的陣營，並且在陣頭口占五絶一首，以鼓舞士氣。詩曰：

「唐去民無主，旗揚處有威。明知烏合衆，抗戰未全非。」

乙未之役終於平息下來。黃純青大感於異族的淫威，痛儒生，三命而怠事，乃大倡墨子實用之學，致力於實業，先創「樹林造酒公司」，所出產的紅酒，全省有名，後來改組爲「樹林紅酒株式會社」，自己任董事長，長子逢時爲「事務取締役」（即今之董事兼總經理）。

樹林紅酒的經濟成功，不但會社本身蒙其利，而樹林地方更是受益匪淺。因爲會社製酒所餘的酒糟，以廉價賣給農民養豬，而酒糟的代價又可以延到所養毛豬出售後再來繳納，這樣有利的事，農民們爭先恐後地去購糟養豬，進而又利用豬屎作爲肥料下田，當時地方即流行一句話「擔糟即擔肥」，說的就是這一舉兩得的酒糟養豬事業。也因此，樹林地方的養豬，冠於全臺，甚至有人稱樹林爲東亞的第一養豬村。

黃純青的家境也因之日致富饒。他更一本服務鄉里的熱忱，改善鄉民的生活，提高地方文化水準，領導農村羣衆，凡公益之所在，他必努力以赴。

平日，黃純青除公務之餘，並且也非常愛文學，而他這種熱愛文學，衷心於公益的個性，後來都影響著他的三子——黃得時先生。

無怪乎曾有人說：黃得時是個「新聞記者」，他擅長搜集文史資料，喜歡出席很多場合找人攀談掌故，是文化界非常活躍的人物。

黃家住在樹林，前後達一百四十一年之久，直到民國三十年，（昭和十六年西元一九四一年）黃純青六十七歲時，方移居臺北圓山之南，即現在的中山北路三段。

黃純青育有四子，長子黃逢時，次子黃及時，三子黃得時，四子黃當時，唯三子黃得時承繼他對文學的愛好。四個兒子的名字中「時」字都從「日」字邊，而妻名周復旦，「旦」字的意思就是日初出，也因此，純青先生集自己的名字「青」與妻兒的名字「日」，合併爲「晴」，將他們的新宅第命名爲「晴園」，足見其是多麼的用心於自己的家庭。

黃純青先生，晚號晴園老人，是當時著名的舊詩人，歷任省議員、省府顧問、省文獻會主任委員等職，曾在士林園藝所邀請詩人一百五十多位，作壬辰重九修褉，並立「新蘭亭碑」以記其事。又召開首屆全國詩人聯吟大會，對於鼓吹風雅不遺餘力。

●童年與新文化運動

身爲三子的黃得時，自幼即生長於豐渥的家庭中，並且耳濡目染於父親的文學之風，反倒是父親的墨子實用之學，他並沒有承襲。

民國三年（西元一九一四年），黃得時六歲，他進入私塾修習漢文，讀唐詩、詩經、三字經等，並讀公學校（小學）一、二年級的課文。是時，林獻堂爲爭取本省同胞教育平等的機會，乃與其從兄林紀堂、林烈堂暨中部士紳發起捐巨資，創立了專收本省子弟的臺中中學（即臺中一中）。而日本由坂垣退助伯爵來臺組織「臺灣同化會」，擬進行其同化的手段。

兩年的私塾很快地就過去，可是老師頑固的形象也給予黃得時深刻的印象。還記得當時，由於樹林有兩條河流，每回中午下課時，孩童們都喜歡到小河中去淌個水，洗個澡，玩耍一番，甚或是玩得忘了下午上課的時間。老師就想出了一個主意，在中午放學前，用毛筆在每個學生的手掌中寫「天」、「地」、「人」不等的字，然後才讓學生回家吃飯。下午兩點一上課，第一件事便是檢查手掌心的字，爲此，小小年紀的黃得時，每天都見著老師揍打那些字不見的學生。

民國五年，西元一九一五年，他進入樹林鎮公學校就讀。

一次，二年級的老師有事請假，學校就找了還正讀一年級的他去代課。由於曾經上過私塾，古書讀得很多，再加上父親每晚都教他讀書，所以對於公學校二年級的課，他早就熟稔。

初上臺時，二年級的學生並不以爲這一年級的小學弟能有什麼樣的功夫，待聽他講析課文時的頭頭是道，才真正信服了這位八歲小老師。這也是黃得時第一次當老師，雖然只是短短的幾天代課，但是却註定他要走向杏壇。

民國八年，祖國發起五四學生愛國運動，同年秋天，在東京留學的臺灣留學生開始有了團體的組織，「聲應會」、「啓發會」等相繼成立。

民國九年七月十六日，東京留學生爲爭取自由平等，首先創導獲得發刊「臺灣青年」雜誌來做宣傳機關，藉以提高民族意識，扭轉社會風氣，並反抗臺灣總督的專制政策。其創刊號的「卷頭辭」，充分表明了「臺灣青年雜誌」創刊的主旨。

「空前而且可能是絶後的世界大戰亂，已經成爲過去的歷史了。幾千萬的生靈，爲了戰亂而流血，爲了戰亂而化爲枯骨，何等的慘絶！人類的不幸，還有比這種不幸來得更大嗎？

從這種絶大的不幸當中，能得保全性命的全人類，業已由既往的情眠覺醒了。覺醒了討厭黑暗，追慕光明；覺醒了反戰橫暴，服從正義，覺醒了摒除利己的，排他的，獨尊的野生活，企圖共存的，犧牲的文化運動。你看！國際聯盟的成立，民族自決的尊重，男女同權的實現，勞資協調的運動等，沒有一項不是大覺醒所賜與的結果。臺灣的青年呀！高砂島的健兒呀！還可以不奮起嗎？不理解這大運動的真義，不跟這大運動共鳴的人，這種人的做人價值，簡直等於零。況且做一國民的價值。

很不幸，我臺灣在地理上位於偏陬的絶海，面積也很狹小。因此，吾人在這世界文化大潮流中，已經成爲落伍者。想起來，多麼痛心呀！諸君！我們因爲成爲落伍者的結果，假如除了只影響三百萬的同胞之外，再也不會影響到別的，那還可以。萬一，因爲吾人的缺陷，致使國中失去了平衡，並且破壞了世界平和的基石，那種罪惡，真是可怕。吾人應該三省四省。吾人應該以愛護和平爲前提，講究自新自强的途徑才對。吾人深思熟慮的結果，終於這樣覺醒了。即廣泛地側耳聽取内外的言論，應該攝取的，則細大不漏地攝取，作爲自己的養份。而且把所養得的力量，盡情向外放注。這正是吾人的理想，也是吾人所邁進的目標。我所敬愛的青年同胞們！一齊站起來！一齊前進吧！」

上面所主張的，雖然只是著重於臺灣新文化的全面建設，對於文學方面並没有特別提及，可是這種「討厭黑暗、追慕光明、反抗横暴，尊重自決的覺醒」，無疑對於未來的臺灣新文學運動，舖設了一條應走的路徑，準備了一片公開的園地，更期待著後人的播種和收穫。

「臺灣青年」一共發行了十八期——第一卷發行五期，第二卷五期，第三卷六期，第四卷二期——至民國十一年二月十五日止，都在東京發行，内容中日文參半。該刊在島内受歡迎，同時也受官憲疾視，雜誌愈發展，官憲的壓迫也愈强。第一卷第四期，第二卷第三期，第三卷第六期，第四卷第二期均遭到禁止發行，理由無它，乃因爲提倡臺灣議會設置運動，與批評日本治臺的政策較爲激烈的緣故。

同年十一月二十八日，林獻堂領導在日臺灣留學生，集合於東京麴町區富士見町基督教會開會，要求日政府撤銷六三法案。十二月「新民會」正式成立，林獻堂被推爲會長，新民會的目的，即在於作臺灣民族運動之主體。

民國十年十月十七日，「臺灣文化協會」成立，林獻堂任總理，蔣渭水爲專務理事，其目的在於「助長臺灣文化之發展」。

初期的活動，主要設置讀報社與舉辦各種講習會，進行啓蒙工作，讀報社全島最多時有十幾處，參加「臺灣新文化運動」的作家，大多數亦參加了「文協」的組織，並受其影響。

不久，蔣渭水又於臺北開辦「文化書局」，其目的在於文化的輸入，書籍以漢文爲主，日文次之。後來「文化書局」還曾在「臺灣民報」上刊登一則啓事：

「全島同胞諸君公鑒：同人爲應時勢之要求，創設本局，漢文專以介紹中國名著兼普及平民教育，和文則專辦勞働問題農民問題諸書，以資同胞之需，萬望諸君特別愛顧擁護，俾本局得盡新文化介紹機關之使命，則本局幸甚，臺灣幸甚。」

由這則啓事中，我們不難瞭解蔣渭水開辦「文化書局」，主要目的是把祖國書籍輸入臺灣，也就是把祖國文化介紹到臺灣。而當時，祖國正是「新文化運動」熱烈展開之際，因此祖國新文化的輸入，實有助於「臺灣新文學運動」的發展。

●將文化香火傳下來

民國十一年，「臺灣新文化運動」已經蓬蓬勃勃的開始了，並以文字爲傳達感情，疏通意志的最好工具，所以自民國十一年起，至民國二十二年止，在十年間，發生了一連串的「文字改革運動」，有的提倡「白話文」，有的提倡「羅馬字」，有的提倡「臺灣話文」，甚至也有人提倡過「世界語」，縱然是主張各異，但是終極目的都是想在異族的支配下，使全省民衆，獲得一個識字的機會，以便吸收新知識，新思想。也因此，「文字改革運動」成爲「新文化運動」中重要的一環。

而「臺灣青年」自十一年二月十五日停刊後，經一個半月的籌備，於四月一日改名「臺灣」，仍爲月刊，繼續發行到民國十三年五月十日止，一共又出了十九期，內容仍爲中日文參半。

並且，「臺灣」雜誌社，又先於民國十二年四月十五日，另外創刊了全部用中文撰稿的「臺灣民報」半月刊，和「臺灣」雜誌並行，十一月十一日，並改半月刊爲旬刊，選出林獻堂爲「臺灣民報」社社長。而「臺灣」雜誌的日文版移入民報印行，於是臺灣民報也成爲中日文並刊的報紙（日文約佔全體三分之一的篇幅）。「臺灣」雜誌一直發行到民國十三年五月，即告停刊，以後專心辦理「臺灣民報」。直到民國十六年八月，「臺灣民報」才正式由東京遷回臺北發行，又增加篇幅，並改旬刊爲週刊。

這時候的黃得時，正由公學校畢業，投考中學失敗，然後再於民國十三年，十六歲時，再次投考，考入臺北洲立第二中學（即今日成功中學）。

在這一年，民國十三年，蔣渭水因「治警事件」首次被日警拘捕，在臺北監獄六十四天中，發奮用功，看了不少書籍，更充實他的政治知識，並著有「入獄日記」、「入獄感想」等。而「入獄日記」則刊載於「臺灣民報」上，深受好評。

黃得時先生就曾在他的「臺灣新文學運動概說」中說：「關於散文方面，在這個時期，使人不能忘記的是故蔣渭水氏的『入獄日記』（民國十三年四月十一日第二卷第六、七、九、十一號）這是社會運動家在日文壓迫下，如何過著獄中生活的報告文學。其描寫雖然只限於身邊雜事，極其平淡無奇，可是字裏行間，却包藏著一種不撓不屈，如火如荼的反日意識。像這種作品，實在是不可多得的。」

民國十四年三月，臺灣第一本白話文的文學雜誌誕生了，這本薄薄的才十多頁的「人人」雜誌，在楊雲萍和他的友人江夢筆的合辦下創刊了，爲日據時代下的臺灣新文學提供一個可貴的園地。

而「臺灣民報」遷入臺灣發行的第一號（總號一六七號），於民國十六年八月一日發行，紙面改爲八開大型，有蔡培火的「民報島內發刊所感」一文。當時臺島內有所謂三大報，首屈一指的是臺灣日日新報，發行份數爲一八、九七〇份，臺南新報爲一五、〇二六份，臺灣新聞爲九、九六一份。這些日系報紙既有政府的補助，又有民間的支持。而自遷臺發行後，「民報」報份不但日益增加，內容也日加充實，執筆者陣容也是壯大而堅强，除原來的老將如林呈祿、黃呈聰、王敏川、羅萬俥、陳逢源、蔡培火外，更有許多新人參加。文藝有張我軍、張梗、賴和（懶雲）、陳滿盈（虛谷）、楊茂松（守愚）、楊雲萍、郭秋生、葉榮鐘。政治經濟有謝春木、何景寮（克良）、呂阿庸（晚村）。學術評論有蘇薌雨、許乃昌、黃師樵、王白淵、林履信、陳秋逢、杜聰明、黃石輝等，真是濟濟多士。此外，林獻堂自民國十六年八月起連載的「環球遊記」一共繼續一百五十餘回近三年，更是頗受一般智識份子的歡迎。

民國十七年，黃得時二十歲，隻身出國到日本，就讀日本早稻田大學，但因日本氣候上的不能適應，於民國十八年，便束裝返國，立即考入臺北高等學校（即現今師範大學的前身），這是每一個想要出頭的臺灣子弟唯一的機會，因爲高等學校每年招生一次，約招生一百餘名的新生，其中多爲日本人子弟，只有少數三、五位臺灣學子能夠進入。而後終能如願考進帝國大學（即今臺灣大學的前身）。

一九三三年（日本昭和八年）民國二十二年，黃得時以優異的成績考入帝國大學東洋文學科。當時不少好心的友人，都來勸晴園老人，爲什麼要讓兒子讀不吃香的中文系，這位偉大的父親說：「我要他將中國文化的香火傳下來。」

●衆志成城的「新民報」

臺灣民報移入臺灣發行以後，再進一步發刊日報，已成爲所有臺灣人要求的最大目標。民國十七年，羅萬俥由美國留學歸臺，積極促成臺灣民報的發行日刊，終於在多方的支持與奔走下，於民國十九年三月二日，「臺灣民報」合併於臺灣新民報，而自三月二十九日起，「臺灣民報」改稱爲「臺灣新民報」，仍發行週刊。

民國二十年三月二十五日，日本東京的文藝愛好者，在一種强烈的民族意識之下，決定對於新文學運動的推行，須先組織文化團體爲主。由主體「以文化形體，使民衆理解民族革命」爲前題，後來繼續討論其具體計劃及步驟，決定先發刊「文化消息」。參加此項工作者有林新豐、林兑、葉秋木、吳坤煌、張麗旭、王白淵等人。推吳坤煌於八月十三日，首先發行「臺灣文藝」創刊號七十本。可是，到了第二期竟告夭折。

在同年秋天，臺北和臺中的一些文人，葉榮鐘、陳逢源、賴和、周定山、莊遂性、洪炎秋等，共同組織了「南音社」，旋於翌年民國二十一年一月一日，創刊文藝雜誌「南音」半月刊。並且以重金公開徵募小說、戲曲、詩歌、春聯等，對於暮色沉沉的臺灣文學界，發出了南方特有的雄音。

而在二十年的八月五日，上午七時三十分，被黃得時先生稱爲是社會運動家、革命家，也是報導文學的驍將的蔣渭水，病逝於臺北醫院，享年四十歲又五個多月。這位一生爲抗日而從事政治活動的英雄，竟未能親眼目睹臺灣的光復，及欣欣向榮臺灣新文學的發展。

二十一年三月二十日，東京留學生張文環、蘇維礁、魏上春、巫永福、王白淵、吳坤煌、曾石火、楊基振等，又發起組織「臺灣藝術研究會」團體，並繼「文化消息」後，於七月十五日發行「福爾摩沙」創刊號，熱烈地在東京展開臺灣的新文化運動。「福爾摩沙」第二期發行時，劉捷認爲這個雜誌雖然是同仁雜誌，但是對臺灣文壇却具有開導性的意義，劉捷乃寫了一篇介紹「福爾摩沙」的專文於「臺灣新民報」發表，自此，該社團與臺灣文壇產生了溝通與連繫。

而在這個時候，經過多方波折的「臺灣新民報」也已於同年四月十五日正式發行日刊。當時真正有記者經驗的人才只有吳三連一人而已，古人說「衆志成城」，新民報同仁就在「不輸日本人」的一念之下，團結一致，淬勵奮發，終於把一個萬不如人的日刊報紙辦得有聲有色。

民國二十二年一月，黃得時以「乾坤袋」隨筆集獲臺灣新民報的連載，共五十回。又於三月，以「中國國民性與文學特殊性」繼續發表於臺灣新民報，共連載三十二回，自此開始了他寫讀的生涯。

十日，廖漢臣與郭秋生二人共同在臺北發起了「臺灣文藝協會」，共推廖漢臣、陳君玉、林克夫及尚在讀書的黃得時爲幹事，郭秋生任幹事長。

●臺灣文藝聯盟大滙流

民國二十三年，對臺灣新文學運動是一個大的轉捩點，對黃得時個人而言，則是促使他終生以文學爲研究、努力的方向。

二十三年，西元一九三四年五月六日，在臺中市西湖咖啡館二樓，一次全省性的文藝大會，正式召開，公推黃純青先生爲大會主席，北、中、南全省文藝愛好者計八十二名，都集中在一起，共同爲推展臺灣新文學運動而團結在一起。這真可說是空前的一次文藝界大滙流。會中並分別設定北、中、南各地區負責人共同組成「臺灣文藝聯盟」。

北部：黃純青、黃得時、林克夫、廖毓文、吳逸生、趙櫪馬、吳希聖、徐瓊二。

中部：賴慶、賴明弘、賴和、何集璧、張深切。

南部：郭水潭、蔡秋桐。

民國二十三年七月十五日，「臺灣文藝協會」創刊中文文藝雜誌「先發部隊」，收載同人小說、戲劇、詩歌、隨筆外，並以「臺灣新文學的出路的探究」爲題，征集黃石輝、周定山、楊守愚、賴和等人的意見，主張以組織的活動，建設臺灣新文學。

同年十一月份，發刊「臺灣文藝」雜誌，於是臺灣的文藝便真正由文字方面推展於行動方面，並且由概念的、趣味的、游玩的、進展至意識的、實質的、正式的了。尤其是吳希聖的「豚」，楊逵的「新聞配達夫」、呂赫若的「牛車」發表後，臺灣文學的新興氣象，更是大有突飛猛進之勢。

民國二十四年一月六日，「先發部隊」因受日本當局的注意而改名「第一線」，全書共一百六十二頁，內容比「先發部隊」更加充實，並有特輯民間故事十五篇。當時張深切在「臺灣文藝」、「臺灣新聞」爲文批評，說臺灣民間文學的提倡有助長迷信之缺失，乃引起廖漢臣與李獻章爲文提出反駁，發生了一場爭論，文章散見「臺灣新民報」、「東亞新報」、「臺灣新聞」等。張深切是站在純文學的立場來批評，而廖、李二人却是站在民俗學的立場提倡臺灣民間文學，主張忠實的紀錄資料，更促使李獻章手編著「臺灣民間文學集」。

姑不論如何爭論，如何爲文辯駁，但是雜誌的功效，已然見足於人心。而「先發部隊」與「第一線」雜誌社，均是設在江山樓，郭秋生則更是兩個雜誌的靈魂人物，不但出力最多，而且也給予金錢上的資助。

民國二十四年六月一日，在吳新榮與郭水潭兩位的奔走下，於臺南佳里公會堂成立舉行「臺灣文藝聯盟佳里支部」典禮，與會人士除了鹽份地帶作家外，尚有林茂生、楊熾昌、張深切、葉陶、楊顯達等人參加觀禮，成爲鹽份地帶北門郡文化運動空前的盛況。

同年十二月二十一日，楊逵脱離「臺灣文藝聯盟」，自創「臺灣新文學社」，並請廖漢臣擔任創刊號的發行人。並且爲了客觀起見，中文由賴和先生，日文詩由郭水潭等鹽份地帶詩人們分別負責選稿。有幾期是王詩琅代編，在代編時期，其中有一期是漢文小説特輯，全本皆是漢文小説，共有十幾篇，但被日本當局查禁，查禁理由是「內容表現得太陰森」。

「臺灣新文學」於民國二十四年十二月二十八日創刊，發行到二十六年六月十五日停刊，共出了十四期。

民國二十五年十一月，郁達夫受臺灣新民報的邀約，來臺灣訪問，並參加座談會，當時新民報副刊主編是徐坤傳，黃得時即曾與郁達夫談論文學問題多次，並於臺灣新民報撰寫「達夫片片」專論，共二十餘回。

民國二十六年三月，黃得時於臺北帝國大學畢業，並於四月一日起，正式進入臺灣新民報，擔任中、日文副刊主編。日本人爲了全面推行皇民化，於六月一日，日本當局廢止報紙、雜誌的中文，素來是新文學運動舞臺的臺灣新民報漢文欄，也被迫廢止，新文學運動在這種壓制下，漸漸走下坡。

而在大陸，七月七日，中日戰爭也正式爆發。

爲了不使臺灣同胞忘了祖國，忘了自己的祖先，於是他以日文將「水滸傳」，用現代人的感覺重新寫過一遍，每天一篇，一千六百字配上一幅插圖，自民國二十六年十二月五日起，一直到民國三十一年十二月七日止，整整五年的時間。

其中，有兩天的內容被日本警署查封，竟有很多讀者趕到報社來看原稿，足見大家對「水滸傳」喜愛的程度。

●皇民化下的文學活動

民國二十七年（西元一九三八年），爲配合戰時體制，由小林總督提倡皇民化，又於民國三十年（西元一九四一年）成立「皇民奉公會」，大力推行皇民化運動，試想把臺灣改頭換面，變成日本帝國主義下的順民，以便利其統治。

然而，臺灣人民的民族意識根深蒂固，抗日的浪潮洶湧澎湃，前仆後繼。其無畏犧牲的抗日事跡，可歌可泣，史不絕書。在前期的武力抗日節節失敗後，仍舊不爲所屈，乃轉向地下，改爲非武力抗日。而臺灣新文化運動的產生，一面是受祖國五四新文化運動的影響，一面則是受世界潮流的新的撞擊。尤其在武力抗日失敗後，投訴無門，藉著文化運動的鼓吹，喚起民衆的民族意識，成爲一條比較可行的途徑，因此，當時大多數知識份子，都紛紛投入這個行列。

抗戰期間，臺北有兩個報紙，一是「臺灣日日新報」，副刊由日人西川滿主編；另一是本地人所辦的「臺灣新民報」。二十九年的一月，西川滿來商量兩報結合起來合辦一雜誌，取名爲「文藝臺灣」。此雜誌成立初期尚可以，但後來却轉變成皇民化來壓迫，黃得時乃和張文環離開「文藝臺灣」。並且與一些志同道合的臺灣作家及一部份對臺灣人有好感的日本作家，組織「啓文社」，並創刊「臺灣文學」季刊作爲日本西川滿的「文藝臺灣」對抗。於民國三十年五月二十七日發行創刊號，直到民國三十二年十二月二十五日，發行到第四卷第一號才停刊，共發行十一期，而主編張文環先生的代表作，大部分發表在此。當時臺灣作家，除張文環外，尚有呂赫若、吳新榮、王白淵、楊逵、巫永福、郭水潭……等。

在「臺灣文學」發行的十一期當中，第三卷第四號被禁，那一期正是由黃得時先生負責主編，被禁的理由，乃是因爲所有作品皆是描寫風俗民情、地方掌故、家庭瑣事，但這些對當時的戰爭，却一點也没有「鼓勵」作用。

民國三十年九月七日，黃得時與「臺灣文學社」同仁張文環、陳逸松、王井泉及巫永福等一行五人，訪問鹽份地帶，並於琑琅山房字留念。當時巫永福並寫下「苦節」二字。意思是說：「因爲『苦節』二字，是說我們在異族的統治下，這些一小撮的臺灣知識份子，都有共同的意志及願望，要求臺灣的進步，要求臺灣的現代化，而透過藝術文化的運動使大家更能堅持我們漢家兒女的傳統精神，不被日本人同化而爲日本皇民，這乃是我們不可否認的原則。這原則猶如大漢蘇武被放逐到冰天雪地的北海，孤零零的牧羊，仍不屈於淫威而變節一樣。」

在當時，由於戰事緊張，物質缺乏，日本人乃又有增產救國的口號，並且又大量派作家去參觀礦場、農場、或農民生活，回來後一一要求他們寫對增產有利的文章，作爲鼓舞農民、礦工等的「增產文學」。

更於十字路口，用毛筆字寫上二、三百字與戰爭有關的「小小說」，貼在厚紙板上，掛在每個十字路口，供行人、車輛經過時閱讀，又稱爲「十字路小說」。

舉凡「增產文學」、「十字路小說」，無一不是日本人爲求達到奴役臺灣人民，並且加强戰爭的侵略下的文化策略，却完全不是純文藝作品。

民國三十二年，「臺灣文學」雜誌被迫停刊。

如果，我們把光復前臺灣新文學運動的起點設定在民國九年「臺灣青年」雜誌的刊行，而把終點定在民國三十二年「臺灣文學」雜誌的被迫廢刊，那麼光復前的臺灣新文學運動大約擁有二十多年，幾達四分之一世紀的歷史。

雖然，我們把「臺灣文學」的廢刊，作爲新文學運動的終點，但這並不意味著新文學運動的抗日精神和實踐活動也結束了，事實上，直到光復來臨，在太平洋戰爭的戰鼓笳聲中，臺灣作家的個別活動一直未曾停止。而在「皇民化運動」、「大東亞聖戰」的一大巨片烏雲覆蓋下，有些富抵抗精神的作家，仍然在未來的光明遠景鼓舞之下，孜孜不倦地寫作，其中最著名的莫過於吳濁流的長篇小說「亞細亞的孤兒」。

●光復後勤學國語

民國三十二年一月三十一日，臺灣新文學的導師——賴和因病逝世，享年五十歲。這位新文學的導師，剛好活在舊文學和新文學更替的時代，他三十三歲發表的第一篇白話小說「鬥鬧熱」，及「一桿稱仔」，給臺灣新文學的白話文創作，樹立了一個典範。

三月二十六日，在臺灣總督府的强迫下，全島六家報紙——臺灣日日新報、臺灣日報（臺南新報）、臺灣新聞、興南新聞（臺灣新民報）、高雄新報、東臺灣新報——統合爲「臺灣新報」，委由大阪每日新聞社派員經營。

而臺灣新民報自「臺灣青年」起至「興南新聞」止，連續二十五年間爲臺灣同胞唯一的喉舌，終於於民國三十三年三月二十七日刊登一篇沉痛的「停刊之辭」後，而結束其四分之一世紀的歷史。

黄得時自民國二十六年四月一日，出任臺灣民報中、日文副刊主編，以迄臺灣新民報的停刊，到民國三十四年春天，他離開了工作近八年的報紙編輯崗位。在這八年間，他認識了許多爲新文學運動而努力的作家，也認識了一個個爲抗日而寫作的朋友。這些，在他生命的歷程中，都鐫鏤著美麗而又深沉的心痕。

民國三十四年（昭和二十年，西元一九四五年）八月十五日中午，日本天皇向盟軍正式宣佈投降，臺灣省行政長官陳儀在臺北市公會堂（即今中山堂）接受臺灣總督兼第十方面軍司令官安藤利吉大將的投降，從此，受日本五十一年桎梏統治下的臺灣，終於正式回到祖國的懷抱了。

其父黄純青先生就曾寫過這一幅對聯：

五十年前耀武揚威侵臺灣。

五十年後垂頭喪氣回日本。

此聯並傳遍全省，成爲光復當初的名聯。

當時在重慶的一批臺灣反日份子如丘念臺、黃朝琴、李萬居、劉啓光、游瀰堅、謝東閔、謝南光、王民寧、連震東、蘇紹文、林忠、黃國書等，組織團體，準備回臺後的接收工作。

教育部派羅宗洛任特派員（即光復後臺大第一任校長）來臺灣接收臺北帝國大學，並有陸志鴻同來協助，而黃得時也來協助羅之接收工作，終於在民國三十四年十月十五日（也就是現在臺大校慶），完成接收手續，於同年十二月一日正式光復臺灣大學第一居學生招生，前副總統謝東閔及前內政部次長許新枝都是臺大第一居的學生，而林洋港則是臺大第二居學生。

而自十二月一日起，羅宗洛校長也於招生同時，正式發給教師聘書，任黃得時教中文系，並兼任百廢待興的教務主任。由於光復之初，教務工作相當繁雜，必須交由一位能說日語、臺語、國語的人負責，而黃得時先生除國語外，日、臺語都相當流利，而國語，由於大學學的是中文，自小又熟於四書、五經，所以中文能寫能看，唯獨不能說。

臺灣一光復，臺灣省國語推行委員會利用廣播電臺，每天早晨播送國語教學，當時所用的教材是小學課本，播講的是齊鐵恨先生，幫助翻譯的是林良先生。

就這樣，黃得時只要早上六點半一到，無論人是在車站，在人家的屋簷下，抑或是在家中，必定拿出口袋裏的國語課本，很仔細的聽，又相當認真的學習，足足兩年，他聽足了齊先生的國語空中教學，更也奠定了他能說一口好國語的基礎。使他後來受到省政府教育廳聘爲國語推行委員會委員之一，更成爲國語演講比賽的評判員。

●臺灣新生報新氣象

民國三十四年的十月十日雙十節，黃得時再度回到離開半年的臺灣新報。

在雙十節前夕，第一版的上面，放著的是橫跨全一欄黑地白字的拼花，標題是「慶祝臺灣光復首次雙十節」，下面是用花邊環著一篇相當長的「雙十節頌詞」，中間放著大約有八欄高的 國父遺像。這種編排雖不算是很精彩，但給受日本統治達五十年之久的本省同胞們看來，却是非常親切而新鮮；而初次瞻仰革命領袖 孫中山先生的照片，更是深刻的印象。

還記得那時候，是由幾位本省籍同胞共同編報，但由於語言與文字間的差距，就發生了「米國」的美國，「水道」代表自來水，「開催」的舉行，等不勝枚舉，現在看著會笑的事。

十月二十四日，李萬居先生帶來了一批由大陸來臺的新聞人員接管臺灣新報編輯部，並且正式開始使用在重慶預先作好由于右任先生寫的「臺灣新生報」報頭，並且刊登開羅會議時，四强領袖合照的照片，自翌日，十二月二十五日起，「臺灣新生報」就在名副其實的「新生氣象」中，堂堂邁出它新生的第一步了。

那時候，臺灣新生報社長是李萬居，法國文學權威黎烈文任副社長，總編輯是一位陳先生，編輯主任是位車先生，而黃得時和另一位吳成先生任副編輯主任，分別擔任本省新聞和國際新聞。

當時，爲普及國語，並提供篇幅給臺灣省國語推行委員會，由該會何容先生主編，每星期出一次專刊。也因此每當何容來到報社時，也正是黃得時與他比手劃脚最多的時候。

民國三十六年四月，黃得時離開了新生報，也真正離開了他一直相與生活的新聞文學。

民國五十一年，黃得時先生在東方出版社出版了三本兒童讀物，「水滸傳」、「小公子」及「小公主」，顯見他對兒童讀物上的關心。

他認爲兒童讀物作家應憑著自己的能力去創作，或者是由古老的文獻中去發掘。這在民國五十六年間，他的這番話却是頗耐人聽聞的。他又舉例說明我國文獻中，可供作兒童讀物的資料，諸如先秦諸子的寓言，六朝的「世說新語」、隋代的「顏氏家訓」、「晉唐小說」、「今古奇觀」、「聊齋誌異」、「子不語」等，都有很好的故事。

他也曾創辦了「東方少年」，却在三年間賠了二十多萬元。他就是這樣，寫作範圍很廣泛，有隨筆、小說、評論、詩等，若將它們細細劃分，約可分爲三大類。

第一類中國文學類，又可說爲詩詞研究類。黃得時先生擅長文學史方面的研究，因此他著有：「中國文學史書目」、「孔子的文學觀與其影響」、「詞的研究」、「蘇東坡與海南島」、「白蛇傳源流考」、「詩鐘之起源及其格式」、「臺灣文學史」、「臺灣新文學運動概說」等。

在舊詩的研究上，得時先生很喜歡杜甫、杜牧、李商隱、陸放翁、王漁洋以及袁枚的舊詩。他認爲杜甫的詩是屬於生活寫實派，而李商隱的詩具有浪漫性格，雖然風格不一樣，但却相得其美。

在小說方面，他則喜歡「儒林外史」、「水滸傳」，他認爲這兩部小說都是剖析當時社會的著作，相當值得研究，而「金瓶梅」他也曾作過一翻研究。

第二類，日本文學類，得時先生也擅長於中日比較文學史上，多年來，他在輔仁大學、文化大學、淡江大學等校講授日本文學史及古典文學，並著有「四本漢學史概說」、「唐代文化與遣唐使」、「日本五山文學研究」、「日本中世儒家派別之研究」、「一百年來日本漢學研究」、「人蛇相戀在日本」、「儒學在日本思想史上之地位」等。

第三類，爲臺灣鄉土類，這類乃由於得時先生也擔任臺灣文獻委員會的委員達二十餘年，對於臺灣風土習慣的了解頗爲深入，著有「臺北市沿革史」、「臺灣民間故事集」、「梁任公遊臺考」、「臺灣歌謠之研究」、「臺灣遊記」等，均以學術性論文爲多。

而這三類大分類，也正是得時先生，藏書中的三大分類，而他的藏書，更是臺北間頗有名氣的寶庫。

他把跟自己所學所用相關的書稱爲「買字典」，可以備而不用，但是不能不買。也因此，在他的「書堆」中，有最最珍貴民國初年五四前後的書籍，也多的是三十年代的書；有胡適爲之稱奇，自己都無法完全的「胡適全集」；有令梁實秋嚇一跳的「新月月刊」；也有因一時急用而找不到多買的書。

得時先生嘗說，「別人是有盛名之累，而我則是有多書之累」。

●抑揚頓挫話吟詠

由於自幼家學淵源的關係，得時先生至今仍是全省古老詩社「瀛詩社」的副社長。他喜歡吟唱舊詩，尤其以唐代的近體詩爲主。因爲他認爲那時的詩，最富有「音樂性」。其中，五言絕句、五言律詩皆因爲每行字數太少，吟唱時，常感意猶未盡。而七言絕句與七言律詩，因爲每行字數較多，所以也最適合吟唱。尤其是七言律詩，一行七個字，一起有八行，全首計五十六字，就吟唱的時間和氣勢而言，皆能發揮盡致。

並且因爲閩南語和廣東語是目前保留古音最多的兩種方言，所以在吟唱時，多以閩南語發音。才能唱出它的押韻和平、上、去、入音來。至於國語，則因「入聲」的消失，所以有些韻字無法唱出來。

在所有詩作中，得時先生又認爲杜甫的詩最富有音律，尤其是其中的「秋興八首」，吟唱起來，尤其悲壯、哀愴而且撩人心弦。至於杜牧的七絕詩，李商隱的七律詩，因爲用字均極美，風韻又婉約，因此，也是吟起來最好聽的作品。

而最難吟的，則要算是韓愈的詩。韓愈是位「道性」極高的詩人，他的詩作含有很多哲理，是位注重詩內容，而不注重詩句韻律的人，所以他的詩只能看，但卻不好唱。只其中一首「左遷至藍關示姪孫湘」詩，因身遭放逐，路遇姪孫，含有被貶謫的悲懷，故「情溢於詞」，唱起來悲憤填胸，哀愴感人。

得時先生認爲，吟詩能幫助對詩的了解和感動，只可惜現在國內會吟詩的人，已經太少了。

由於對詩詞吟唱的愛好，在古典文學作品中，他也有獨到的見解。

如「水滸傳」中，他喜歡武松、喜歡魯智深。因喜歡他們的男子漢氣魄，喜歡他們不作僞的人生原則。他也喜歡「紅樓夢」中的黛玉，憐愛她是女兒中的女兒，有古典女子嬌美，有率真而不作假的真性情。

而在隨筆方面，他獨愛「浮生六記」，尤其芸娘這女子。

●知足常樂杏壇三十八年

自民國三十四年十二月起，至去年民國七十二年退休止，得時先生在教育界共服務了三十八年，並於民國六十八年，接受教育部所頒發的「八德獎章」，對他而言，真是「桃李滿天下」。唯一令他覺得遺憾的是，現代青年人多出國留學，而「來來來，來臺大；去去去，去留學」使他的學生學成後，都往國外去了，使爲人師的，在走下杏壇後有著一種無法言喻的寂寞。

民國二十一年六月十日，得時先生二十四歲，正是日本的「時之紀念日」，他與同鄉的名媛陳桂花女士結婚。陳女士是位熱心的基督教徒，他們共育有三子四女，長子黃文雄，是位工程師，次子黃正雄，貿易商，三子黃武雄，旅行業。家庭生活美滿而幸福，可惜陳女士於民國五十三年，因癌症而去世。直到五年後，民國五十八年，他才再度續弦，娶黃秀美女士爲妻，並生下么子黃建雄。而黃女士是一位純樸、善良的家庭主婦，尤其得時先生自去年十月八日發生輕微中風後，不便於走路，所有一切家中事物，及得時先生的細務，都由黃女士所悉心照料。

現在，得時先生身體已較去年好，平日，上午看書兩小時，下午看書兩小時，由於行動不便，連他最喜愛的釣魚都不能去，而他一直想要完成中文的臺灣文學史，也因爲無法自由搜集資料或上圖書館，再加上執筆的困難與繁複，只有期待來日身體復元再完成。

以「爲人生而藝術」爲文學觀的得時先生，生平向以「人能知足，心常樂；事到無求，品自高。」爲其人生哲學。

近日，見他寫的舊詩「偶成」，心中感慨許多。

健足如飛憶昔時，釣魚上課任奔馳。
自從客歲中風後，步履艱難待藥醫。
有病方知無病福，看人健步暗心傷。
錢財聲譽終何用，怎似健康壽命長。
任教黌宮四十年，平生煙酒兩無緣。
天公但願應加護，來往自如足力堅。
出門須有人扶持，寧願在家坐賦詩。
最喜親朋來過訪，談心每到夜深時。

對於黃得時這樣一位，讀書、教書、著書，又精通詩詞，嫻熟中日文學及日據下臺灣新文學的長輩，管筆張紙，豈是他一生的偉業！祈祝他的健康，再爲他作上一篇精品。擾先生朗笑，唱詩！

（原載於73年8月「文訊」13期）

〈黃得時作品選〉

在山中聽日皇投降廣播

民國三十四年的春天，駐在菲律賓的盟軍，對臺北市的轟炸，日甚一日，我們舉家從宮前町（今中山北路三段）的老家，疏散到新店街所管轄的暗坑（安坑）去。

當時，我有一位堂兄，在安坑經營啓益礦業公司，我們事前請他爲我們安排疏散的一切事宜。因爲是要避空襲，所以一切因陋就簡，在碓口旁邊的一塊平坦的空地，蓋了兩排的草屋，每一排草屋再隔爲三間。前排由父母親、大哥、大嫂以及我們夫婦及孩子們居住，後一排，由與我們同時疏散來的親戚居住。

兩排草屋之間，有一塊相當大的空地，我們用竹籬把它圍起來，作爲菜園。因爲內人出身農家，所以種了很多蔬菜。在物質很缺乏的當時，這種自給自足的蔬菜，對於疏散生活，很有幫助。

記得疏散來後不久有一天，撿到了一張盟軍飛機來臺灣上空散發的傳單。傳單一面用中文、一面用日文印刷。內容是報告中國的　蔣主席、英國的邱吉爾、美國的羅斯福在埃及的開羅舉行會議後的宣言。其中，有一條最重要的項目，是日本敗色日濃，早晚會投降。投降後，將臺灣歸還中國，大家看後，個個都沾沾自喜，知道黑暗將過去，光明在望，莫不等待此日的來臨。

那是民國三十四年的春天，再過了半年的八月六日，世界第一顆原子彈投下日本的廣島，隔了三天的八月八日，本來與日本訂有友好條約的蘇聯，竟然向日本宣戰。第二天之八月九日，第二顆原子彈投下長崎。一面琉球也已被盟軍登陸。這時的日本已陷入山窮水盡，支離滅裂的苦境。加上盟軍快要登陸日本本土(北海道、本洲、四國、九州)以及臺灣，使日本軍閥束手無策，只有坐以待斃之外，別無更好的辦法。再過五天就是八月十五日。

八月十五日——這一天是舊曆七月初八，恰巧是家祖父火煆公的忌辰，所以天一亮，母親就在草屋的後面，宰自己所養的公雞和白鵝，而內人也在旁邊幫忙，以便中午祭拜祖父在天之靈。

就在這個時候，我躺在竹床上，正在想今天不知道有沒有空襲——住在山下煤礦辦事處的堂兄，特地趕來傳言：「早上七時的廣播說，今天中午，日本天皇要向全國廣播，請大家到山下的辦公室來聽。」

我立刻從床上翻起來，坐在床緣一直猜想，日本的天皇要廣播，這是日本開國以來破天荒第一次。爲什麼天皇要廣播呢？無非是天皇要喚起日本一億羣衆要總蹶起，抱定寧爲玉碎不爲瓦全的覺悟，爲了保護國家，就是最後只賸下一兵一卒也不退卻。是否這樣，反正中午就分曉了。

到了十一點半，我下山到辦事處，一看收音機已經從屋內移到屋外，吊在一棵樹上。駐紮在附近的日本軍隊，知道天皇要廣播，所以每一個人，都全副軍裝很整齊的，列隊在收音機前面。

我擠在人羣之後，緊張屏息等待這個歷史性的時刻之來臨。

終於中午十二時的鐘聲響了，全場都鴉雀無聲。天皇的廣播，終於開始了。

「朕鑑於世界情形與帝國之現狀，欲以非常措施收拾時局。茲告爾等忠臣民曰：朕命帝國政府通知中、美、英、蘇四國，接受其共同宣言！……」

這裡所說的共同宣言就是開羅以及波茨坦兩次的宣言。也就是强迫日本無條件投降。其中有一條，臺灣和澎湖還給中國。那個時候，我高興得全身難以平靜，一直在興奮與緊張的交錯中，度過這永不忘懷的時候，但是定睛一看，已經有不少日本兵，當場放聲大哭。

我既然親自聽了天皇的廣播，確認日本正式投降之後，一刻也要讓疏散來此人們，早一點知道這個天大的好消息。

我立即離開現場，三步作兩步跑，跑回草屋的前面，大聲喊叫說：

「日本投降了！日本投降了！臺灣要歸還祖國呀！」

這時正在準備中飯的人，通通跑出來問：

「你說日本投降了真中的有這回事嗎？」

「我親自聽見日本天皇無條件投降的廣播，絶對不會有錯的，從今日起我們不是日本的殖民，而是大中國的國民呀！」

大家不約而同的鼓掌歡呼。這時有一位親戚，跑進屋子裡，拿出好幾串鞭炮來放。炮聲響動整個山腰。這幾串鞭炮本來是在三年前那個親戚的女孩子出嫁的時候，就買來要燃放的，放來，由於日本政府禁止燃放，所以一直保存，帶來疏散地來的。

此時，最高興的，是我的父親，他當時是七十歲，他在二十歲的時候，親眼看見日本侵略臺灣，因此，五十年來，日本在臺灣所作所爲、壓迫臺灣人的實情，他都看得一清二楚。所以他點點頭說：

「對呀！應該來的日子終於來了，五十年前，我親眼看見日人耀武揚威侵佔臺灣，五十年後，我又可以親眼看見他們垂頭喪氣返回日本，天理昭昭，驕者必敗呀！」

那天，恰巧是家祖父火㷛的忌辰，父親帶全家大小在祖父牌位前面列隊祭拜，向在天的祖父報告日本投降，臺灣歸還祖國之一大喜事。然後全家人一起吃最值得懷念的這頓中飯——桌上所排的，雖然不是山珍海味，但具有母親親養的雞鵝，有我所釣的鯽魚，有內人所種的絲瓜，雖非豐盛，大家却吃得比過去任何時候的菜肴都來得有意義，個個都吃得口角留香。

吃飯的時候，父親問我：「現在臺灣要歸還祖國，你打算將來要做甚麼？」我毫無躊躇地說：「要做學者，宣揚中國文化。」

父親點點頭：「很好！很好！你自幼我教你不少中國古典，以後可以充分發揮呀！」

原來我於七七事變那一年，就是民國二十六年四月，畢業臺北帝國大學中國文學科。本擬留在大學任教，以便將來做學者，奈何當時日人歧視臺灣人，不准臺灣人做學者。現在臺灣已經歸還祖國，以後可依我的興趣發揮才能，做學者爲發揚民族文化而努力了。

那天晚上，父親召集疏散來的人，開個簡單的聚會，由父親簡單說明中國歷史，讓大家對祖國有粗淺的理解。

再過兩天，我們全家從疏散地遷回臺北市宮前町老家，結束很辛苦的疏散生活，邁進自由民主祖國的溫暖世界。

最後，還要附帶說明兩項事情：一項是關於日皇的廣播錄音盤。本來八月十四日，日皇召集重臣在防空壕開最後的御前會議，決定接受「波茨坦宣言」，無條件投降。其方法是由日皇以唱盤錄音，於翌(十五)日中午向全國人民廣播，但是怕消息一走漏，會引起部分主張繼續戰爭的軍人反對和憤怒，所以在極秘密中進行，並且爲了預防萬一，特別將錄音盤作成兩套。果然當天晚上，近衛師團的一部份將校，爲了要阻止日皇的投降廣播，衝進宮內省，將錄音盤奪走。好在另有預備的一套，於第二天即八月十五日的中午，用這一套向全國廣播，結束第二次世界大戰。

第二項是關於日皇廣播的投降詔書。此詔書原來是用日文書寫的。現在翻譯中文如下：

「朕鑑於世界情勢與帝國之現狀，欲以非常措施，收拾時局。茲告爾等忠良臣民曰：朕命帝國政府通知中、美、英、蘇四國接受其共同宣言。

夫謀帝國臣民之康寧，諧萬邦共榮之樂，此爲皇祖皇宗之遺範，爲朕所拳拳服膺者。曩者向英、美兩國宣戰，亦爲期望帝國之生存與東亞之安定，排斥他國之主權，侵佔領土，固非朕之志也。然交戰已歷四載，朕之陸海將士勇戰，朕之百僚有司精勵，朕之一億衆庶奉公，各盡最善。惟局勢未必好轉，世界之大勢亦不利於我，加之敵使用殘虐炸彈，頻頻殺傷無辜，慘害所及誠不可測，且若繼續交戰，不但我民族終告滅亡，且人類文明亦必被毀，如斯朕何以保億兆赤子，謝皇祖、皇宗之神靈？是故朕命帝國政府接受其共同宣言。

朕對始終協助日本帝國，解放東南亞之諸盟邦，不得不表遺憾之意，對帝國臣民之歿於戰陣，殉於職守，斃於非命者，及其遺族，五內俱裂。至於受戰傷、蒙災禍、失家業者之厚生，更爲軫念。

惟今後帝國將受之苦難，固異於尋常，爾等臣民之衷情，朕亦深知，然朕以時勢所趨，忍受難以忍受者，爲萬世求和平。

朕於茲能維持國體，信倚爾等臣民赤忱，與爾等臣民共存。若夫激於情感濫滋事端，或排擠同胞，混亂時局，致誤大道，失信於世界，爲朕所最深戒者，期望舉國一家，子孫相傳，確信神州不滅，念任重道遠，集總力於將來之建設，篤信道義，固守志操，誓以發揚國體之精神，不後於世界之進運，望爾等臣民各體朕意。」

據聞這篇投降詔書的起草人，是日本一位著名的漢學家名叫安岡正篤。他對於中國的易經以及陽明學有極深遠的造詣，在日本組織「師友會」鼓勵東洋思想，會員多至二十萬人。光復後，好幾次來中華民國，亦曾蒙先總統召見。與我私交甚篤。因爲安岡氏喜歡作中國傳統詩，而且做得很好。我也喜歡作詩，經常我們之間有詩詞唱和，每次到東京去都受他懇切的招待。

（選自中央日報副刊76年8月15日）

●高明，字仲華，江蘇高郵人，民前二年生。曾任教國立西北大學、政治大學、師範學院等校，來臺後主持師範大學國文研究所、政大中文研究所及中國文學系，任教輔仁大學中文研究所，獲77年行政院文化獎。所著學術論文二百餘萬文見「高明文輯」，專書出版有「詩歌概論」、「中華民族之奮鬥」、「孔學管窺」等，曾主編「中華文彙」、「中文大辭典」、「二十世紀之文學」等。

棲棲環轍心，汲汲傳薪意

學術界的導師高明先生

■旻　黎

高明教授，初名同甲，入學後更名爲明。字仲華，一字尊聞。江蘇省高郵縣人。民國前三年生，國立中央大學（入學時尚名東南大學）畢業。從事教育工作五十年，歷任國內外各大學教授、系所任、教務長等職。栽成博士百人、碩士數百人、學士不計其數。其四十歲以前著作，江蘇國防問題等專著數種，單篇論文多種，俱淪陷大陸。四十歲以後著作亦有數百萬言。

●求學過程

先生幼承家教，耳濡目染，早即有志於學術。四歲入私塾，跟隨茅鍾麒先生讀方塊字，約一年多，識一、兩千字。五歲時讀四書。六歲時，改從謝韞山先生習古文辭，讀五經。謝先生督教極嚴，脾氣極壞，但先生因此奠定紮實的國學基礎。九歲時，考入高郵縣第一高級小學校，入學試已能作三百字的文言文。開始接受新式學校教育，從沈仞先生習英文、孫仰蘧先生習史地、譚丕烈先生習國文，晚上又由父親親自教授古文及數學，奠立常識基礎。十二歲畢業後入揚州聖公會所設的美漢中學，專習英文一年。十三歲入南京銓英中學，經朱竹溪先生授國文，俞采丞先生授代數及化學、余介侯先生授幾何、三角、大代數及解析幾何，奠立科學基礎。當時受益於余先生極多，故成績最好，興趣最高，十七歲畢業時，投考東南大學，即想唸數學系，因父命而改入中文系。大學四年，為先生接受傳統的第二階段。從姚孟塤先生治易經，王伯沆先生治理學、詩古文，李審言先生治駢文，姚仲實先生治古文，吳瞿安先生習詞、曲，汪辟疆先生習目錄版本，胡小石先生習金石、甲骨，汪旭先生習文字。十九歲時，入黃季剛先生門下，治經學、小學。此時深受中國文化的影響，乃確定先生一生工作的方向。而先生青年、中年，屢逢國難，深知民生疾苦，感憤時事，在行動上，屢次加入革命救國行動。在學術上，則力求經世致用。民國十四年（時十七歲），　國父逝世，南京各界召開追悼會，先生毅然加入國民黨，從事地下革命工作。民國十九年夏，大學畢業，先任教於江蘇省立松江中學，第二年應邀至東北任教，同時可觀察邊陲虛實。不料遇上九一八事變，倉皇脫身，行李盡失，經三天三夜才逃到天津。至此，深感國防問題之迫切，乃發憤研究歷代倭寇侵華史實、沿海地區國防形勢，於是讀遍中外兵書，上自孫子、吳子、六韜三略……下至練兵實紀、洴澼百金方……又旁涉克勞塞維茨的戰爭原理、魯登道夫的全體戰爭論等書。又如像中國的戰爭歷史、兵要地理等書，凡有助於當時國防設計的，無不搜求細讀。融會貫通後，有了心得便寫成文章發表。竟因此受知江蘇省政府主席陳果夫先生、保安處長項致莊先生，立刻聘為保安處主任秘書。時方廿六歲。當先生正努力研究國防問題的同時，又發現國防實不止於軍事而已，跟政治、經濟、文化、社會，無不關涉，而國防心理跟國防哲學的建設更是當務之急。於是又廣覽政治、文化、社會、心理、哲學、文學藝術諸書，眼界大為開闊。民國二十六年，日軍進攻上海，從金山衞、瀏河登陸，夾攻我軍後路，以至我軍先潰敗於上海，南京相繼陷落，先生在江蘇國防問題一書中預測日軍進攻的路線，竟不幸而言中。

先生三十歲時，受果夫先生之命，前往西康省黨部任書記長，又奉命創辦國民日報，任社長，與共黨短兵相接，奮鬥不懈。康藏一帶人多信佛，為了經營邊疆，深入社會，又發憤讀佛學書籍。恰巧同鄉碧松法師去西藏求法，經過西唐省首府康定，便把所帶佛書悉數相贈。是以，先生又精通佛學。先生廿一至卅歲間，不僅行萬里路，且讀萬卷書，識見廣博，胸懷益開闊。數十年來，先生在學術界，以博古通今，綜貫百家而馳名，實肇基於此一時勢與英雄互爲造就的階段。

●杏壇生涯

民國十四年，先生十七歲，剛考上東南大學，當時私立鍾南中學校長喬一凡聘先生兼授國文課。當時學生年齡多有長於先生的。民國十九年夏，大學畢業，任教於江蘇省立松江中學，生活悠閒而有情趣，但卻不能滿足先生「志在四方」的欲望。恰民國廿年，東北情勢轉危，先生乃與友同至瀋陽任教，恰逢九一八事變，倉皇逃至南京，再度回鍾南中學任教。不久上海南滙中學、江蘇灌雲師範先後延先生任教。直到抗戰初期，奉中央令，到西康兩年，才脫離教職。

民國卅年，張道藩先生接任中央政治學校教育長，以先生兼通新舊文學，聘授國文。從此步上杏壇生涯，生活單純而安定，可以更專注於學術研究。先生卅歲以前，專精於易，此時則更勤力治禮。同時對文字、聲韵、訓詁及文學諸端，包括古文、駢文、詩、詞、曲跟新文藝等，都殫精竭力地深入研究。

先生三十六歲時，劉季洪先生出任國立西北大學校長，延爲教授，不久又兼中國文學系主任。當時西京圖書館遷至陝南，近在咫尺，先生得以恣意閱覽藏書，尤其所藏禮書，無不摩挲細研。後來參與制禮工作時，能跟禮學家們上下議論，實得力於這時下的功夫。抗戰勝利後，西北大學遷往西安，先生又兼教務長，後應國立禮樂館館長汪旭初先生之召赴京，跟李證剛、殷孟倫等人共纂中華民國通禮草案。稿成之後，轉而任教於國立政治大學中國文學系。民國三十七年，匪焰正熾，於是由湖南衡山國立師範學院，經廣州輾轉來到臺灣。民國四十五年，張曉峯先生任教育部長，改師範學院爲大學，延先生創辦國文研究所，因陳百年先生禮聘，兼任國立政治大學中文系主任。四十八年，季洪先生繼任政大校長，轉任教務長一年。這時，香港政府創設中文大學，其中聯合書院聘先生前掌系務。後曉峯先生創辦中國文化學院及中華藝術院，又聘爲中華學術院哲士，同時中文系主任及中國文學研究所所長都虛懸，以待先生接掌，於是返回臺灣。這時又兼代師大文學院長及國文研究所主任。恰好政大也成立中文研究所，季洪先生殷殷相邀，在曉峯先生諒解下，便返回政大。民國六十一年春，應韓國建國大學之邀訪韓，受贈以榮譽文學博士學位。同年夏，向政大請假一年，赴新加坡南洋大學任客座教授一年。

先生一生，先後主持過三所大學研究所，四所大學中文系。而民國四十五年，受命在師大國文研究所開辦博士班，爲現代中國有博士教育之始。當初創舉，前無所循，先生苦心擘畫，定下規模，以至於今，其意義尤爲重大。至其指導之博士論文，師大凡有四十篇，政大、文化亦四十篇，全國約一百餘篇。所指導博碩士論文，以經學最多，文學次之，小學、義理亦復不少。可見先生學域之廣博。

今天，先生雖已退休，但仍在政大、師大、文化大學中文研究所兼課。一週共上十二個鐘點，教書工作量比退休前還多。是什麼力量促使他能在半個多世紀裏，孜孜不倦於教席上呢?先生自己曾說過：

「回想起這幾十年的教授生活，有時是在危險艱困之中度過，有時是在紛擾繁雜之中度過，有時是在顛沛流離之中度過，有時是在驚疑震撼之中度過。但我認定一個目標——維護並發揚中華文化；堅持一個信念——中華文化必能毀滅邪惡的勢力，復興苦難的中國，挽救危機四伏的世界；永保一種心情——證明寧靜的心靈和不憂不懼的情志；確守一種意志——努力不解，百折無回；我以不厭不倦——孔子說：『學而不厭，誨人不倦』來鞭策自己；我以至誠至公——中庸言至誠，禮運言至公，對待他人。雖然我在工作方面曾遭受過不少的挫折，但是我在學生方面却得到了無窮的安慰！」（見民國七十年教師節中央日報專刊所載「半個世紀的教師生活」一文。）

●新文學的開拓者

許多人只知先生為學術界巨擘，却不知，先生早年，不但創作新文學，且對新文學的開墾與推動，尤其不遺餘力。

早在新文學運動時，先生胞兄孟起先生已撰寫新詩，先生則致力於小說及文學理論。民國廿年，九一八事變，先生從瀋陽逃回，曾至上海，與左翼作家聯盟筆戰。時魯迅提倡普羅文學，先生則以為國難方殷，不宜鼓動階級觀念，應發揚民族思想，倡導國防文藝，乃在上海現代雜誌發表文章，力倡此說。後在江蘇，與易君左等發起江蘇文藝協會，正式與左聯對立，而與張道藩先生領導的中國文藝社相呼應。出版天風及文藝青年等雜誌，並組織文藝界朋友。至抗日戰爭，七七事變後，在武漢參加全國文藝界團結大會。後因至西康，才暫時停止文藝工作，兩年後回重慶，在中央政治學校教書，兼行政院國家總動員會議簡派秘書，主理文化動員業務，與中央宣傳部、中央文化運動委員會、教育部、社會部、新聞部、圖書雜誌審查委員等機構聯繫最密，共同決定文化動員政策，抑制左傾文化運動。

卅八年政府遷臺後，張道藩先生為推展新文藝運動，設文藝獎助金委員會，聘先生及梁實秋、王平陵、陳紀瀅等為評審。當時臺灣還沒有新文藝活動，故此會之成立極具意義。民國四十二年，中國青年反共救國團要推進青年文藝運動蔣主任經國特請先生協建中國青年寫作協會，與道藩先生所領導的中國文藝協會，共同為新文藝運動而努力。大陸淪陷時，先生所有著作，包括新文藝、舊文學的創作及學術論者，都不及帶出。來臺後，曾以報導文學體裁撰「我逃出了赤色家庭」及以小說體裁撰「身份證的秘密」刊於自由中國雜誌。其中「身」文復收錄於「百家文」選集內。此二文實肇臺灣反共文學之始。

先生於新文學理論，著作也極豐富。他强調整理中國人的文藝理論，不一味依傍外國學說。其來臺後的論著大多收集在高明文集(黎明文化公司出版)下冊文學類中,(近又單獨抽出,以「高明文學論叢」印行)。

民國四十五年,先生因創辦師大國文研究所博士班,事務太忙,才辭去救國團青年寫作協會常務理事之職。後來救國團青年寫作協會成立卅週年慶時,還特別頒獎以謝先生當年的貢獻。今年,臺灣省文藝作家協會又頒資深文藝優良工作者榮譽獎給先生,也是針對他在新文藝早期的開拓之功。

●國文教學的奠基者

先生就讀東南大學時,以教育系爲輔系。時孟憲承先生教他中學國文教材教法。當時他已注意到中學教育的重要性。卅八年來臺,見臺灣在日本統治五十年後,中國語文已被日人摧殘殆盡,民族精神亟待傳布發揚。恰好這時正中書局請先生編高初中國文教本。當時中學師資大都不太熟習國文,所以,先生詳列題解、作者、注釋、章節、探討、習題等項。又加語文常識、國學常識及應用文等,作爲導引。這是過去大陸上中學國文教科書所未有,完全爲適應此時此地的需要而編撰,後教育部奉先總統　蔣公令提倡民族精神教育,新編標準國文、公民、歷史、地理四科教科書。國文仍請先生主編,後由他推薦潘重規先生編高中課本,他自己編初中課本。先生任教於臺灣省立師範學院時,又爲國防部編各軍校所共用的國文課本。自此,諸家編國文課本,體例多倣此。目前,正在進行的新中學國文教科書、教師手冊,即由先生主持編審工作。他對國文教學的貢獻實不止於奠基,而是長遠的扶持。

●學術界的導師

先生著述等身,可惜大陸淪陷時,匆促離開,書稿都來不及携出。故四十歲以前著作,目前只有「

連山歸藏考」及「易圖書學考源」兩篇，作於民國廿六年。是日人平岡武夫教授在京都大學人文科學研究所訪得，影印送給先生的。其餘在臺出版的專書凡八種。其中「高明文輯」分三巨冊，收文一百四十二篇，約二百餘萬言。共分七輯：第一輯是文化學術總論一類的文章，共收有十一篇；第二輯是有關經學一類的文章，共收有二十四篇；第三輯是專講孔子學說思想一類的文章，共收有十三篇；第四輯是有關文字、聲韻、訓詁一類的文章，共收有二十三篇；第五輯是有關目錄、版本、醫藥、卜筮、佛學、學術著作論評一類的文章，共收十八篇；第六輯是有關文學歷史、文學批評、文學理論一類的文章，共收有四十五篇；第七輯是有關學者傳記一類的文章，共收有八篇，最後殿以自述。

從目錄上，可以看出先生確實博古通今，綜貫百家，能結合新知與舊學。再從編排上看，把「文化學術論」置第一輯，也可印證他經常强調個人研究學術的目標，在於「復興中華文化」，要發揚中國文化的精神，闡述其菁華，傳布其種子。他說：

「在五四新文化運動蓬勃時，我也受到影響，廣接新知，涉獵極爲駁雜，不僅嚴復、林紓……等所譯的歐西思想與文藝著述，肆意閱覽，甚至馬克思的資本論、政治經濟學批判等共產主義經典也無不探研；經比較、剖析、深思、熟慮之後，才懔然驚覺他們醜化中華文化，用心之險，與中華民族喪失信心之危。於是便立志以維護、發揚、復興中華文化爲己任。」

「發揚中國文化的精神就是把中國文化的人文精神發揚出來，挽救現在世上流行的唯物思想的弊害。當然，中國文化中也不免有糟粕，但須知中國文化的菁華更多，我們應該設法闡述菁華，才足以培養我們的民族自信心，中國文化才足以引起世人的注意。我寫的這些文章，可以說都是爲要傳播中國文化的種子，種子傳播下去，我相信將來總有發芽、茁壯的時候。中國文化總有復興的一天。」

先生畢生致力於中華文化的傳播與復興，不願徒託空言。所以，治學也主篤實，疾虛妄。對中國學術必先由探得其條理而後才能領會其精微，終則綜合各種學術的條理而構成中華文化完整的體系。

「我是從王念孫父子那兒得到啓示的。王氏父子最先找出校勘的條理，後來俞曲園先生也跟著求校勘的條理，但他們只在訓詁校勘上找出條理，而我則努力擴大範圍，無論是義理，考據、詞章各方面，我都希望能尋出條理。在見解上，我也努力建立自己的心得，但是我的心得都是從尋覓條理中得來的。」

從「高明文輯」，讀者不難得到印證；先生不僅要把每一種學問都尋出一個完整的條理體系。而屬於他個人的見解、學問，也力求能達成完整的體系。這種觀念與行止，實能給後學者以無比的啓示。

其次，先生自十七歲始，一直到今天，都處身在國家動亂之中。以一介文弱書生，在國民革命的號召下，也曾慨然請纓，奉獻自己。後來回到學術界，也沒有鑽入學術的象牙之塔。國勢的杌隉，使他更深深體會到學術應與現實配合：

「我認爲中國之所以淪到今天這個地步，是因中國文化被破壞盡淨、民族精神喪失無餘之故。唯有以我們的人文精神才能挽救中國、救人類。我因時事的影響，所以特別注意經世致用；不論在那個研究階段，都不忘記現實本身。」

先生獻身於中華文化的探討、維護、傳布、發揚與復興，七十年來，鍥而不捨，抱著「鞠躬盡瘁，死而後已」的心志，正是我國傳統書生報國的典範。

●活水源頭，生生不息

民國六十七年，先生七十歲時，具有紀念意義的「高明文輯」出版。在自序中他說：

「我並不以爲這部『高明文輯』已給我的研究生活、寫作生活結了總帳。我自信，在我有生之年，我是不會停止研究工作和撰寫工作的。雖然我也知道，我會受到精力的限制、財力的限制，有許多研究和寫作的計畫是不能完全實現的。但我總盡力而爲，做多少算多少。這部『文輯』不過是我以往研究和寫撰工作的一部分成果。另外我還有一些文章，已經脫稿，祇是沒有發表，即如我有一篇通志七音略之研究，存在國科會的檔案裏，其中關於通志七音略的校勘部分，由於字數過多，在任何學報或雜誌上都不便登載，祇好暫時『置之高閣』，等出『等韻研究』時，再拿他出來刊布了。另有一些文章，我已有底稿，祇是還沒有寫定，即如『治學方法』、『中國文獻學研究』、『周易研究』、『尚書研究』、『理學研究』、『中國文學理論研究』、『毛詩新箋』、『文選新箋』……等等。由於我沒有其他嗜好佔據我的時間，我除了教書外，就是閱讀、研究和寫作，我一定還會繼續不斷地發表我的學術論文的。我可以肯定說：這部『高明文輯』的刊行，絕對不是我的研究生活和寫作生活的結束，也許由於教書生活的瀕臨於退休，而正是我研究和寫作的新生活纔開始哩！」

七年來，先生教學、著述，不曾稍止。從他身上，真正使人相信人生七十才開始。凡是接近過先生的人，都知道他爲人溫厚，對朋友極熱情、對學生極照顧、對妻女極寵愛。然而，潛伏在這溫和淳厚之下的，竟是一股堅韌而決不抑折的毅力。先生生活，就是讀書、研究、寫作，別無其他嗜好，收入幾乎全花在買書上。在友儕中，向以藏書極富著稱。但他卻屢逢「書災」。民國廿年九一八事變時，藏書在炮火中付諸一炬。只好東山再起，重新搜購，但民國廿六年，先生避難後方，時家中藏書又遭中共新四軍抄撿燒燬。民國廿九年，先生在西康所得康藏資料及佛學書籍，運至重慶南溫泉，擬撰西康誌時，又被日機炮火所炸，此後十年陸續搜購，竟在卅八年匆促由湖南至廣州輾轉隻身來臺，全部藏書又留置大陸。先生在臺，藏書之癖仍未稍解，其間曾在香港任教四年，廣求海內外秘籍。不料於民國五十四、六

十六、七十二年凡三度遭逢水災，書房屢被波及，損失不貲。但今天，先生書房又是二十座大書架，滿室書香。雖然屢遭書災，但從不曾動搖他對買書藏書的狂熱。以前讀西諦「劫中得書記」序，言「聚書廿餘載，所得近萬種……典衣節食不顧也。故常囊無一文，而積書盈室充棟……一二八松滬之役，失書數十箱……八一三大戰爆發，則儲於東區之書，胥付一炬……日聽隆隆砲聲，地震山崩心肺為裂……」深受感動。今觀先生，亦同為書痴乎？

民國六十六年，先生六十三歲，在一次夏季大颱風夜裏，木栅再次淹水，先生起床視察，不慎滑倒，右大腿骨折。在三總住院四個月，動手術接合碎骨，並接受復建醫療。當先生出院時，雙腿無力，無法行走。兩個月後靠兩隻柺杖支撐方能行動。在勤苦的練步下，終於兩隻柺杖換成一隻，不久，又換成一隻手杖。今天，七十七高齡的先生，華髮早生，步履輕健如青年。再次，讓人感到一股無可摧折的生命韌力，源自那溫煦的性格中。是什麼力量使他渡過且超越這一次身心的重大傷害呢？他說：「我的個性比較開朗、樂觀、接受面廣。讀書時，能吸收新知，遇災難時，能往好處想，往善處努力。這一次病中，給我精神上最大鼓舞的有兩位，一位是李煥先生，他當時任中央組訓委員會主任委員。他到醫院看我，告訴我，不要緊，他在中央黨部跌斷了左腿，如今已完全復原。第二位是我出院後，中正理工學院教務長陳大剛先生告訴我說，他因車禍右腿骨折，不曾喪志灰心，終於很快便復原。他們使我更確信身體的病害，在自己堅强的信心，與不斷的努力之下，可以得到加倍的醫療成效。」其次，人情的溫暖，如朋友的殷殷垂問，學生的輪番照顧，使他深覺人世的可貴，更堅定生存的意志，潘重規先生在「壽仲華學長兄七十」詩中曾記此事：「傷足偶示疾，軒翥因折翅。門人競趨蹌，病榻遞扶持，周詳進飲膳，穢廝及牏厠。伏枕豐餘閒，羅列聽風議。問疾聞拜床，事師古有志。孰若多士多，魚貫復鱗次。教授咸魁碩，博士逾十四。醫門即師門，累月勤候伺。旁觀為感歎，嗟哉孰能致。淳古難一遇，矧可求叔季！……」

「樂觀的性格，經常保持輕鬆的心情，眼前的困難常會迎刃而解。我不抽煙、不喝酒、不會打牌，也沒有其他嗜好，所有的精神都放在讀書、研究上，對學術的熱愛，應是長期支持我的最大力量。」然而，除此之外，是否還有什麼養生秘方呢？他笑說：「毫無秘方。我最大的户外活動便是散步，對我，它不僅是身體的運動，且是心靈的舒解。我的起居飲食都非常規律，一般人也許認爲太呆板，但却使我身心可以長期保持正常的運作。其次，社會的安和樂利；家庭生活的正常，都是重要的背景。」

先生的家庭生活，除了在「自述」中略爲叙及，外界極少披露。故此次筆者大膽叩訪：「我十九歲奉父母之命結婚，妻卞氏秀英，也是高郵人。非常賢慧，極孝順父母。抗戰時，我隻身到後方去，全靠她侍候母親，婆媳倆相依爲命。她生有兩男一女；長子名飛，次子名登，女名妙。我初來臺後，曾派人由舟山至上海，轉江蘇鎮江，設法接他們。但她爲奉養婆婆，只把長子送出來。大陸淪陷後的十多年裏，我一直盡力設法營救他們，到香港教書的那幾年，花費許多精力、財力，旅費滙了三次，都沒有傳到他們手中。最後內人寫信叫我不要再寄錢、寄信。我知事情終究沒有希望，恰好臺灣又催促我回來接掌主任，便返臺任教。後長子高發入空軍機械學校，畢業後在軍中服務，也已成家。留在大陸的子女也都成了家，高登任職鐵路局，高妙在江蘇鎮江醫院做醫師。我出來後，家裏由胞妹幫忙照顧。我們兄妹感情很好，當初就是她鼓勵我出來，由她照顧年已八旬不願出來的老母，使我無後顧之憂，妹妹學醫，任南京醫學院教授，現在也已七十歲了。」

「陷匪的妻子營救無望，爲了專心研究學術研究，所以，在臺灣再度成家，妻葉氏黎明，當時任職美國海軍情報機構，山東人，婚後第二年，生女高麗，宛轉得人意。有家庭的溫暖，生活穩定，身體健康，使我能在安定的環境中從事教學研究工作。」

生命的活水，源源不絶，使先生能長期鑽研學問，爲學術界服務。目前，除了主持中學教科書的編審工作，他還負責「中國文化百科全書」的總編審，全套書約一千萬字，至今初稿已完成，正在發稿。同時，他還要抽空寫外邊邀約的學術論文，及數本已設計好的專書。此外，他還在整理許多已脫稿而未收在「高明文輯」中的論文。例如「通志七音略研究」其中校記部分已在華岡文科學發表了一半，因學報停刊，所以不及全部發表。也將整理置於「高明文集」增訂本中。十年，是一個階段，也是一個挑戰。先生七十歲時，出版「高明文輯」，黎明書局已約定，在八十歲時，要出版「增訂本」，把七十歲以前漏收的、七十歲以後新寫的論文一併收錄。研究學術的路程，不但沒有終站，而且每一站都要超越自己。先生希望，每十年自己能更上一層樓，給自己，也給歷史一個交代。

（原載於74年10月「文訊」20期）

創作之路

〈高明作品選〉

路，是人走出來的。人在荒蕪的草原上，不斷地走去，久而久之，自然會走出一條路來。文藝創作也是一樣，祇要不斷地去創作，久而久之，自然會發現「創作之路」，「創作之路」是文藝作家自己走出來的。所以有些人主張：向別人提示「創作之路」，那等於是說廢話，路應該讓別人自己去走，但是，文明日漸進步，科學日漸發達；現代的道路，多半是在土木工程師的設計和指導之下，興築起來的；「路是人走出來的」時代，已經過去了。爲什麼文藝的「創作之路」一定要讓文藝作家自己去走出來，而不讓「文藝工程師」——一些研究文藝理論的人——去幫助他們興築呢？因此我認爲：在現代，向別人提示「創作之路」，並不是多餘的事，甚至還是必要的。

每一條路，都有「起點」，有「過程」，有「終點」。出發於「起點」，經歷了「過程」，抵達到「終點」，纔算走完了一條路。從事文藝創作的人必須知道，「創作之路」也有所謂「起點」，「過程」和「終點」。一個作家不能無緣無故地去創作，他必須有創作的動機，創作的要求，驅使着他從事於創作，而不能自己；這便是「創作之路」的「起點」。既觸發了創作的動機，又引起了創作的要求，就要一步一步地去從事於創作。創作不能產生什麼奇蹟；雖是天才，也不能一蹴而至，就寫出偉大的作品。中間必須經歷許多「困心衡慮」的階段，譬如爬山，由山麓出發，中間必須翻過幾個山頭，纔能達到最高峯。這中間所經歷的階段，便是「創作之路」的「過程」。在創作時，經歷過那許多「困心衡慮」的階段，然後才能實現創作的理想，完成創作的使命，而達到創作的目標；這便是「創作之路」的「終點」。我們知道了「創作之路」的「起點」，「過程」和「終點」，沿着它走，纔不致走錯誤的路，走冤枉的路，或者是半途而廢。禮記大學有所謂「知本」，就是教人知道「起點」，又有所謂「知止」，就是教人知道「終點」；又有所謂「知所先後」，就是教人知道「過程」。我們現在要知道「創作之路」，就應本着這種道理去研究。

「創作之路」的「起點」，是在孕育創作的動機和創作的要求。沒有創作的動機和創作的要求，根本就不需要從事創作；如果勉强地去創作，也徒能寫出一些「言之無物」的沒有靈魂的作品，祇然是蹧蹋筆墨，浪費紙張罷了！一般替大人先生寫應酬文字的，從來就沒有能夠寫出幾篇可看的東西；就是文學名家，被別人硬拉硬逼出來的作品，也很少能夠令人滿意；其原因就在這裏。創作的動機和創作的要求是自發的。被動的創作只有苦惱，苦惱就阻窒了創作的靈感。自發的創作纔有樂趣，樂趣便壯大了創作的動力，但自發的創作，動機必須純潔，要求必須正當；否則，就要走上錯誤的路了。有些人爲牟利而創作，目的祇在騙取一些稿費。上焉者東拉西扯，寫得又臭又長，使人看得昏昏欲睡；下焉者論淫論盜，寫得繪影繪聲，使人看得津津有味。前者可以說是「灰色作品」，儘在舖張行文的篇幅，而不肯顧念藝術的忠實，後者可以說是「黃色作品」，儘在迎合低級的趣味，而不肯顧念風俗的敗壞。又有些人爲沽名而創作，目的祇在獵取一些虛榮。上焉者借以呼朋引類，招兵買馬，要做一個文壇的寨主；下焉者借以奔走鑽營，招搖撞騙，要混一個作家的頭銜。動機如此，要求如此，自然那些假冒、剽竊、粗製、濫造……的花樣就層出不窮了。從事創作的人必須認清，文藝不是牟利的東西，也不是沽名的東西；雖然成功的作家可以獲利，也可以享名；但當他創作時，他絕不應存着牟利和沽名的心。一個忠誠的文藝作家，祇是爲一些純潔的動機，正當的要求，而產生一種創作的衝動。他被這種衝動驅使着，不寫出就不愉快。這樣寫出來的作品，自然是至情的流露、正義的呼喊、真理的讚頌、生命的謳歌。所謂純潔的動機、正當的要求所產生的創作衝動，究竟是些什麼呢？我們試作分析，可以舉出四種：一是自我表現的願望；二是對於人們及其行動的興趣；三是對於我們在其中生活的真實世界；以及我們所希冀實現的理想世界的關切；四是藝術美的愛好。我們常有一種强烈的衝動，希望將我們所想念的、我感覺的告訴給人家，這樣就要創作那種表現自己的思想和感情的文藝。我們對於世界上的男男女女以及他們的類型、動態、情緒、關係……等，具有濃厚的興趣，這樣就要創作那種討論人類生活和行動的人間喜劇和悲劇的文藝。我們又喜歡揭開隱蔽的幕，示人以醜惡的真實；打開智慧的窗，示人以高尚的理想；從而暴露這世界，改造這世界，這樣就要創作那種表現世界的真實和理想的文藝，我們接受自然的陶冶，發生美感的衝動，又希望將所看到的、所觸及的，表現爲美的形狀，提示出美的範型；從而美化這人生，美化這世相，這樣就要創作那種具有內容美和形式美的文藝。我們要常常地記着：人是社會的動物，人不能隱藏自己的經驗、思想、情感、想像……等，而不宣示於別人；我們又要常常地記着，人是高級的動物，人不能做現實的奴隸，而不做自家的主宰，彌補缺陷，追求完美，是人類的天性。根據這兩種根本的因素，就構成了那四種創作的衝動，它們正是文藝作家的「生命的發抒」和「生命的向上」的表現。我們從事於文藝的創作，如果從這裏出發，就不致於走錯路了。

有了創作的動機和要求，未必即能創作出完美的作品，這中間還要經歷艱苦的「過程」。拉丁文裏有一句名言：「詩人是天生的，不是造作的。」有些人誤會這句話，以爲有天才的人從事於創作，並不要經歷艱苦的「過程」。不知所謂「天才」祇是在資禀方面得天獨厚，在創作方面成就的可能性較大；如果天才而不努力，和常人並沒有兩樣；天才而再努力，他的成就就不是常人所能趕上的了。所謂「努力」，就是經歷艱苦的「過程」。李白是大家公認的稀有的天才，但他如不從詩經、楚辭直到齊、梁體詩努力下過一番研究的工夫，就不能寫出那些偉大的詩篇。莎士比亞也是大家公認的稀有的天才，但他如不費大半生精力，改編前人的劇本，在其中討尋訣竅，也就不能寫出那些不朽的戲文，天才祇是潛能，是種子；努力纔能使潛能發揮，使種子發芽成樹，開花結實。然則，從事創作的應該怎樣去努力呢？我以爲至少要經歷三個階段：第一是準備階段，走向創作的第一段路，就是先要準備創作的能力，最要緊的是吸收別人的創作經驗。準備創作的能力，可以包括三件事：一是培養創作的意識，二是儲備創作的材料，三是吸收創作的經驗。創作原是一種精神覺醒的活動，一個人在思想方面有所領悟，在情緒方面有所感發，在想像方面有所創獲，要將它們表現出來、就滙而爲一種精神覺醒的狀態，這便是創作的意識。沒有創作的意識便不會產生創作的行動。創作的意識不夠濃厚，創作的行動也就不夠熱切；這樣，那能創作出好的作品來呢？所以從事創作的人，必須先從思想的領悟、情緒的感發、想像的創獲、藝術的表現各方面下手，培養起創作的意識，創作纔算有堅固的基礎。創作不是鑿空的幻想，而是一些學識、經驗的鎔合。學識淺薄，經驗貧乏，在創作時沒有夠用的材料，也不能寫出好的作品。創作的材料是可以儲備的，那就是多讀書以增進其學識，多閱歷以增進其經驗。讀書的範圍愈廣博，知識愈豐富，見解愈精當，胸襟也愈恢闊。在現代作爲一個作家，不但要博習本國的古典，以認識民族的文化；還要涉獵各科的學問，以接受現代的文明。這事固然很難，但我們祇要懂得「精選」，不在無用的書上浪費精力；懂得「有恆」，能夠日積月累；再能有哲學的高瞻遠矚，科學的客觀剖判，不讓它食而不化、梏沒性靈，則讀書也是很易見效的。世界上有許多作家，他們並不是都經過農夫或樵子的生活，但也有將農夫或樵子的生活寫得極爲真切而生動的，這就靠讀書在幫助他們了。當然，閱歷——就是實地的觀察體驗——重要也不下於讀書，觀察體驗的最大效用，在洞達人情物理。文藝超現實而却不能離現實。觀察現實，體驗現實，則人情物理纔能洞達，而可用爲文藝創作的材料。你想寫某一種社會或某一種人物，你必須對那種社會、那種人物的外在生活，和內心的生活，都有徹底的瞭解，這非多觀察、多體驗不可。你想寫某一種景物或某一種環境，你必須對那種景物，那種環境的具體形象和抽象氣氛，都有深刻的領會，這又非多觀察、多體驗不可。所以作爲一個作家，對於人的一顰一笑、物的一草一木，一切最細微的地方，都不要輕易地放過，而給以極精密的考察；並且要從這考察中，看出常人所不曾注意的特點，得到常人所不曾發現的真理。然後用來當做創作的材料，自然創作出來的作品是正確、精細而生動的了。至於創作經驗的吸收，所要特別注意的，一是語言文字的運用，二是聲音色彩的講求，三是體裁風格的鎔鑄。「工欲善其事，必先利其器。」語言文字是文藝創作的工具，人人都在運用語言文字，但文藝創作却要用平常的語言文字產生不平常的效果。文藝作家對於語言文字的瞭解，必須比一般人更爲精確，然後才能運用自如；必須精確地懂得字的形、聲、義、字的組織，以及其對讀者所生的影響；必須透徹地瞭解語言學、文字學、文法、理則學和心理學各科的知識，這還不夠，更須吸收別人運用語言文字的經驗，化而爲自己的經驗；然後語言文字的運用，纔能出神而入化，可以從心所欲地創作。文藝作品是以美爲生命的，美表現於語言文字的，便是聲音和色彩。聲音的輕重、疾徐、抑揚、高下，色彩的濃淡、華樸、深淺、枯腴，在作品中構成了韻律和畫面。所以文藝作家又必須具備美學和修辭學的知識；而運用美學和修辭學於實際的創作，又必須從別人的作品中吸取經驗，文藝作品有普遍性，又有其個別性；普遍性形成爲體裁，個別性形成爲風格。小說、詩歌、戲劇以及一般散文各自有其體裁，每個作家又各自有其風格。文藝作家要鎔鑄作品的體裁和風格，固然要熟習各種文藝的理論，尤其要吸收別人的經驗，別人的創作經驗都存於別人的作品之中，研讀別人的作品，看他們怎樣地運用語言文字、怎樣地講求聲音色彩、怎樣地鎔鑄體裁風格，自己再去模擬他們，久而久之，別人的創作經驗變成自己的創作經驗，自己去從事創作，就不太困難了。但研讀與模擬別人的作品，必須有所選擇。「取法乎上，僅得乎中，取法乎中，僅得乎下。」我們若取法乎下，便終生受罪，無可救藥，這是我們要深引爲戒的。第二是嘗試階段。創作的能力準備好了，就要去嘗試。假使不去嘗試，便終生不能創作。有一些「眼高手低」的人，受病就再不去嘗試。譬如學圍棋，懂得了圍棋規則，揣摩了別人的棋譜，若是不去嘗試着棋，一段一段地前進，一下就想跳到九段，雖是天才也辦不到。許多自以爲是文藝的內行人，覺得自己不寫則已，一寫就要一鳴驚人，而不肯虛心地去嘗試，其結果弄到「眼高手低」是必然的。在嘗試創作的開始，最好謹守下列的兩個範圍：一是知道清楚的；二是易於着筆的。這樣，嘗試容易成功，創他的興趣便增加了，因而嘗試就可以持續下去，終必有大成的一天。若是拿不清楚的、難着筆的來嘗試，失敗一次，當頭一棒，也許就扼殺了創作的意識，從此不敢動筆了。在嘗試時，要有決心，有恆心，有耐心。訂出了創作的計劃，怎樣命題，怎樣選材，怎樣佈局，怎樣描寫，最後要寫成怎樣的東西，必須以決心來實踐這計劃，不完成不止。若是沒有計劃地去寫，無目的地去寫，可寫可不寫，這樣地嘗試創作，缺少決心，是不會成功的。有許多青年的作者，他們嘗試創作，祇是趁着一刹那的興味，興味一消失，嘗試也就要宣告停止了，其病是在沒有恆心。要改正這種毛病，最好把每日的工作時間規定，每日抽出一小時或兩小時，來作沉潛的思索，再把思索所得竭力寫出來，持之有恆，行之既久，自然能養成一種創作的良好習慣。最要緊的還是要有耐心，莫泊桑於未成名時，從一位法國文學家學習了七年，在那時他所嘗試創作的文稿，都被他的教授撕去，他能忍耐，最後竟成爲一個短篇小說的名手，站在世界任何一位大作家的面前而毫無愧色，嘗試創作是會遇到挫折的。有時寫成的作品，自己就不滿意，有時自己滿意了，投送到報章雜誌上去登，處處撞壁。若是沒有耐心，就會灰心失望，結束了創作的生活。衹有愈挫愈奮的人，纔能得到最後的成功，我們嘗試創作，就要具有這份耐心纔行。

第三是精進階段，嘗試到了相當的程度，創作已有把握了，這時就要精益求精，更求進步。譬如寫字：初學時，結體不能端正勻稱，用筆不能平實遒勁。一幅之內，間或有一兩字寫得好；一個字之內，間或有一兩筆寫得好；但就全體看去，毛病很多；這是「疵境」。如果多向碑帖臨摹，多向書家請教，寫來就可平正工穩，合於規模法度，却沒有什麼精采，沒有什麼獨創，這是「穩境」。若是再進一步，更加揣摩，會萃各家的長處，造成特有風格，或正或奇，或肥或瘦，皆能優美，可供欣賞，這是「醇境」。至於全無匠氣，不見工力，隨手揮來，觸筆成趣，而胸襟學問自然流露，品格情操自可窺尋。這是「化境」。文藝創作也是一樣：在嘗試階段，衹能是「疵境」和「穩境」；在精進階段，纔能入「醇境」和「化境」。從事文藝創作，若要由「穩境」而進入「醇境」，由「醇境」而進入「化境」，必須要下一些工夫。這一些工夫，一是不怕修改，二是不拒批評，三是不求急售。杜甫說：「新詩改罷自長吟。」韋莊說：「卧看南山改舊詩。」古來名家都不怕修改自己的作品，這正是名家所以成爲名家的由來。李泰伯批評范仲淹的嚴先生祠堂記，說「先生之德」的「德」字不妥，應該改爲「風」字，范仲淹不獨不以爲忤，還欣然接受，於是嚴先生祠堂記更成爲不朽的名作。誰也不能說自己的作品，一寫出來就白璧無瑕，唯有不拒批評、不怕修改，琢之磨之，纔能真正成爲無瑕的白璧。等到作品寫到爐火純青的地步，也就是創作進入了化境，這時就要有「人不知而不愠」的雅量。司馬遷寫成了史記，却要「藏之於名山，傳之其人」，而不急急地求售，但他終於流傳千古、照耀人寰。真正不朽的大作，是不會永遠埋没的；祇看我們能不能精益求精，使自己的創作進入最高的境界罷了。

進入創作的最高境界，就是達到「創作之路」的「終點」。所謂創作的最高境界，說起來也很簡單，就是「技進於道」。從前中國文人本有「文以載道」的說法，可惜一般人把這個「道」字釋爲道德教訓，於是把文藝看成勸世文或修身書的高頭講章。我們如果把「道」釋爲人生世相中至真、至善、至美的總合體，「道」正是文藝的最高造詣。文藝創作所追求的：從理智方面說，對人生世相有深廣的觀照和徹底的了解，如亞波羅憑高遠眺，華嚴世界盡成明鏡裏的光影，大有佛家所謂萬法皆空、空而不空的景象；從感情方面說，對於人世悲歡好惡有平等的誠摯的同情，衝突化除後的諧和，不沾小我利害的超脫；要從藝術中創造出人生世相的至真、至善和至美，又要從至真、至善和至美中使人生世相藝術化，終於沉浸在藝術化的人生世相中而涵泳着至真、至善和至美的大道。創作而達到這個境界，可說是一個有「道」之士了。雖然從事於文藝創作的人不一定都能達到這個境界，但它究竟不失爲一個崇高的理想，值得追求，而且在努力追求之後，一定可以追求得到。

（選自黎明文化公司「高明文學論叢」）

●**胡秋原**，民前二年生，湖北黃陂人。曾任世界新專教授，現任立法委員。五十年代創辦學術、政論兼顧的「中華雜誌」。著作遍及文學、哲學、史學，著有專書「日本侵略下的滿蒙」、「唯物史觀藝術論」、「歷史哲學概論」、「民族文學論」、「中西歷史之理解」、「文學藝術論集」等數十部。

■曾祥鐸

堅強理性的民族主義者

胡秋原先生的思想與學說

●前言

胡秋原先生，是我國當代著名的學界元老之一，今年已經七十五歲了，體力與精神依然健旺，每日仍然十分努力的讀書寫作，從事他的名山大業，其用功之勤，在年輕人中亦屬少見。半世紀以來，出版的著作很多，牽涉的範圍也很廣(主要包括文學，史學與哲學等學術園地)，所謂「著作等身」這四個字，對胡秋原先生來說，決不是一句過份的形容詞。

胡先生現任立法委員。由於他將絕大部份時間都投入學術研究工作，使他在學術界的名望，掩蓋過政治界的名望。這不是說胡先生對現實政治不關心;正好相反，他對現實政治，他對中國的現在與未來，是極度關心的。不過，他認爲，中國的現狀所以如此可悲，所以會陷於一百四十多年的衰亂之中而無以自拔，主要是由於這一期間的中國學問不足，要挽救中國，首先要從研究學問方面下功夫，必需等到中國人在學問方面能追上西方人之後，中國才能真正站起來，因此胡先生選擇了終身鑽研學問的艱苦道路。

要用一篇文章，以有限的字數來介紹胡秋原先生，不是一件很容易的事，因爲胡先生值得介紹之處太多，該如何介紹才算恰當，這首先便面臨題材選擇取捨的困難。在這裏，我想分三部份來介紹胡先生，第一部份是胡先生的生平與工作，第二部份是胡先生思想學說的要旨，第三部份是胡先生對中國的現狀及其未來的看法。

●生平簡介

胡秋原先生是湖北黃陂人。在唸高小的時候，中國發生五四運動（民國八年），在政治上，這一運動是反日的；在文化上，當時展開了新文化運動，提倡民主與科學，是西化路線，也是自由主義路線；而社會主義思潮此時亦進入中國，隨即流行起來；但在另一方面，又有整理國故、研究國學的潮流，胡適與梁啓超都爲年輕人開國學書目——上述四種潮流（反日、自由主義，社會主義，研究國學），對秋原先生都產生了深刻的影響，雖然由於年紀太小，來不及參加五四運動，但就其影響性來說，胡先生可說是深受「五四」洗禮的人。

在抗日之前，胡先生不過二十多歲，就因參與當時轟動一時的「中國社會史論戰」與文藝自由論戰而名聞全國。

由於當時開始流行社會主義思潮，胡先生自然也受到影響，這使他開始研究、並一度接近了馬克思思想。由於參與文學論戰，使他知道了俄國的思想家蒲列哈諾夫，但在中文出版界中，幾乎沒有蒲氏譯本出版。爲了研究蒲列哈諾夫的文藝理論，秋原先生遠赴日本入早稻田大學，這使他同時對日本也有了認識。後來，爲了抗日，秋原先生寧可放棄學業，回國加入抗日行列。

在抗戰之前，秋原先生曾經遠游歐洲，並且有機會親至莫斯科觀察赤化後的俄國。這一親身經歷，使秋原先生離開了曾經一度接近過的社會主義，因爲，秋原先生在俄國親眼看到了史達林統治的虛僞、險詐與殘忍的一面，深深體認到共產主義之路絕非中國未來的正當出路，於是，秋原先生便向「共產主義列車」告別了。

在八年抗戰時代，胡先生以筆報國，在南京、上海、武漢與重慶，不知發表過多少振奮人心的抗日文章，同時又致力於學術研究，不斷發表學術著作。他當時是參政員，當民族面臨生死存亡之際，他當然極端關切民族的未來，這就不能不對國內外的政治發展保持高度注意，但却不幸因此而受到挫折。

當抗日戰爭勝利結束之際，舉國歡騰，領導抗戰的執政黨尤其感到興奮，但是，胡先生當時已其覺察到國家潛伏着重大危機，尤其是對雅爾達密約與中蘇友好同盟條約，牽涉到放棄外蒙與危及國家安全之事，秋原先生曾經全力反對。事後看出，這一反對顯出了秋原先生「衆醉獨醒」的高超的政治智慧。

擺脱政界，這並不是胡先生的損失，因爲胡先生的安身立命之處，是在學術界。學術界是一個能靠本身實力永久樹立，誰也無法予以否定的地方。擺脱政界，胡先生可以有更多的時間投入學術研究，這對他反而是一種幸福。

來臺之後，胡先生仍任立法委員一職，自然無法擺脱政治活動，不過，由於三十多年都没有負過實際政務，所以花在政治方面的時間也很少。胡先生既然有那麼多可以自由支配的時間，本身又是如此的勤奮，所以他的學問也能與時俱進。

五十年代（民國算法）之後，胡先生在臺灣創辦了「中華雜誌」，這是一本兼顧學術與政論的雜誌，以維護「民族、學問、人格」三大尊嚴爲宗旨。這本雜誌已經發行了二十多年了，胡先生在其中投入不少的時間與精力，二十多年來，這是胡先生發表他的學術論文與國事見解的主要地方。中華雜誌，在海內外都具有一定程度的影響力（甚至海外的影響更大），但是，也往往會給胡先生帶來種種困擾，像「言論官司」之類，會浪費胡先生不必寶貴時間。看到一代學者常常受到一些無聊的糾纏與無理的攻擊，不能不令人感到痛惜與不平。

●令人景仰的儒者風範

除了學問上的成就，胡先生在道德與人格方面，也大可佩服，他一生安於清淡、寧靜與勤勞儉樸的生活，律己極嚴，一塵不染，從不追求物質享受，在他身上，可以看到典型的儒者的風範。

但在另一方面，有些只憑文字認識而没有親自機會與胡先生相處的人，難免會誤認爲胡先生是一位强悍、果敢、恃才傲物、鋒芒畢露、英氣迫人的人。這或許是由於胡先生的文章常有一種雄渾豪邁之氣流露其間，而且歷來都堅持正氣，從不向任何惡勢力妥協，這就難免使人產生「望之儼然」的觀感，而無法體驗到「即之也溫」的一面。事實上，胡先生最可敬與最可愛之處，就在於能做到「剛柔相濟」這一點，一方面，永遠能堅持原則，不畏强權，有「雖千萬人吾往矣」的豪氣，另一方面，胡先生又能永保赤子之心，完全以儒家的道德原則來處世應對。

胡先生曾經這樣自述他的生活與工作：「我一生所過的是簡單而複雜的生活。簡單是指其清淡與清苦，複雜指我的生活不外讀書、思想與寫作，讀書是爲了思想，寫作是希望傳達我的思想，而我所思想的東西是很複雜的，這是因爲我所處的時代，我的國家之情況，是很複雜的。就世界而言，我的時代包括了兩次世界大戰，今日人類還處在第二次世界大戰之餘波中，第三次世界大戰能不能避免還很難說，而兩次世界大戰造成了這個世界極爲複雜的變化。就中國而言，我所處的時代是：五四與新文化運動，國民革命，國共合作與內戰、八年抗戰與中國目前的分裂。這樣一個複雜的時代，提供了複雜的思想內容。」

●三次思想浪潮

這一百多年來，中國所面對的情況如何呢？胡先生說，外國人不僅想在實際上控制中國，而且希望在思想上控制中國，這有幾次浪潮。

第一次，發生於清末。自清末以來，在洋務運動的風氣激盪下，歐化、西化的思想，支配了中國知識界，直到第一次世界大戰結束後，這一思潮雖逐漸衰退，但在今日餘威猶存。

第二次，是代之而起的馬列主義浪潮，這一思想浪潮在中國泛濫後，造成了中國大陸的赤化與落後，它對中國所造成的傷害是大家所熟知的。

第三次浪潮，發生於二次大戰結束之後，由邏輯實證論開其端，至六十年代發展爲「行爲科學」和「現代化理論」，强調「先進國之今日，即後進國之明日」，這些理論，都在逐步的影響或控制中國人的思想。

西化、馬列主義，「現代化理論」，「邁進開發國家之林」，這些都不是中國人的正當出路，但是，這些理論却深深影響或控制着近百年來中國人的思想，使中國人迷失了自己的道路。胡先生說，他畢生的研究，就是要在學問上確定中國人應走的道路，想在學問上對抗外洋的侵華理論，使中國不至於在思想上(與實際上)淪爲外國的殖民地或附庸。

該如何去研究中國的出路、中國的前途呢？中國的老話是「鑒往知來」，那就是說，應該由研究歷史着手，這又必須研究下列這些問題：㈠、學問方法問題；㈡、價值判斷問題；㈢、文化與歷史的一般理論問題；㈣、如何將那些理論運用於中國歷史的問題，這包含中國史有何特色？中國如何會落後於西方？中共政權的出現是中國歷史發展的必然還是偶然？其前途如何？自由中國應該如何？可能如何？

㈤、中國歷史發展問題，不能脱離世界歷史的發展作孤立的研究，未來中國歷史的發展，不僅與亞洲歷史的發展密不可分，與世界歷史的發展（如美、蘇、西歐與第三世界等），同樣密不可分，因此，又不能不研究國際形勢的變化。研究這樣複雜的問題，自然要付出畢生的時間與精力了。

●文學、哲學與史學

關於胡秋原先生的思想學問，大要而言，可分為文學、哲學、史學等部份。胡先生遠在半個世紀前，即在中國文壇露頭角，參加過著名文藝論戰，出版過有文學方面的專著，但是，胡先生不久便告別文壇，將興趣轉到學術方面去，不過，這並不是説胡先生從此便不再關心文藝，事實上，從早年至今日，胡先生時刻都在關切我國文藝發展的情形，並且不斷有關於文藝的論著發表。直到近年來的「鄉土文學論戰」，胡先生仍然重申早年「文藝自由」的主張，認為應該讓作家們享有自由創作的環境。

民國六十八年，胡先生將他在這方面發表過的文章，集為兩巨册「文學藝術論集」出版，其中收容了從民國十七年至六十八年這五十年間的文章，從「唯物史觀藝術論」到「民族文學」，從長篇巨著到文藝短評，內容十分豐富，從這裏可以看出胡先生在文學方面的深厚功力。

在學術研究方面，胡先生長期潛心於哲學與史學中，這是由於他對這兩門學問有極高評價之故。他曾經説過：「我以為世界學問有兩極——即歷史與哲學。而這兩極又可説互相交叉的，一方面，哲學即哲學史（如黑格爾所説），另一方面，歷史亦是歷史哲學。哲學是原理之學，歷史則為過程之學。」

哲學在各時代都有它的中心問題，如宇宙、人生、知識、價值等等，還有種種「外圍哲學」，如歷史哲學、藝術哲學等等。胡先生説：「我的哲學，探討三個問題：一、方法論；二、價值論；三、文化哲學與批評。」

關於方法論，實證派以爲有統一的方法論，即認爲自然科學的方法，適用於社會科學、人文科學。實證派這一主張遭到新康德派、現象學派等的反對。胡先生也反對實證主義這一主張，不過，胡先生的反對，並非人云亦云，而是他另一的堅實的理由。

人文社會科學的方法論，如果不適用自然科學的方法論，那麼，該用什麼方法呢？依胡先生先生的見解，認爲一切社會科學都應使用史學方法。胡先生所强調的史學方法，有下列三部份：

㈠、史料的鑑別——即中國所謂考據，西洋所謂批評，目的在於確定事實。

㈡、內外構造之分析及其相互關係——這也就是一般人所說的「史觀」，如「唯物史觀」、「唯心史觀」之類。胡先生反對一元論與決定論，也反對無法則的偶然論，認爲歷史之內外構造之合成力。

㈢、比較方法——各民族文化發展情況不同，必須進行比較。比較有「同時比較」，即在一定時間內，各國文化發展程度之比較；又有「類型比較」，如中國詩與西洋詩之比較等等。無論研究中國歷史文化或西洋歷史文化，如果不同時進行比較研究，將無法獲得客觀正確的結論。

關於價值論，胡先生指出：價值能否判斷，如何判斷，是二十世紀學術界最大問題之一。韋柏說，學問應該「不論價值」，邏輯實證論派說價值問題無意義，這些都是錯誤而有害的見解。胡先生强調，價值問題應該判斷，也必然可以判斷。在這方面，胡先生贊同德國大思想家康德的說法，即價值包括「真、善、美」三大標準之性質。在「真、善、美」方面，胡先生曾經在他的專著中詳細發揮過他的見解，而且都有特殊的心得與創見，決不人云亦云，只是在這篇文章中無法作詳盡的介紹。

關於文化哲學與批評方面，胡先生認爲，哲學又可稱爲批評之學。二十世紀的西洋哲學，集中於科學批評與語言批評。胡先生於一九三一年（五十四年前）創辦「文化評論」雜誌，就認爲哲學應該是文化批評。但要批評文化，應該先有文化哲學。假如有了方法論與價值判斷論，就可以建立文化哲學，進行文化批評。所謂文化批評，就是對人類所創造的文化，評論其治亂興衰和得失——上述這些見解，胡先生在他的專著中有詳盡的發揮。

●對中西歷史的理解

關於史學，胡先生出版過不少專書。胡先生特別指出，中國文化、西方文化與俄國共產主義，是與我們關係最密切的三個文化思想體系，所以我們要特別加以研究。

在中國文化方面，胡先生說：「我特別駁斥了清末至新文化運動以來的種種自卑與自大的謬論，如謂中國文化的落後，是由於文字不是拼音，中國從無科學與民主，或謂中國文化長於精神，長於道德而短於物質與科學等等」。

談到西洋的歷史文化，胡先生認爲，這不僅中國人有許多誤解，以爲西洋人天生長於科學與民主；就是西洋人對他們自己的歷史文化，也同樣有許多誤解，例如，他們自以爲是希臘羅馬的繼承者之類。胡先生指出，其實在西羅馬滅亡後，他們對希臘一無所知。阿拉伯人進入歐洲後，翻譯亞里士多德的著作，西方教士再將阿拉伯譯文重譯爲拉丁文，歐洲人才知道有亞里士多德。而近代西洋文明是從十字軍時代開始的，他們先向回教學習，再與回教競爭，並由此發展了他們的文化。世界最古老的大學是在埃及。西方士林哲學亦由回教而來，而當時的回教又是向中國學習的（如鍊金術）。這樣說來，中西人士對這段歷史文化都存在着不少誤解。

若依西方的歷史分期法（古代、中世、近代），胡先生對中西歷史文化的發展，有這樣的見解：

古代——中西並駕齊驅，各有所長。

中世——中國文化遠超過西方之前。

近代——由元至明，由馬可波羅至鄭和時代，中國還先進於西方。自工業革命之後，西方始決定性地勝於中國。

中西文化之不同，羅素曾經有所指陳。羅素認為，中國文化有三大特色：一、有特殊之文字；二、無宗教；三、無西洋之階級。胡先生認為這見解非常中肯。中國文化所以會具有這些特色，亦有其客觀的、不同的歷史背景。胡先生說：「人類一切文化，根本性質是相同的，正如文學藝術、道德信仰也都有相同之處。不過，由於內外環境不同，條件不同，教養與經驗之不同，遂各自形成不同的特殊色彩與成就。」對我們來說，中國文化之特色，是值得我們珍視的。假如我們能正確地理解中西歷史，自然可以避免犯上自卑或自大的錯誤。

談到俄國歷史與共產主義，胡先生指出，我們首先應注意俄國歷史與西歐歷史之不同。俄國在一四八〇年才從蒙古之壓制中獲得解放，至彼得大帝時代才開始西化。至十九世紀，俄皇尼古拉一世仍以東正教、專制與農奴為俄國三寶。西方社會主義思潮傳入俄國後，俄國始發生人民革命。馬克斯主義輸入後，引起社會民主運動。世人以俄國革命為馬克斯主義革命，胡先生認為是一項誤解，他說，貝加也夫認為俄國共產主義出於虛無主義，才是正確的。列寧號稱布爾希維克，這是極權主義，極權主義之基礎並無「無產階級」，只有流氓與職業革命家的合作——我們受蘇俄之害最深，可是，我們對蘇俄歷史文化的研究依然不足。

●對今日世局的獨特見解

胡先生對今日世局有獨特的見解，這一見解來自他對中外歷史深入的研究。

胡先生認為，在十九世紀大舉進攻中國的西方帝國主義霸權，基本上是由於下列三事而動搖：一、各地風起雲湧的反抗西帝的民族主義運動；二、西帝之間自身之相互戰爭（如第一次世界大戰）；三、蘇聯共產主義運動之興起。到了第二次世界大戰結束，西方老牌帝國主義國家（如英、法、德、義等）終告崩潰，繼之而起的，是美、蘇兩大霸權。不過，在過去由西帝所統治的殖民地與半殖民地國家，亦紛紛獨立，形成第三世界，於是，今日世界便成爲美、蘇與第三世界鼎足而立的「三分天下」的局面。

第三世界本來佔有廣土衆民的優越形勢（佔全球人口三分之二），然而，由於工業技術落後，政治混亂，不僅不能發揮力量，甚至找不到自己的出路，陷於徬徨無助之中。這時候，假如美國能有高瞻遠矚之政治智慧，竭誠與第三世界合作，不僅可兩蒙其利，而且早就可以將蘇聯的氣燄壓下去了。可是，美國不但沒有這樣做，反而常常與第三世界中的腐敗勢力合作，結果反而使蘇聯大獲其利，使國際局勢日趨緊張。例如，美國在中南美支持腐敗的蘇慕薩政權之類，才造成了古巴卡斯楚政權的聲勢；在中東支持以色列的恐怖政策與帝國主義行爲，才造成敍利亞與回教什葉派甚至蘇聯的聲勢。又如，美國當年在越南戰場上的腐敗政策，使蘇聯勢力迅速伸入其地，今日成爲太平洋的一大强權，這是俄國人自立國以來從來都不敢夢想的。

美蘇兩國雖然都在爭奪世界霸權，可是，都不願意打仗，却在第三世界策動那些可憐的國家打代理人戰爭，並且意圖透過這些戰爭來控制第三世界。蘇聯自然希望能在第三世界策動反美運動來削弱美國勢力，而美國也無意解決南北貧富對立的問題來改善第三世界的處境——因此，可以確切的説，美國與蘇聯的兩種生活方式，都不是人類之理想。

那麼，世界人類之希望究在何處呢？胡先生認爲：世界之希望繫於第三世界之覺悟。

胡先生説，中國本來可以因其文化傳統與人口之多等條件，爲第三世界樹立一個模範，不幸，毛澤東等人赤化了中國大陸，走上共產主義這一條不通之路，在本身難保的情況下，自然談不上什麼「樹立模範」了。至於自由中國，至今仍然有些人還想「邁進開發國家之林」。胡先生却認爲，所謂「開發國家」，依然是西方模式，那是要具有帝國主義基礎與獨立之科技等條件，才能談到「邁進」的，而西方文化也是毛病甚多，不足爲訓的，這決不是中國未來的道路。

中國未來的出路在那裡呢？胡先生說，他讀書五十多年，最重要的目的，就在於探求中國的出路，由於長期勤奮探索，胡先生在這方面具有十分精闢的見解。

●近代中國苦難的根源

中國文化，目前落後於西方文化；不過，並不是中國文化的發展歷來都在西方文化之後。正好相反，在中世紀時代，中國文化仍居於世界文化的前列。中國文化發展之漸趨停滯而讓西化文化超越，是在明清時代。

胡先生沉痛指出，中國之歷史與文化，在明末魏忠賢、李自成、張獻忠時代，已經受到重大傷害。明末之害，可以上溯至明代開國者朱元璋之凶殘，下至滿清入關後之文字獄。到了近代，更受到東西方帝國主義的侵凌；由明代算起，中華民族已經受到六百多年的傷害了。

自西方帝國主義東來(一八四〇年中英鴉片戰爭)，到現在已經一百四十五年了，中國目前分裂爲二。國家至於今日，固然是由於帝國主義者的侵凌，不過，滿清權貴與軍閥們之自私無知，以及某些新知識份子亦不能辭其責。這些知識份子們，沒有真實的學問，甚至在道德上也往往墮落，或則依附內外之權勢，或以自相殘殺爲榮。

近百年來的中國，何以會陷於長期混亂之中而無以自拔？胡先生說，這在基本上是由於中國過去沒有西方那種階級制度，又沒有像基督教那樣的宗教，更缺乏由新式產業之發達而形成中產階級作爲國家的骨幹，來安定社會。

然而，過去的中國也沒有這些東西，何以過去又能形成秩序保持安定而今日却不能呢？那是因爲過去還有一套儒家思想與制度，可以作爲政治與社會的中心，來團結中國人民。但自西帝東侵之後，五經四書失去權威，西學才是權威。儒學失其權威之後，社會失去了維繫的重心，思想崩潰後，必然會帶來混亂。

中國知識份子此時轉向西學。但是西學各國不同（如英美、俄、法、德等），一國亦先後不同（如蘇俄）所以，中國的知識份子，遂因外國思想之派別不同而分裂，最後形成「西化派」與「俄化派」兩大派。

外國的政治侵略加上經濟侵略，使中國的經濟破產、農村破產益使中國人失其根據而形成一盤散沙。失業的工人與無法生活的農民們，逐漸變成遊民、流氓或土匪，最後變成軍閥們手下的軍隊，使軍閥們的兵源永遠源源不絕，而中國也就有打不完的仗。

另一方面，由新式教育所造就的大批知識份子，落後的中國，沒有新式的工業來容納他們，他們的出路，只有做官或教書兩途，這兩途所能吸收的知識份子十分有限，於是，大部份失業的知識份子，在找不到出路的情況下，只好自尋出路，結果，或爲政客，或爲革命家。

胡先生沉痛地指出：遊民與失業的知識份子，是近代中國內戰與革命的動力。如果我們的國家不能解決游民與失業的知識份子問題，我們民族的衰亂恐怕也難於獲得基本的解決，民族精力依然將長期耗損於內鬥之上，並世各文明先進國現在都不內鬥，只有我們中國人依然無法擺脫，實在十分不幸。

●中國未來的出路

中國的內戰，使全民族陷於一種惡性循環的危機中。一方面，帝國主義者的侵略，造成並加劇了中國內戰，另一方面，內戰帶來了混亂與衰弱，使軍閥們更倚賴外國，同時又招來外國對中國更大的侵略與控制。

長期的內戰給予日本人可乘之機，八年抗戰是全世界犧牲最大的戰爭。而戰爭的結果，在美俄兩强的政策操縱下，中國竟然分裂爲二。

不過，日後中俄兩共的分離，大陸知識份子對共產主義之失望，臺灣這三十多年來在經濟上的成就，是中國的希望。

然而，蘇聯不會甘心，於是，利用北方的外蒙與南方的越南來包圍大陸，這形成對十億中國人最大的威脅，因爲今日的蘇聯，擁有足以毀滅中國大陸的核子實力，並且也有能力在中國大陸扶植第二代共黨以取代現有之共黨的。

因此，在胡先生看來，今日的中國人，負有下列三大歷史任務：

㈠、和平團結統一；

㈡、迅速有效的建設國力；

㈢、防止蘇聯進攻。

要完成這三大歷史任務，知識份子們的責任特別重大。如果中國知識份子們仍然不斷在追隨外國的西化與俄化潮流，這不僅使中國人不能解決自己的問題，而且繼續造成中國的分裂。胡先生多年來一再强調我們要超越傳統派、西化派與俄化派前進，這應該是中國和平統一的精神基礎，也該是大家研究中國問題之基本方向。否則，中國知識份子們各持西化、俄化之說，中國人只有永遠精神分裂，永遠內鬥。

以中國的現狀而言，就算現在就能和平統一，集中人才來建設國家，要想使國力接近美國與蘇聯的水準，據胡先生的估計，恐怕至少也得花五十年的時間。在這五十年內，還必須努力維持國內外的和平，必須團結國內一切力量，尤須努力避免對外戰爭，在美俄之間採取不結盟政策，保持平衡，以爭取和平建國的時間。

也許，有人會認爲，目前中國大陸仍在中共控制之下，這一切都是空談。關於這一點，胡先生有不同的看法。

由於中共在大陸試驗共產主義已經失敗，胡先生認爲，今日的中共已成强弩之末，自由中國應該振作起來，發揮「以天下爲己任」的精神，勸中共要爲全民族的利害着想，放棄共產主義，團結全國人民，共同建國，共禦外侮。不過，胡先生反對國共和談，主張召開國民大會來解決全中國的問題，而未來的中國制度，仍應以中華民國憲法爲藍本，集中全民族智慧，作必要之增訂，胡先生認爲，這才是真正的以三民主義統一民國。

胡先生强調，中國永遠應該走自己的路。走俄國人的路固然錯誤，走「西化」的路，一心只想「邁進開發國家之林」，既不可能，也無此必要。唯有走自己的路，才能爲第三世界樹立一個良好的模範，使世界走向永久和平。

總之，發展中國人的文化創造力，維護世界正義與和平，使世界文明走入正軌，是中國人應該努力而又可能達到的目標。

●結語

胡秋原先生潛心於學術研究，已經長達五十多年，遠在三十年代，即已揚名於全中國，被目爲學術文藝界的神童，現以古稀之年，住在臺北的中央新村，幾乎謝絶一切應酬，過着最儉樸的生活，仍然日以繼夜地從事學術研究工作，是什麼力量支持着他，使他能在半個世紀的長期間內，永不懈怠？或許可以用一句簡單的話來概括：是由於他熱愛中國，熱愛自己祖國的歷史、文化、土地與苦難的同胞們！由於目覩衰弱的祖國飽受列强凌辱，目覩自己的同胞一直在戰亂、饑餓與死亡線上掙扎，使他成爲一位最堅强也最理性的民族主義者。他認爲中國百年來的苦難，主要是由於近代中國人在學問上與西洋有差距，這個差距不縮小，中國恐怕很難復興。他在學術上永不知疲倦地從事半個多世紀的辛勤耕耘，目的是希望在「縮小差距」上有所貢獻，他希望他的努力能有助於中國的復興！五十多年的努力，使他在文學、哲學與史學方面寫下了千萬字的著作，由於受到特殊的客觀環境的局限，這些著作不一定在此時此地能發生「立竿見影」的强烈效果，不過，秋原先生也並不因此感到失望，因爲思想文化的影響力，本來就不見得會產生立即效果的，不過，只要那是夠份量有價值的東西，絕對不會被磨滅，遲早一定會發生應有的效果。秋原先生在爲歷史而工作，在爲明日的中國而工作，他將中國的復興，寄望於中國的青年，毫無疑問，年輕一代的中國人，在重建偉大中國的途程中，可以從秋原先生的著作中，吸取到許多有益的營養，從而更增添前進的力量，那時候，大家將會滿懷感激之情提到胡秋原先生，秋原先生的長期努力，將會獲得他應得的報酬。

讓我們深深地祝福這位學界元老胡秋原先生！

（原載於74年8月「文訊」19期）

我對於文藝的信念

〈胡秋原作品選〉

我沒有創作才能，在我長期研究世界文化史思想史過程中，我知道一點文學史與藝術哲學。基於比較文學史與藝術哲學的知識，使我有下列八點信念：

一、近百餘年中國之不幸，基本原因在於科學之落後。然科學與文藝，並非成正比例發展的。中國的文學與藝術，在世界文化史上是很有地位的。在「西方文化中心論」崩潰後，這一點日益爲西方人所認識。這只要看一九七四年「大英百科全書」將東亞的文學、視覺藝術、音樂與西方的等量齊觀，即可了解。過去許多新文藝家，乃自今日自稱講比較文學史者以及自稱新詩人者妄自菲薄，實由對於中外文藝之二重的知識不足，尤其是對文學之性質、功能之知識不足。

二、文學是運用一民族文字之藝術，表現民族之生活與感情，促進一民族之美意善意，而使其親密團結的。一切藝術之活動，總起於個人與社會之精神交感作用。一個社會的生活萬相及其苦樂悲歡，使藝術家發生感興，創出他的作品，再與社會以感動。所謂社會，總指一國民族與國家而言，而藝術所在的社會，首先必然是自己的民族與國家。此藝術所以總有民族的色彩。而文學還有與其他學術不同的傳達媒介與符號。科學使用的國際符號(如數學)，藝術的色彩、聲音也有甚大的通用性。而文學必用一民族的語言和文字，以此語言文字記載的神話，傳說，歷史故事，固然是有民族性的，而此語言文字的文法結構，修辭技巧，詩詞格律，也是有民族性的。

此傳達媒介使文學成爲一國民最普遍的精神財富，雅俗共賞。這不是說文學以國家爲界。由於人類有共同的心性、命運與願望，所以文學是人道的，此古今中外文學能互相欣賞之故。此文學之共性。然只有一國的人最能描寫那一國人民的生活，欣賞那一國的文學，而此亦一國最精煉文字之詩難於翻譯之故。此文學之民族的個性。而作家個人的個性則又在此民族個性中顯示其特色。

一切藝術之目的在於美化人生與人心。而所謂美化，是始於真，成於美，而終於善的。現實並非都是美與善的。藝術決不能故意顚倒現實，而毋寧是加强現實之特點，而總暗含抑惡揚善、抑醜揚美之意；但他不是說教或宣傳，而是顯示美醜善惡之對照，使觀者讀者自行體會，有動於中，使心靈更光明純潔而崇高，改善其行爲；亦唯有在此光明純潔崇高之境界，才能使人心發生相感相通之作用而團結起來。文學藝術之原料，總在宇宙與人生萬象之中，作家由此採擷，然後吐絲釀蜜。但他也必須有博大的愛心，對人生的誠意，才能看出他人看不出的東西，而繼之以苦心經營，暗示一種境界，給其同胞之安慰、鼓舞、啓發，在潛移默化中鑄造一個民族之感情與意志，使其更爲人道，也便成爲團結一個民族精神的分母，紐帶與水門汀。文學必須是由自己心中流出的真情，而此真情亦因萬人之共感而擴大其源泉，蓄積爲一國共同之教化源流。在此意義上，「爲人生而藝術」與「爲藝術而藝術」本不衝突，因爲藝術原是出於人生而也是爲了人生的。

但是，「爲普羅階段而藝術」（共產黨），「爲我自己而藝術」（D. H. 羅倫斯），或者「爲皇帝而藝術」，或者如「一九八四年」中所描寫的「爲老大哥而藝術」中都是違反藝術之本性的。文學必基於善心，正義。因此，鳴不平，甚至伸憤怒。然如是以暴易暴，亦善心正義之破壞。文學必須能引起人類之共感。「爲皇帝而藝術」，「爲老大哥而藝術」，只能使一人高興，而大家作嘔。同樣，一個小偷失風，也不能引起同情之淚。

凡此語言詞藻之運用，情景之表達與結構，教化團結之效果，是我們理解與評價文學之要點。

三、文學之發展，亦有與科學不同者。科學是知識之蓄積，可以不斷進步，舊知識舊機器等於廢物。文藝求人類情感之通連，而情感無新舊之可說。說二十世紀人類之喜怒哀樂，親子男女之愛，比原始人類「進化」，或者原子彈下之死比石斧打死更爲「進化」，總是荒謬的。不過，文藝之種類，表現的技巧，人生的場面及其變化，隨一般文化之進步趨於多采多姿而已。然人類趣味，又有一種反覆性，雄壯與優雅，華麗與素樸，時常循環。而人類卻又喜歡改變，不喜單調。和而不同，斯爲美。所以文藝製作總要推陳出新，各人亦爭奇鬥巧。此種花樣翻新，即在同一時期，也是無限的。而所蓄愈多，變化之可能性愈多。此文藝上之新舊之意義與科學並不相同。全部文學史皆爲有用。

四、然文藝也是一國國民活力之標誌，且爲文化中最敏銳部分。當一個時代，一個民族所蘊蓄之精力旺盛，要出現一個新的文化時代之時，一定先在文藝上顯露出來。但丁預報近世西方之精神。義大利文藝復興推動歐洲文化之復興。西班牙、葡萄牙、荷蘭、英國之勃興，皆以文學之勃興爲春燕。十八世紀之法國，十九世紀之德國、亦復如此。十九世紀後期俄國人的文學黃金時代，表示這民族活力，這也是使他能在二十世紀進行危害世界的氣力之源頭。而愛默森以來的文學活動，也才使美國在政治獨立後在心靈上趨於獨立。唐代文學之盛況，在隋代在初唐已經顯露了。一代之興盛總看見人才之輩出，一二先驅只是其中最敏銳者而已。同理，一個民族一種文化在衰敗時，亦必在文藝上反映出來。而在一民族已在政治經濟上解體之後，甚至在已被人征服之後，只要他有文學保存其民族精神，希望和勇氣，那也是此民族遲早復興的預約。

五、一國文藝之盛衰與一國一般文化與政治經濟學術之實力有密切關係，然文藝與政治之關係，則常有距離，並非常常一致的。因爲政治最現實，而文藝總多少是理想的。他與政治之關係不宜過於密切。直接的壓迫，固然可使文藝受到摧殘，然以政治勢力來直接扶植，溫室保護或揠描助長，也不會造成真正文藝的發展。文藝需要自由與民主，即自然成長，自由競爭。沒有一種文藝潮流是政權開創的（除了八股）。

六、藝術不是商品，必須有個性，不可標準化。因此模倣與創作是相反的概念。一切學問藝術總要經一模倣時期才能入門。然必須脱離模倣始爲創作。模倣古人，或同時代的人，是習作所必經，但必經由取精用宏而自出心裁，入可謂之藝術。同理，外國人的成就，潮流，對一國而言，自可供觀摩啓發，亦各國文學上之常事。但到了一國文藝完全模倣外國之時，便失去自己的主體性。文藝失去了自己的社會性就失去了傳達性。這也便失去作者真我的個性，根本失去藝術性。如果藝術是模倣自然，則模倣他人藝術只是贗品，何況將他人的頹廢，當作自己的新潮。

七、文藝是一國人民命運之記錄。中國文化、文藝雖然過去在世界上有光榮地位，然因科學落後，百餘年來列强經濟軍事政治侵略，繼之以文化侵略，外患內亂之餘，全民族實質上固然慘不堪言，在精神上尤慘不堪言。我們以世界上人口最多之國，然以我之所見所知，百餘年來全世界人類命運之不幸，被虐害被侮辱之悲慘，無有過於中國人者。此種悲慘有三回合。始而是外國人輪流以其勢力害中國人。繼而是國人原欲學外人以禦外者，結果是藉外人之勢，假外人之言以自欺自害。終於是外國人與一部分中國人互相配合，以害最善良之老百姓。在文學上，除了抗戰時期看見民族精神之昂揚外，似乎還没有對中國人之命運爲深刻之記錄與描寫的。其他固有文藝亦在破落狀態。如果僅僅是保存國樂國畫國劇之類，也決不能說是復興文化。復興必須有新的東西加入。而不能對當代中國人生活之苦難充分表現出來，並將其感情意志深刻表現出來，並發生感動啓發作用，就無所謂「新」。如上所見，這決不是中國民族之活力已盡，而是我們的精力濫用，即在仿古、仿西之中誤用。同時也是許多作家没有好好培養、磨鍊、發展他們固有的才能，終於自廢；或者，在既瑣屑又殘酷的政治鬥爭中被廢。我們要愛惜人才，人才亦當自愛。

八、然則我們需要何種文藝？曰：需要表現中國人命運，憂患，奮鬥，失敗，愚蠢，恥辱的文藝；表現中國人最好的精神，風格，理想的文藝，也便是洗刷我們的恥辱，使中國人的心靈光明純潔崇高，克服中國人之卑怯，苟且，不誠，不義，自私，分裂，互相殘害，重建中國人的情感之相通，因而重建中國民族之團結與尊嚴，並鼓舞其精神向上向前的奮發，使中國人的生活更善更美更人道化的文藝！

然而這首先必須回到中國人的立場，這一切也是回到中國人立場之當然結果。

要回到中國人立場，必須通過中國民族憂患之體認，克服自外之死症，亦即崇洋媚外之死症。因爲中國人之間不以同胞之義相待，雖有過去壞傳統原因，確是由外力到來而特別惡化的。

以上所說，並非我要以文學作家以外的身分對文學提出什麼指示，這是文學本身之條件或要求。這是我研究思考、文化歷史，通過中國新文學運動的歷史而得的旁觀者言。

（此係民國六十七年三月爲尉天驄先生編「鄉士文學討論集」所寫序文「中國人立場之後歸」中之一段。）

●**史紫忱**，民國三年一日生，河南開封人。十五歲即主編河南民報副刊，十九歲與人合辦「鄭州日報」。來台後曾主編「中國一周」，主辦「陽明」月刊。文化大學創校之初即受聘爲中文系教授。除文學理論及新詩創作之外，近年來精研書法，享譽中外。著有「紫忱詩集」、「文學人」、「零集合」等；書法方面有「書道新論」、「書法史論」等。

時代的一部大書

史紫忱先生的文學與書學

■周昭翡

●溫馨的「獨廬」

在溫馨的「獨廬」裡，在史老師和煦的臉龐上，可以看到經過歷史鎔鑄的深刻跡痕，以及走過一個大時代所煥發出來的光彩與活力，如岡上清風，吹醒困惑的人羣，如山間明月，照耀莘莘學子……

初接觸到史老師的學生，總不免要懷疑：這樣一位走過傳統時代的人物，觀念必然是很守舊，恐怕會要求學生們背古文古詩，根據平仄來創作吧！然而這些疑慮都是多餘的。

史老師七歲學作舊詩，一直反對爲平仄而琢磨詩句，早在二〇年代，即出版新詩創作「紫枕詩集」（現收於所著「文學人」一書中，星光出版社印行），在新詩發展的初期，鼓勵新詩創作，培植詩人。對於新詩，亦提出了他的期望和看法。特別是在新詩萌芽階段，不少詩人一味自負地高喊打倒舊詩傳統格律的同時，史老師認爲「詩無所謂新舊，只是不斷在演變」，並强調「詩的音樂性不可忽視」諸問題。因此，他希望學生讀古詩，汲取古人創作經驗，使創作與理論二者並進，打下深厚紮實的根基。每每他幫學生的繪畫題字，總可以立刻根據繪畫上的情境吟出一首押韻的詩來；甚至毫不吝借地以每位學生的名字，作成對子。這樣的功力，除了天賦之外，必然也歸功於史老師對於舊詩中，講究格律平仄的認識，才能使「橫的移植」與「縱的繼承」兩方面得到協調，達到不偏不倚、恰到好處的中庸之境。

●書學教育與書法造詣

史老師教導學生，十分注重對於學問根源性的了解。他認爲無論那一門學問，必得先真正清楚其根源，才能深入。他一直期望著這一代文藝青年，能認清方向，訓練思考，往下紮根。

除此之外，他更做到了「因材施教」。就拿書法這門課來講，他先要每位同學在第一次上課時任意寫幾個字，再個別教導同學們從何著手。史老師說：「永字八法，是漢朝人訂的隸書八法，晉代楷書以後也用這八法，是書法史上的大錯！」之後他會根據學生的個別天賦，要求臨摹，再以深入淺出的話語介紹各家書法特色及淵源，在教授的過程裡，史老師不斷鼓勵學生，模擬各家之後，要突現自己的風格。經過一段時日的欣賞與模仿，學生逐漸也能領略老師的話語：書法無法，貴在活動；直畫不直，平畫不平；筆法無法，字堅無型；線條結構，表現個性……

史老師的書法，中外馳名。西德的科隆大學，有個學生叫戴麗卿，研究東方藝術，探討當代臺灣書法家，以「史紫忱書法」爲題從事研究；在荷蘭，著名的萊頓漢學院，特別以「史壁」聞名，那是一面展覽的牆壁，全掛滿了史紫忱的書法。

他是利用筆的聚散與墨的離合，自由表現出飛白技巧以及峯迴路轉、游刃有餘的境界。展現了强大的生命和動人的力量。

從民國五十八年起，他陸續有書法的專著出版，譬如：爲中國書法藝術尋找哲學根據及美學基礎的「書法美學」，以新觀念欣賞古今書法的「書法今鑑」，用現代學術方法研究的「比較草書」，分析歷代書法蛻變的「書道新論」，促進書法再美化的「彩色書法」，批評書法史上各種資料的「書法史論」以及書法分科論述的「草書藝術」等，在書學研究上貢獻匪淺。

雖然在理論與實踐上面都有很高的成就，史老師卻懇切而謙和地認爲：「書法代表中國的獨特藝術，精深博大，我雖花去十年時間經營與體會，但仍然感到不夠成熟。」另外，他也曾經說過：「我的書法被別人讚美時，從不信以爲真，我認爲那是客氣話；被別人斥笑時，從不表示氣餒，我認爲那是道不同。」這裡面飽含他對於藝術的信念，謙虛中含有强烈的自信。

●文學要有自我性

除了書學，當然還有文學。

「有路不通世，無心孰可攀？石牀孤夜坐，圓月上寒山」。寒山子悠然自適，無人可攀就的高超境界，史老師取其「無心」二字，撰著「無心集」二册。雖爲雜文，以「理」爲出發點，指涉層面極廣；雖說「無心」，然篇篇用心良苦！於文學，所著「文學人」一書，通古論今，融合中外，爲文學建立一套嚴謹的體系知識，又能把深奧的問題通俗化，由歷史角度來看文學流向，肯定文學的時代性，於文學創新有更大的容度。他說：「文學創新，不能操之過急。唐宋古樸文學打擊六朝虛靡文學，經過三四百年的奮鬥。我們勿以新文學成長太慢，誤判新文學失敗。」並由藝術的角度來析釋文學的美質，賦予文學更精緻的性格。於新文學的期許，他說：「新文學的耕耘者，最好能從文學的自我性下手，由理論到實踐，堅持自我化。……創新派不該只看到保守派給民族文學塗上跌停板的黑印，而應隨時提防拿其他自我的心性爐灶去冶鑄我們的民族的靈魂……。」史老師堅持文學的自我性，由理論到實踐的過程鍛鍊，也以其充份的文學推動經驗及心路，來探索理論及走向問題。自民國十七年，史老師編河南民報副刊起，已近一甲子，他說：「我編副刊時，受困於許多事實限制，無法達到自己理想，例如我很嚮往學術性專刊，讀者羣接受力太差，不敢嘗試，只好散兵線式的刊出。我覺得我國報業發展在抗戰後進度不算慢，惟獨副刊的步法仍徘徊於文藝綜合圈中，這該立即檢討。」不斷參與實務上的文學性工作，不斷關懷著文學的發展，配合他在文學理論上的見解，他提出對問題的看法，都能一針見血而頗具建設性。

●時代的一大部書

華岡氣候多變，這兩年，史老師的健康已大不如前，尤以腿疾爲甚。史老師在十六歲即加入「中國國民黨」，於戴雨農先生所領導之革命團體，官至少將。抗戰末期，日本軍閥重施僞「滿洲國」伎倆，以晉南豫西爲根據地，組「黄洲國」。民國三十三年秋天，他奉戴先生之命，探入敵匹，策動地下軍十餘萬人，徹底破壞敵寇企圖。在舊年除夕的一次「薛家窪會議」中，左腿受槍傷，終生不良於行……。民國二十七年起，史老師在第一戰區長官部任少將高級參謀，到了臺灣，原可以少將官階辦理退役。然而，他卻毅然放棄了這筆爲數可觀的退役金，一直以革命軍人的身份自居，直至七十六年，因著愈感到年老多病，才辦理少將退役手續。這種澹泊明志，視富貴如浮雲的真摯性情，實非常人所能及。

史老師可謂是一個全才，不僅於文學、書法的理論、創作、欣賞，甚或實務上的報業編輯、檔案管理，皆有豐富的經驗。他不僅是位赤膽忠肝的革命軍人，也是位誨人不倦的教師。走進「獨廬」，就像走進學術的殿堂；面對他，就像面對這時代的一部大書！

（原載於76年12月「文訊」33期）

〈附錄一〉

鳶飛戾天，魚躍于淵

談「彩色書法」

■李瑞騰

●前言

中國書法是一種空白藝術，全憑筆墨的優美點線活動以及黑白對比所呈現的空間立體感，來引發欣賞者各種不同的情緒反應。

從史線上看，書法生命的擴張或延伸，無非是基底於書法是否能求新求變。換句話說，書家的地位與其書法的價值，便建基於是否能在傳統的軌跡之中，突破傳統束限，追求新型美感。王羲之在中華書法史上的「書聖」地位，是從他的行、草相兼或真、行混合而來，擺脱書法的實用意涵，使書法昂然走進藝術界域；鄭板橋的「六分半書」之所以被重視，端在他能揉合傳統，隸、楷、行的交替互換，伸張自由意志，突破八法的框架。這些突破現象指出，求新求變並非矯柔造作，亦非譁衆取寵，而是不斷地在追求藝術的獨立生命。

史紫忱教授草書的線條和構型自樹一幟，在歷代法帖之中是無法發現他有「前身」迹象，可是卻也無法否認，他的書法是吸取名家養分茁壯長大的，從聯結的意象看，它有風飄水流之神韻；從分離的意象看，它有點線素材操縱自如之妙趣。

他長年致力書法理論的深研，用新的學術方法，以「實驗書法」奠基，從事書法比較工作，分析、過濾的結果，產生「彩色書法」形態，這種創現性，使得中華書法藝術在二十世紀突破舊有形式，形成起飛傾向。

所謂「彩色書法」，就是把傳統書法的「墨」用「色彩」替代，替代的方式是藉筆的或聚或散或偏或正去運作諸種色相，使之呈顯或濃或淡或單或複景象，其中的關鍵在色彩的調配與運筆動作。

彩色書法的書寫是，色調的走向便是線條的走向，它並非調色在先，而是筆鋒上同時存在二色或二色以上，在諸色渲染紙上時自然調色，職是，它的呈顯便極端戲劇化，離奇萬變，產生高度視覺美感。

這種美感經驗並非僅僅來自色相本身，而且也來自字裏行間所形成的格局，以及格局所產生的生動氣勢。書法構成之後，它已脫離創作母體，一個獨立的藝術品必須有它的完整的獨立生命，這種獨立客體的概念，便是美之所由生。彩色書法的美學基礎是建立在色相的綜合價值以及字與字聯結的整體結構之上。

當然，書家或許僅憑直覺去創造色彩形象，去設計畫面，去表達精神意旨。關於這一點，應該不致於對一個觀賞者構成欣賞障礙，因爲他依然可以自由地還原書家的原始意義或者運用各種聯想給予它其他的象徵意義。一個獨立的藝術生命體必然是具有一種超然形式與意義的潛能。

以上面對彩色書法的簡單敍述爲基礎，指向史紫忱教授的彩色書法創作。我的分析是從彩色書法的構成因子：線條與構型、色彩著手，最終標的是指出他書法的內蘊意境。

●線條與構型

做爲書法語言的線條，其活動徵示書家的意識動狀。中華草書線條，曲折變化，變化中現其統一美質，無論是章草、今草、狂草、標準草，都具有這種性格。史教授的書法，行、草兼行，偶現「百衲」

體式，線條活動如行雲流水，行其所不得不行，止其所不可不止；偏鋒的大量使用，使他的書風偏向柔美，而飛白的使用，卻在活潑生動中見勁剛之美，前後剛柔相濟，套用史教授的自評書，那就是：何以拙書一面倒，如同狂風吹勁草。

書法的構型基於線條的操作，操作形式是聯結交配。史教授的書法，由一個字個體的構型、一行的構型到一幅的構型，極富變化，變化中有統一，對稱中現均衡，無論那種構型，都能增加我們的美感經驗。

●色彩

色彩既已侵入書法藝術領域，成爲彩色書法的問題核心，自有嚴加審視的必要。前面說過，彩色書法的書寫是：筆鋒上同時存在二色或二色以上，在諸色渲染紙上時自然調色。職是，色彩學上基本理論的一般理解雖然重要，而節骨眼卻在筆鋒的運轉上。舉個例來說，如果筆鋒上前、左、右各沾一種色種，運筆之前就必須配合自己的筆勢，去設計如何運轉才能使單色或複色自由呈顯。當然，這裏是就已經懂得色彩學上的色相變換與色彩對比等諸多原理而說的，換句話說，足夠的選色能力是先行條件。

彩色書法的色彩用的是國畫顏料。在這裏有一個重要的課題：它的設色問題。

傳統繪畫的設色論，是繪畫理論中重要的一個環節，雖然它在實際從事創作時並非具絕對的重要性（因爲「色不礙色，自然色中有色」），但卻也不可等閒視之。對於史教授所說的：彩色書法的設色，只須稍稍懂得合色，便可表達個人修養。（見所著「彩色書法」一書，頁五）我自是不敢同意，懂得合色，充其量只是表達個人修養的條件之一，它有或然而無必然。

國畫的設色，古人有「一色爲主，他色爲輔」，「不在取色，而在取氣」的論調，又有「設色妙者無定法，合色妙者無定方」的說法。對於彩色書法，我不主張一定使用主色，去刻意尋求，但卻贊成使用主色。我的看法是：配合文字意涵，擇定主色，而以副色烘托之，這正如文學作品中的意象經營，所有次要意象映襯主要意象，產生象徵作用，逐層展現主題旨與副題旨。這不是制定規律，而是求其意象集中，更能見出神氣與中心意旨，當然這是我個人美感經驗的主觀認定，書家的修養與功力自會解決這層問題。

我歸納過史教授印在「彩色書法」一書中的十六幅彩色書法，有用主色的，有不用主色的。用主色的可使視覺一直保持均衡，彷佛字裏行間貫穿一中心線；不用主色的，五彩繽紛，使人有眼花撩亂的感覺。只是有一現象，用主色的幾乎是紅、綠二色，是否會構成局限，抑或這僅僅是十六幅示範性書寫而已。

最可注意是一條「龍」（頁一三）、一隻「虎」（頁十八）、一尊「佛」（頁二四）的構型，「龍」的飛騰實感，加上黃、綠、紫的層層彰施，更加强它的生命力躍動；「虎」的雄武威風，加上黃、黑的土色彰施（虎在五行屬土），亦如實像；「佛」的渾厚，加上紫色的濃淡呈顯，更形肅穆。從這裏指出一條設色途徑，它無不是配合實際需要的，或許這只是書家的直覺，但觀賞者卻不能單純直觀，應該給予另些更深層更貼切的意義。

●境界

傳統的黑白書法，是由於黑白二極色的對比而顯出清明之象與靜謐氛圍，這是一種情感的內化；在彩色書法中，諸色匯集的結果是感覺幅度的擴大，萬紫千紅，春意也鬧，這是情感的外放。兩者各有其特殊境界，只能比較其同異，不能做優劣等價值判斷。

用比較的方法，我把用色彩書寫的「精氣神」（頁二二）和用墨書寫的「精氣神」（頁四七）並列研究考察，黑白的在雄厚之中帶有飛躍感，彩色的（以青爲主色，以黃爲輔色）在飛躍之中帶有沉厚味，而且「青」的音與「精氣神」的音相互交感，視覺之外有了聽覺美感了。

從以上對於史教授彩色書法的線條與構型、色彩的理解，以及黑白、彩色的抽樣比較，稽之於他的作品，我們不難感知一個書家生命力的躍動，他的每幅書法都是一個一個獨立的生命體，整體表現形成某種秩序，這秩序便是永恆的飛躍。

當我凝神注目他另幅只書一「聲」字彩色書法（頁二七）之時，突然想起詩經大雅中的詩句：

鳶飛戾天，魚躍於淵。

拿它來做爲史教授彩色書法的寫照是再貼切不過了。

總的說來，史教授書法理論的幾個特點：①書畫一家②書法無法③百衲體（百結書）的新構象④彩色書法的新創現，據我初步的觀察，它們是有嚴密的相關性的：彩色書法的新構象是另種形式的「百衲體」，是「書畫一家」理論體系下的必然產物，更印證他所謂「書法無法」的論調。（其實「書法無法」是無法而自然成法，正如他爲「五大雜文」命名爲「無心集」，無心而處處是心。）

我們相信，黑白與彩色二種書法體式是並行不悖，可是彩色書法有它的局限性：①彩色只是侵入草書領域，對於隸、楷、篆，到現在還是不敢問津。②由於沾色，行筆時必得字字停頓，可能切斷行氣。是否能突破這二重局限，就看是否能更深一層地去比較實驗了，至於設色、合色的諸問題，或許該由色彩學家和畫家來指點迷津了。

（原載「書評書目」四二期「書評專號」）

〈附錄二〉

「書法美學」的思想體系

■李瑞騰

「彩色書法」才出版一個年頭，史紫忱教授又寫了一本「書法美學」，對於一個卓越的書法家，在教學、寫作之餘，不斷用比較、實驗爲手段去研究書法理論，在七年之間寫了四本關於書法的論著（以技巧爲焦點的「書道新論」、以欣賞爲基論的「書法今鑑」、以再美化爲觀念的「彩色書法」、以高次元哲學思想爲基型的「書法美學」），這種一方面維護書法傳統，一方面促成書法藝術再生的藝術情操，著實令人佩服。

我曾說過，史紫忱教授書法理論的幾個特點：①書畫一家，②書法無法，③百衲體（百結書）的書法構象，④彩色書法的新創現，經過初步的觀察，它們之間具有嚴密相關性：「彩色書法」的新構象是另種形式的「百衲體」，是「書畫一家」理論體系下的必然產物，更印證他所謂「書法無法」的論調。（見拙文：漫談「彩色書法」，書評書目四十二期書評專號）最近看了他的「書法美學」和在「藝壇」發表的一篇「困而知之談書法」，除了肯定原先對他的認識與理解，更能掌握他整個書法藝術生命的前進軌跡，尋著這條軌跡去追蹤，是不難發現他的書法生命具有一種超越形式與意義的階能。

在這篇文章裏，我不擬去做這種追蹤，因爲那不是短短篇章所能勝任的。在這裏我希望能對他的新著「書法美學」中的思想體系做一番理解。

●萬美歸一·一美萬殊

美學在西方，向來被承認是哲學上的一個支脈，是一種討論美的知識。因爲美只是一個抽象的概念，而人的感知又是那麼紛歧，所以所牽涉到的諸問題如美的存在、美的本質、美的範疇、美的形式、美的類型以及美的價值判斷等等，自然是衆說紛云。職是，從這些美的觀念出發所演繹出來的美學，當然也就呈現百家爭鳴的局面。

可是，從來的美學說，盡管是在觀念和方法上各有其執著，而無可否認的是，它們都共有一個指標，那就是探討藝術中的美，說得明白些，是探討藝術美，一種人爲加工所呈現的美，所以做爲藝術類型之一的書法，探討其中的美而構築一門「書法美學」乃是一種需要。

書法美對於藝術美（種概念）來說是類概念，種與類之間的關係，亦即是共名與別名之間的關係，「書法美學」第十二章「結論」上說：「中華美學的種美，是萬美歸一的太極；類美，是一美萬殊的單子分裂。」這裏的「類美」含有兩層意義：㈠是一種藝術類型的美，㈡是做爲形式感知中一個重要成分的美。對於書法美來說，前者是書法美本身，後者是書法美分化後的各形式，而萬美歸一，而一美萬殊，探討書法美是探討此萬美（書法美以及此美的各形式）和萬美所歸之「一」（太極）。史教授的「書法美學」便是從這「一」出發，把這抽象概念具體化，其具體化的方法是從中華學術所蘊含的文化價值中抽繹出美價值（從第二章中華美學的淵源到第三章的發展到第四章的應用），再以美價值爲模型，將書法納入其中，形成書法美，史教授以書法藝術的美價值做要求，去分析書法美的基層美（中華文字的架構美

——第五章書法美的生理）、衍變的階段美（行書的關鍵性——第六章書法美的社會性）、線條美與構型美（第七章書法個體的支柱），更以一個「中國書法思想」表式統攝整個書法美，最後把它還原至最原始的「一」（太極），指出書法美學思想的認知基礎，在人生觀上是天人合一，在宇宙本體論上是心物合一（第八章書法美的思想帶）。

總而言之，從「一」出發，回復到「一」的循環系列，是書法美學的中心結構線，其思想體系便在其中整合而成。

●美、大、聖、神

中國人的思考較喜愛在倫理或道德哲學的軌道上行走，要求人的行爲在所謂的行爲空間具有普遍妥當性，雖然學術的分科不是沒有（莊子在天下篇就曾說：後世之學者，不幸不見天地之純，古人之大體，道術將爲天下裂。）但是對於單體知識的形式設計較不注重，故分化後的知識不容易構築起完整體系，更何況中國人在理想上還是把「天地之純」、「古人之大體」視爲第一義，「純」和「大」皆爲美的內質，爲被感知的重要成分，但中國人一直沒有將「美」視爲研究對象，其內外的主觀客觀因素該是相當繁雜的。

可是到了最近，由於西方學術巨流的衝擊，各類知識（如行爲科學）的引進，尤其是比較的觀念和方法走入中國人的意識界域，自然的使我們注意「美學」這門學。

由於中國在古代典籍中已經蘊藏極爲豐富的美學意識，以及美現象在史軌上四處滋生，中國美學理論體系的建立在先天上已經有了足夠的條件，只要在觀念和方法上努力經營，理想中的中國美學是可以傲視全球的。

上面説過，史教授的書法美學是把書法納入中國美學基型之中所熔鑄出來的，至於他整個的中國美學，正是從經史子集中把我國美學思想，作大系統的整理，推陳而出新，統整出來的。

我在第二段裏已鈎勒出來史教授設計美學的走向，是從「淵源」到「展開」到「應用的系列」。這裏説明他的美學體系本身。

所謂體系，我除視之爲外部構形，並把它當作內在因子的交構形狀。史教授説：

「中國美學精神，順著説，生之於太極，長之於太極，成之於太極。反過來説，以中國美學觀點分析美的因子，外緣是太極皮相，內層是太極變素，核心是太極種籽。」(頁一〇)

「太極」是一個有機的整體概念，它的具體化只是一種不可知見的現象，乃是我們給予「天地萬物還混然一氣時」的命名。由於不可知見，勢必在學理上要給予某些意義，從宇宙的構成來説並非無的放矢。在這裏史教授把「太極作爲美的母體」，所以説美是「生之於太極，長之於太極，成之於太極」，生、長、成的三段式，亦即從淵源到開展到應用的過程。太極是道，是器，是形上的亦是形下的，而問題是：如何生？如何長？如何成？他認爲是「變」是「通」，「化而裁之謂之變，推而行之謂之通」，「變」是「生」和「長」的催化劑，促成太極分裂。把混然一氣的太極視爲一觀照客體，它具備有被稱爲美的客觀條件如完整性(或充實性)、勻稱與光輝等，而太極分裂後的諸單子仍存有上述美的客觀條件，形成分裂美，這便是「一美萬殊」、「萬美歸一」的普遍妥當的先天律則。

太極之分裂、之變，天地成焉，萬物生焉，以人爲主體，天地人的構合便成宇宙，自然從神秘的「天」生發神秘美，從實體的「地」生發自然美，從主體的「人」生發人工美，就是頁七所列的表式：

天——陰與陽——神秘美

地——柔與剛——自然美

人——仁與義——人工美

三種美的生發形成秩序，指出中華美學的三層面是：神秘美、自然美、人工美。

「中華美學孕於神秘美和自然美，成之於心智性靈的琢磨。」（頁十一）從太極美的分裂美到天的神秘美、地的自然美，是上面所說「生」和「長」的過程，從自然美到人工美則是「成」的過程，其開展的手段是：心智性靈的琢磨。換句話說，人因爲能用理性去支配感性活動，客體的觀照、美的觀照結果便是莊子的「遊」（背負青天而莫之夭閼）以及「物化」（周之夢爲蝴蝶，蝴蝶之夢爲周），美感經驗擴大加深成縱橫交錯的局面，已經不僅止於「充實之謂美，充實而有光輝之謂大」，更進而至「大而化之之謂聖」的「聖」境，聖境一出，自然而然又回復到「聖而不可知之之謂神」的「神」境，亦即從神秘美到自然美到人工美，最後又回到神秘美，是一個美的循環，所以史教授會說：「我認爲美學發展，人類有一步一回頭之象。」（頁十二）意思是說，人爲加工所經營的美模式向著最原始的自然美，神秘美回歸認同，如老子所說的「復歸於樸」，「樸」也就是中華哲學思想的最上層建築，是混然一體的太極美境。

凡此均言所謂「變」，「變」必得能「通」方爲第一義（亦即「圓滿」），「推而行之謂之通」，「變」是指中華美學的內體而言，「通」是其外用，體用皆備，是爲合德，「推而行之」放在史教授的架構中華美學體系中是指美外在因子的交構形狀，即第四章所論的「應用」。

美學的應用來自美因子的性格。美的構成因子是氣、形、質，三個因子依次來自美哲學中的太初、太始、太素三個光源，透過光源，遂可感覺出氣、形、質交合而成的形相美。這裏氣和質都是抽象不可感知的元素，它們必須凝固，必須外浮，而後經由我們官能的統覺作用而生成視覺、聽覺，以及二者交互運用的諸美感——色澤美感、聲音美感以及形色形聲合成的立體美感。

由於美在性格上有使客體被拿來當作對象去觀照，加上一種如老子所說「人法地，地法天，天法道，道法自然」的先天律則，從來的美學說裏便出現有「模倣說」一類，模倣被視爲美感經驗的精髓，當然它必須透過高度的「移情作用」才能完成整體作業。史教授的「中華美學應用」是以「模倣說」爲基點，詩經大雅靈臺所敍述的「周文王以人工美的經營，建造有台池鳥獸的囿」（頁十五）爲模倣說第一章的例證，然後把這種觀念放射到倫理關係、政治層面以及學術思想範域之中，拿文化價值來爲較高次元的美價值作註脚，證明中華美學在應用上具有同化（包括吸收和消化）、營養以及綜合（新舊交互運作）等等巧妙的方法或手段，徹底肯定中華美學的博大精深。

●另一個課題

書法美既是藝術美的類美，對種美（即藝術美）來說，書法美和其他類美並非相排斥，而是彼此互相包容，它們具有美共性，而彼此的美殊性更在此共性之下相互輝映。

就書法做單體分析，它包含筆墨、線條、構型三元素，這三個元素美（筆墨美、線條美、構型美）無疑都建基於中國文字本身的美性，以這美性做基礎，配合三元素本身的美性，交錯整合成整體境界美，關於這些書法美的層層認知，是書法美學的另一個重要的話題。

（原載「藝壇」雜誌一〇九期）

〈史紫忱作品選〉

我與三十年代

我出生於中華民國三年正月，歲次甲寅，西曆一九一四。黃河三門（中流砥柱）是我的故鄉。從五歲啓蒙開始，對文學有偏愛。

唸私塾七年，泛讀經、史、子、集。但每天必須背誦舊詩兩首。詩讀多了，古人的花果，很自然變成自己的經論。我像杜甫一樣，七歲學作詩。

四五年間，我學寫的舊詩，近一千首，包括五言、六言、七言。因爲受古體詩影響，雖然早已唸熟了「康熙字典」前面的四聲歌：

平聲平道莫低昂　上聲高呼猛烈强
去聲分明哀遠道　人聲短促急收藏

而我寧肯被老師責斥，一直反抗爲平仄而琢磨詩句，現在還記得的習作，如：

黃河三門物之華　人間早把畫圖誇
峭壁雄濤爲天塹　中流砥柱是我家

私塾老師非但不指摘聲韻上的毛病，反而大加讚揚。再如：

花開花落有色園　雲來雲去無聲天
心田不滯一條路　意境常存萬重山

老師看了我這首七絕，覺得句句似曾相識，乃發動同學細查古詩，一周後無所獲，老師當衆向我道歉，並親自把它寫成中堂，懸在教室，以示鼓勵。

民國十七年秋，我讀河南第一師範，小學同學徐鑑泉（即詩人丁韜）任河南民報總編輯，他約我在課外主編副刊，我開始對新詩發生興趣。

我主編河南民報副刊將近兩年，曾把我的舊詩稿以「枕畔雜談」專欄，連續刊載，也經常寫新詩。同時以最高稿費向當時名詩人徵稿，徐玉諾、于賡虞等就寄了不少詩作給我。為中原新詩壇開創風氣。

那時我年紀雖小，却也知道培植新詩人。例如蘇金傘，（綽號大鐵錐，馳名的體育健將。）民報副刊引起他寫詩衝勁，十八九年間，他在國內著名報刊發表新詩，成就很高；研究新詩史的人，如果發現他的詩，一定會驚奇他是一個（可能曾經出過單行本的）大詩人。再如女詩人趙清閣，從民報副刊起家，被上海女子書店網羅去，三十年代在文壇上非常活躍大陸赤化後，她一度流亡日本。她和丁韜戀愛失敗，一生沒有結婚。

這裏我要特別介紹徐玉諾。我初編民報副刊時，曾在上海出版的刊物上選登徐玉諾的詩。不久，他便和我通訊，知道他在河南第二師範（校址在淮陽）教書。我離開開封，和他失去聯絡。到台灣之後，纔曉得著名的政論家李士英兄（曾任監察院秘書長）是他的得意門生。士英兄是河南尉氏縣人，寫新詩的筆名叫「了人」。徐玉諾於民國二十三年在故鄉的河南魯山創辦魯陽中學，自任校長，了人擔任過這個中學的英文教員。那時，他們師生曾借河南民報編輯「太平車周刊」，徐玉諾筆名「一把手」，李士英筆名「二把手」，鼓吹「大衆文學」，也就是口語、寫實的、民族的鄉土文學；中原後期的新文學家姚雪垠、李蕤、梁風等，都是「太平車周刊」的車輪帶起來的。抗戰末期，了人出任掃蕩報重慶總社總主筆，徐玉諾困居魯山，生活貧苦，曾有長信「半封書」，在掃蕩報發表。經了人向「中國文藝獎助金委員會」申請獎助他，由當時的主任委員馮玉祥批准救助法幣五千元。抗戰勝利，了人擔任和平日報南京總社總主筆，徐玉諾曾寫信給了人，說「西北出現天狗星，如不早日打狗，必致惡狗吃人，天下大亂」。天狗星指毛澤東。這位二十年代就負譽全國的新詩人，終於不幸被天狗星吞掉了他潦倒的生命。

抗戰末期，我奉戴雨農先生之命，以軍事委員會少將專員身份，由西安深入「秦晉殽之戰」的古戰場，主持破壞日本軍閥陰謀製造的「黃洲國」（略見國防部情報局六十五年五月編印的「戴雨農先生年譜」三〇八至三一五頁。及學生書局出版的史紫忱著「雜文」二七二至二八一頁。）三十三年臘月，在硤石南端一個村莊歇脚，見到一位張姓老太太，用一本紫枕詩集」夾存剪紙花樣；我如獲至寶，連忙以身邊所攜帶變換密電碼使用的一冊「新舊約全書」，情商張老太太交換「紫枕詩集」給我。

「紫枕詩集」是我在民國十八年至二十年間的新詩作品自選集。民國二十年秋，徐志摩先生答應爲我出版詩集，不料我還沒有整理好，他就遇到空難逝世。第二年春，我曾直接向上海新月書店交涉出版，該店以徐志摩先生逝世後，生意不景氣，很少出書，僅告訴我可以考慮，但須向陳夢家的「夢家的詩」一樣，得請胡適之先生寫個封面。當時，我的辦報朋友徐鑑泉函電交馳，要我立即到鄭州辦「鄭州日報」，我便把詩集出版這件事交胡雪峯（毓瑞）同學全權處理。

北大原有「讀詩會」組織，胡雪峯是中堅份子，每次集會時，他必親自邀請徐志摩先生主持。當時，教授羣中胡適之是個氣候，學生羣中胡雪峯是個氣候，老腦筋的北大人，便嘲笑他們：「二胡亂華」。胡雪峯人極精明，想在詩壇另打天下，乃糾合石景明、劉長林等同學，創辦「中國詩社」，並積極出書。(「紫枕詩集」曾附載他們的書目。)讀詩會聲勢大減。更以徐志摩先生逝世，讀詩會乃有曲終人散之慨。我到鄭州忙著辦報，胡雪峯得到胡適之先生幫助，「紫枕詩集」由新月書店的北平分店發行，却由「中國詩社」名義出版。我只在二十一年八月收到詩集十五本，同年年底收到北平新月書店寄給我版税四十四元四角外，一直到新月書店二十三年出盤予商務印書館，我没有和它們聯絡，它們也没有再理會我。十年後在山間發現「紫枕詩集」一本，珍藏手提包內，幸而帶來台灣。

我的學名叫史銘，字叫子箴。寫舊詩或新詩，便以子箴的叶音「紫枕」作筆名。二十四年冬到湖北省政府當秘書，民政廳長孟廣澎先生(他卸任開封道尹後，當我的啓蒙老師。)堅持要我把「枕」字改爲「忱」字。初改，使用不一：比如那時參與民族文學運動，在武漢「文藝」上發表「論魯迅」及「小説作法十講」等，仍依主編胡紹軒之意，使用「枕」字；而在上海「國聞周報」發表「中國禁煙問題之檢討」，就使用「忱」字了。這是「紫枕詩集」命名的説明。

「紫枕詩集」中特別值得一提的是，葉鼎洛先生爲我所繪的三張插圖。葉先生留日，曾被日本文藝批評家指爲二十年代中國浪漫派作家的代表。他畫的毛筆畫，有點日本「浮世繪」韻道，但他不承認。據我記憶，他給文學作品畫插圖的，似乎只有郁達夫的「迷羊」中有過一幅。他給我作畫時，一再要求我把詩集交由上海北新書局印行，我没有聽從他的好意。

葉鼎洛先生是我的老師。我民國十七年入河南第一師範，班上同學很多是「小文學家」，教國文的老師連連被同學轟走，第一學期，校長孫蘊璞先生把開封大中學校有名氣的國文教師請遍了，學期之末只好由校長作鎮壓式的出題考試。我因爲讀了葉鼎洛先生的大作「烏鴉」、「妓女的歸家」等，和葉先生早有書信交往，便在信中探詢他肯不肯來開封教書？他回信說可以一遊中原，但希望每月一百六十元的新金能增加一倍。寒假期間，我將葉先生的信請校長斟酌，想不到校長滿口應允，條件是我保證同學不再「轟」。於是葉先生十八年春，就由上海到開封教書。

葉先生在開封定居下來，他有鴉片嗜好，我和他成了師生關係，他却一直視我爲小朋友，我陪他吃鴉片，也陪他出入花街柳巷。十九年春，他和一位馬玉玲小姐同居，曾生下一個女兒。二十二年他與馬分手，父兼母職，養育他的女兒白露。

對日抗戰初期，開封淪陷，葉先生攜同他的女兒白露逃往西安。左翼作家及共黨幹部紛紛勸他去毛澤東盤踞地的延安，被他峻拒。鎮守西北的胡宗南將軍得悉，隨請他到幹四團任上校教官。這時，他戒絕了鴉片嗜好，直到抗戰勝利，重返江南。京滬危急之際，他在崑山原籍一家地方性報紙編副刊。我三十八年五月一日由上海飛台灣之前，還託人帶了一筆錢給他。此後，消息隔絕。

「紫枕詩集」裏面的詩，寫作時間，距今快半個世紀了。重讀起來，非常不是滋味。它是不成熟嗎？它在當時必然有其份量。它是沒有內容嗎？詩中顯示九一八事變前一個年輕人的心態波動。如果說它格太差，那時節新詩的格局不過如此。我依稀記得：舊詩的纆繩絆著我，至少在民國十七年冬天，舊詩的詞彙丟不掉，非常痛苦。個人又不願模仿新詩人的心型與詩型。自認或誤認我的詩語是獨立的。但六十多歲重讀它，不禁啞然失笑。

我不知道古今許多文學人，當老年時重讀初期作品時，究竟有什麼感觸？我想，歷史流傳的文學人作品，除非作者短命，則他流傳後世的作品，必然是中期和後期的作品多。因爲再有天賦的人，他的生命歷程，只要腦子不曾病、其經驗、體驗、超驗，準會與歲月同增長的。

對於「紫枕詩集」，我缺乏勇氣自我批評。因而要求負譽中外的女詩人胡品清教授予它一個客觀的歷史性的簡析。這本詩集由北平新月書店發行，胡教授把我和新月派詩人相提並論，太抬舉我了。我只有一點感想：中國詩步向創新途徑以來，由赤裸裸的白描，經過亂紛紛的流派，轉變到今天晦澀澀的潑墨，以詩的進展觀點看，失的成份多於得的成份。新舊詩人都該深切反省。

不過，我以過來人的身份，要老老實實說幾句老一代從大陸轉進自由地區的文學人，從未說過的詩話：

一、文學創新或創新文學迄今，新詩這一環儘管也很熱鬧，其成就是可疑的。散文、小說、戲劇等都有創世紀的傑作，而新詩則只收穫一堆資料。詩史不能斷線甚至空白，但若以這幾十年的新詩成果，作爲文學人在時代中盡了詩統緒的責任，無論從那一方面說，都覺得不夠。

二、我認爲詩的先天性應該要朗朗上口的。新詩的數量不能算不驚人，其能朗朗上口的，不是沒有，而是少得可憐。所謂朗朗上口，指它也該有舊詩那樣使讀者背誦的誘力，與今日的「朗誦詩」無涉。

三、七十年代的文學人，大都知道新詩在讀者羣——也就是市場——裏的行情，銷路的指標線連清淡也談不上。殊不知二十年代或三十年代的新詩單行本或專刊，銷場也是淒慘的。大陸地區遼闊，文藝書籍的銷路，單單上海或北平一地的市場，就比今日自由中國大得多，可是新詩的出路，窄之又窄。朱自清在「中國新文藝大系」詩歌編的選詩雜記中說，他和俞平伯、葉聖陶等人所辦的詩月刊，中華書局印行，「那時大約也銷到一千外。」縱令他不誇大，也還是可憐的。

四、從民國十六七年開始，新詩人日趨增加，連善變的大軍閥馮玉祥都寫新詩：「黃河黃，長江長。黃河麥子高，長江稻子香。唉！還有那珠江也是好地方。」這首詩是他自認的傑作，民國二十七年夏，他在武昌南湖曾親用顏真卿楷體寫了送我。其中的「黃河麥子高，長江稻子香。」省掉流域或地區的指詞，變成黃河與長江裏面分別生長麥與稻，何等新奇。「寫新詩的人比讀新詩的人多」這句嘲弄詞，民國十七、八年就有了。

五、初期新詩壇的作家，很多都有寫舊詩的根柢，一直到三十年代的新詩人，差不多也都是舊詩的讀者出身的。他們的作品除了橫的移植的西化，形成新型「爲賦『新詩』强說愁」而外，極大多數都還保留有中華詩命的延續。可惜詩語驟然失去固有詩、詞、曲那種含蓄、俏麗等美的神韻，始終抓不到廣大讀者。

以上這些肺腑之言，並無意否定新詩人的努力，相反的對詩人在文學人中的奮鬥精神，我有無限敬佩。假若七十年代或八十年代的中華新詩人，永不省察新詩語傳統性的重要，以及意境上的中華化，則新詩發展史已經告訴我們，新詩人即使站在十字街頭，而作品效用却仍悶在象牙之塔。我個人雖然脫離詩陣幾十年了，而對新詩的熱望不減當年。中華民族是詩的民族，中華文學史是部詩史，由於詩太偉大了，典型不容易奠定。我相信新詩在創造與理論交互迸發下，不久的將來必然會脫穎而出。

「紫枕詩集」原爲三十二開本，用當時被稱「橡皮紙」的印刷。葉鼎洛先生的插圖，用的是一百六十磅的銅版紙。乳黃色八十磅的銅版紙。每面只排九行，正文計七十八面。這次重排，依照本書(按：指「文學人」)行數改排，未能存真。

再者：「紫枕詩集」中，使用「的」、「底」、「地」三個字，在當時相當流行，「的」用於形容詞，「底」用於所有詞，「地」用於副詞，特爲伸述。

大陸變色後，來臺的三十年代新詩人不多，而來臺新詩人出過單行本的更不多，出過單行本猶能找到一册的尤其不多。這是我珍視「紫枕詩集」的原因。這本詩集出版在民國二十一年，我便與三十年代拉上關係了。

（選自星光出版社「文學人」）

●**周策縱**，民國五年生，湖南祈陽人。美國密西根大學博士，曾任哈佛大學研究員，現任美國威斯康辛大學東亞語文系及歷史系教授。著有「五四運動史」、「論王國維人間詞」、「破斧新詁：詩經研究之一」、「古巫醫與『六詩』考：中國浪漫文學根源」等多部，另有新詩集「海燕」。

棄園主人周策縱先生

■瘂弦

周公扛鼎

在分工專業的現代學術界，能夠在考據、義理、辭章三方面都精通的人，實在不多，我的老師周策縱先生可以稱得上是這方面的能者。我在威斯康辛大學作老學生的日子裏，周公（大家都這麼稱呼他）給我的印象實在太深刻。那時候，我選了他的「研究方法」，每次上課，周公都提著個大皮箱，就像外出旅行用那麼大的箱子，裏頭裝滿了書；而講課更是引經據典、侃侃而談，從聲韻學、訓詁學到比較文學、新批評、結構主義，最古老、最時髦的思想統統出籠，讓學生飽餐了知識的饗宴。

記得當時同班同學有王家聲黃碧端夫婦、王德威、王曉薇（小說家聶華苓之女），大家發問踴躍，但似乎任何問題都難不倒周公，有時候，講一個字，譬如編輯的編字，都可以講一兩個小時。偶爾學生們在走廊請教周公一個字，他也可以在走廊談一個小時，使得請教問題的人，走也不好，不走也不好，兩腿站得發痠。

周公當時是系主任，這個系雖然稱爲東亞系，但是仍以漢學、中國現代文學爲主，主要的老師還有劉紹銘、倪豪士、鄭在發等人，他們各有其專長，但是談古典總不免會遇到一些難解的問題，最後還是要去請教周公這本活字典。

別以爲周公是個夫子型的人物，就猜他不夠便達、機敏，他其實是非常積極的，年輕的時候，政治大學畢業，還曾經被老總統　蔣公延攬爲幕友，與陳布雷、徐復觀、陶希聖共事。想想看，在當時那種國家最艱難的時刻，如果周公没有縱橫捭闔之才，怎麼能夠爲當局所倚重？有一次，周公告訴我説，蔣公很多重要的文稿，都是出自他的手筆，像台灣二二八事變後著名的「告台灣同胞書」，就是他所執筆的，這篇文件情理並茂、擲地有聲，如今已具有相當的文獻價值。在那些日子裡，周公揮舞著如椽大筆，貢獻出他身爲知識分子的責任；而他也的確抱著經國濟世的心志，我曾看到他舊相簿上的老照片，真可用雄姿英發來形容！

但是，我必須説，周公的性格還是不近政治的，他並不是不懂得折衝樽俎，只是有時候不願意勉强自己，官場裏有些習氣也不見得是他所喜歡，所以最後他終究離開了幕府工作，走向學術，這種情形，證諸以後他的文章，是可以理解到他的心情的。

周公在四十年代末期、大陸局勢逆轉之前赴美讀書，畢業於密西根大學博士班，像徐復觀一樣，在學術上得到很大的成就。

周公的著作很多，從考據、新詩到聯語都有廣泛的涉獵，當然最重要的一部書，就是「五四運動史」了，而這部書也奠定了他的學術地位。值得一提的是，這部書周公寫了二十七年，從民國三十五年起，他就在大公報上檢討五四運動對中國文化銜接的意義，以後幾十年間，念茲在茲、辛苦著述，終於克竟全功，這種治學修養與文化眼光，實在教人感動。在「五四運動史」裡，周公對五四運動的內涵有獨特的闡釋和評價。這部書對後來五四運動研究，產生很大的影響，可以說是周公的扛鼎之作。

除此，周公也寫一些中國古代政治觀念的文章，花很長的時間研究詩經，他特別喜歡思想性的詩，像朱湘那樣，他也譯了很多的西洋詩，從古希臘、羅馬、印度、德國、法國到美國都有，其中只有泰戈爾的譯詩出版過，其他都還保留著。我曾在周公家看到他譯詩的大本子，並且拿了一小部分在「幼獅文藝」上發表。

至於周公的現代詩，則活潑、富有機趣，而且是道道地地的白話文學，一點也沒有學究氣和由於治學生活帶給創作心靈的羈絆。

他曾經與紐約華人詩人羣「白馬社」社員交遊唱和，「白馬社」裡優秀的詩人很多，同時，這些詩人都是一九四九年以後聚在一起的，不但和大陸斷了來往，也和台灣關係不多；他們沒有受到大陸詩壇政治的摧殘，也沒有經過台灣五、六十年代現代主義的沖激。周公認爲，這批詩人也許更能代表五四以後純粹的傳統。他曾經編了一部以「白馬社」爲主的華人詩選「海外新詩鈔」，選有楊聯陞、艾山、黄伯飛、唐德剛、心笛等多家詩作，內容相當精采，可惜至今沒有出版。我認爲像周公這批詩人，值得作個專題研究。另外，周公還提出「定型詩」的觀念，他曾經把五四以後的白話詩，用語言學的觀點分析出這些詩人所常用的句型，歸納出那一種句型適合表現那一種情感，然後模仿詞牌，做出各種定型，把字數固定，希望大家像填詞一樣，裝填進新的內容。這種創作方式，我雖然不贊成，但是，我承認在「新月派」提倡新格律以後，周公的辦法，不失爲一種新的聯想和嘗試。據說鄭愁予很贊成這個主張，並且說他也要試做幾首，不過到目前爲止，我還沒有讀到他的定型詩，可見其中還是有些問題。

在做人處世方面，可以用謹厚持重四個字來形容周公，但在雍容的氣度之外，他仍有風趣、幽默的一面。譬如說他自號棄園，便有自嘲的意味，使人聯想到周棄子的齋名，不過還沒有周棄子的未埋庵那麼衰颯。他雖然在國外多年，可是鄉愁似乎沒有變淡過，他把 Madison 譯成陌生地，就可以想像出他心情之一斑，他還把陌生地的 Lake Mendota 翻成「夢多她」，也引起人浪漫的臆想。周公自奉甚儉，不管是出街、上課，永遠穿著粗布的舊西裝褲和一件舊的、灰色的西裝上衣，理平頭、頭髮幾乎全白了，再加上微微佝僂，整個人感覺很樸素。他的家居生活也非常簡單。因爲師母是醫生，常年在達拉斯行醫，周公自炊度日，吃的東西，簡單到不能再簡單。在威斯康辛大學陌地生校區，中國菜做得最有名的經濟學家趙岡先生，他的夫人陳鍾毅的烹調遠近馳名，請客也有古風，做十幾二十道菜，所以要是趙府請客，大家一個禮拜以前都非常興奮，可是一碰到周公請客，雖然大家也樂意去，可是除了欣賞書畫和聽他談古論今以外，周公永遠是用烤肉來招待，大家實在吃不到什麼東西。所以有些朋友開玩笑，把周公的「棄園」，說成 garbage garden，意思就是沒有什麼東西好吃。對於這個有點過分的玩笑，周公並不以爲忤。

我到威斯康辛大學的時候，已經四十五歲了！上課還得戴上老花眼鏡。我很高興能夠成爲周公年紀最大的學生，可是，因爲時間只有一年，周公的學問深不見底，我所學到的，只是他知識海洋的一勺而已。回國以後，我常常會想到這位前輩，想念他高瘦的身影，想念他帶著湖南祈陽腔的國語，他斑白的兩鬢和深度眼鏡後所閃爍的炯炯眼神。我希望有一天能再訪陌地生與周公談笑竟夕，像我們頭一天晚上見面那樣，再燒穿一隻茶壺底。那件事的確令人難忘：周公烹茶款待，把茶壺放在煤油爐上燒水，沒想到兩個人談談笑笑，竟然忘記茶壺了！茶壺就這樣一直燒了好幾個小時，燒乾了水，也燒掉了底！

重訪棄園印象

■王潤華

1

我在一九八五年因爲參加愛荷華大學國際寫作計畫，曾經回去棄園兩次，而且兩次都是在深夜才按響我的老師周策縱教授的門鈴。

第一次重訪棄園是在十月多。當老師打開門，這一座三層樓的洋房，屋內一片黑暗和寂靜。師母吳南華醫生，因爲達拉斯那裡有重要的職務，她常年住在美國南部，周聆蘭、周琴霓，兩位富有藝術才華的女兒，現在長大了，定居在舊金山，在追求她們的藝術世界。她們小時候，每年在聖誕卡上，都與周教授共同大展書畫詩歌之才華，常常周教授寫字和雕刻，她們畫畫；有時周教授寫詩，她們翻譯。

那條德國種的牧羊犬，也不在了，雖然我彷彿還聽見牠表示歡迎的吠叫。記得那時我正開始在周老師的指導下寫有關司空圖的博士論文。司空圖歸隱山林，取號知非子，周老師因爲看到這條狗深通人情事故，又落户棄園，因此替他女兒作決定，把狗取名知非。幾年前知非因老病死，周老師還作詩紀念這隻愛犬。

當天晚上，我們深恐會驚動牆上許多古畫，收藏在櫃子裡的骨董，壓低聲調聊了一陣，便各自睡去。我照舊睡厨房底層的客房，我翻來覆去都不能成眠，因爲這張彈簧牀上堆積了太多著名學者和作家所留下的夢幻，紅學家趙岡、周汝昌，名作家卞之琳、艾青都在這張牀上睡過。

2

在客廳過了一夜的向陽和楊青矗，第二天告訴我，昨夜在歷代的山水和古典人物的包圍之中，實在很難入眠。歷史，特別是中國歷史，最易使人清醒。

我在第二天清晨，向屋子四周巡視一番。現在雖然師母和二位女兒都住在別的州，可是這間寬大的房屋，卻顯得比以前擁擠。寬大的客廳，骨董古玩、古畫古字，已從四壁走下到地面，佔據了茶几桌面，還跑到沙發椅子左右的地氈上。屋裡所有的桌面，從書房、客廳、睡房、厨房，都是一本本攤開的書和稿紙，都是一篇篇還未完成的研究論文。書籍刊物，在我一九六八年開始進入棄園的時候，首先地下室的藏書庫容納不下，周老師便在屋後擴建一間圖書室，現在這間圖書室連走路都沒地方。自從師母去了達拉斯，周老師的藏書又侵佔了客房及睡房。怪不得以前師母曾開玩笑的說，她寧願僱用一部出租汽車，隨時載老師去圖書館借書，不要他買太多書，書籍早在我們唸書的時代已在棄園釀造成災。

這間屋子，實在遺留下太多的回憶。坦白說，在威斯康辛大學的東亞語系裡的回憶，實在不太多，即使有也很平凡。當年我們在威斯康辛大學唸中國文學或比較文學的學生，所學的東西可說一半是在大學的講堂得到，另一半是在棄園的聊天吃飯中獲得。沒有棄園的輔導式的聚會，我們會得不到許多周老師要傳授給下一代的學問。和我同一時學期在威斯康辛大學的同學中，像洪銘水、鍾玲、陳永明、高辛勇、張蘋、孫以仁、淡瑩、陳博文等人，都是棄園的常客。我們這一批在一九七〇年代初期畢業，相信後來的周教授的學生也是繼續接受棄園的亦友亦師的教育薰陶。

3

我第二次重訪棄園，已是冬天。抵達棄園時又是深夜，而且遇上大雪。第二天我起來，大門外大雪堆積如山，幾乎不能推門出去。棄園寬大的院子白茫茫一片，我花了一個多小時，才把人行道上的雪剷除。門前車道旁的路牌民遁路也被雪遮住了。

每年冬天這個時候，周教授的公館最符合他自己常在詩文後所寫的「陌地生民遁路棄園」地點。

棄園裏的藝囚

■古蒙仁

學生們喜歡尊稱周策縱老師爲周公，但僅私底下或背後，我還不曾聽過那位學生當面這樣稱呼他，習慣上，我們都稱他爲周先生。

周先生以研究五四運動而廣爲世人所知，但他興趣廣泛，舊學新知涉獵均深，夙有「百科全書」之稱。此外他寫字、治印、詩詞對聯，無所不能，是個極懂得風雅的文士，自號「藝囚」，居所則取名「棄園」。棄園是一座充滿人文與藝術精神的寶庫。要瞭解周先生，非到這兒拜訪不可。

棄園位於陌地生市市郊，車程不過半小時，但因附近住宅太過雷同，加上位置隱蔽，我們每次去都會多走許多冤枉路。棄園是一般美式的獨門屋宇。有極寬廣的院落，屋子也極高大寬敞，但只住周公一人和他的愛犬「知非」。平常總是非常沉靜。「知非」是一條老邁的牧羊犬，與周先生相依爲命多年，因此牠病歿時周先生傷痛逾恆，不但寫了一首詩紀念牠，每次在課堂上談起來眼眶還會發紅。

周先生頗好客，又名重士林，學術界、文化界的朋友不可勝數，路過中西部時都會到棄園來看他。因此棄園的訪客終年不絕。周府特別準備了留言簿，每位訪客都得留下文筆真迹。多年下來，簿子已堆成一座小山，到此一遊的英雄好漢，不乏各界知名人士，翻之歷歷在目。即使像我們這些經常叨擾的晚輩後生，每次登門也得一一如法炮製，弄得大家頭痛異常。

棄園裡的藏書之豐，固不待言，盈室累牘的中英文書籍，就像氾濫的洪水，堆滿各個房間，連客廳亦無法倖免。此外就是各種收藏，周先生的收藏並非珍貴的字畫古玩，而是與個人親友有的紀念物品，比如他先人的手迹、遺物、朋友之間相互饋贈的紀念品，他自己四處遊歷時攜回來的特產，琳瑯滿目，不可勝數。幾乎每件都有來歷，每次談到有關的話題時，周先生馬上會把它們搬出來，一邊給訪客過目，一邊敍述來龍去脈，如此一件接一件，難得中斷，他也翻箱倒篋，忙得不亦樂乎，赤子之情流露無餘。每回到棄園，總要聊到夜半，大家才意猶未盡的離去。

在課堂上，周先生也是個滔滔不絕的人，話題一扯開，天南地北，碧落黃泉，都在他的掌心。因此上他的課是沒有範圍的，我修過他一門課——研究理論與方法。這種課程原本非常枯燥，但在周先生旁征博引及親身體驗的實例開導下，聽他娓娓道來，彷彿都是他身邊的事，既淺顯又親切，令聽者如沐春風，不知疲累。

不管在課堂上或生活上，周先生都是一位慈藹的長者，他有一頭又短又白的頭髮，難得長過耳際，這頭白皤皤的短髮，幾乎已成了他的註册商標，在學術會議上也是引人注目的焦點。他有搔頭的習慣，想事情時總會習慣性地低下頭來搔搔那頭白髮，模樣非常可愛。冬天雪季來臨時，他會戴上一頂遮耳的皮毛帽子，將頭頸密密地蓋著，便不見那頭蒼蒼的白髮了。

陌地生是高緯度的北方小城，每年雪季長達四個月，霜滑露重，周先生上下課或到超市購買，都得自己開車，有幾次在路上遇到，都覺得他很孤單，但他似乎不以爲意。周師母與兩位女兒因工作與就學的關係，分別遠在達拉斯與加州，一年難得聚會幾次。周先生一個人住在棄園，正好可以把全副心力放在讀書、做研究與寫作上。無怪乎他每年都有論文發表，也勤於參加各項學術會議，還有心力寫字、寫詩，甘之如飴地在棄園裡做得快樂的藝囚。

民國七十四年我返國後不久，周先生也返國參加當年在台北舉行的第一屆中國古典文學國際會議，那是他去國多年後第六次返台，對台灣的進步十分驚訝。我到他下榻的自由之家去看他，他那頭白髮修剪得又短又整齊，衣履光鮮，顯得神采奕奕。他對台灣的政經文教情況垂問甚詳，充份流露出他對台灣政治界、學術界與新聞界的關切。

去年五月，他又有趟台北之行。會議之暇，特地要我帶他到台灣手工藝中心看看。到了那裡，他的童心又來了，大大小小的陳列品都要拿起來仔細品味一番，足足耗了兩個多小時，最後買了一大塊檜木的根部，約有十來斤重，以及幾隻木製的小象和小羊，大包小包的幫他扛回飯店。如今這批「木頭」大概隨他漂洋過海到了棄園，成爲他收藏的一部份，他又可對訪客暢談台北此行的收穫了。

離開陌城，轉眼已快四年了。最令我懷念的便是陌城的師友，他們爲學處世的態度，使我獲益匪淺，那段亦師亦友，浪漫天真的日子，尤其足供日後回味。對於周先生一生的行誼，有供外人參考者擷取一一概如上述，聊表我對周先生的敬意與謝意。

一種向宇宙整體開放的胸次

■羅智成

周公曾經養有一隻頗通人性的牧羊犬，叫「知非」。他們曾經度過許多快樂、安寧與寂寞的時光。我初見他們的時候，他們都已蒼老，但是周公神采奕奕、精神矍鑠，而知非則老態龍鐘，猶堅持稚子的怯意。

周公的生活，我相信，十分單純，甚至單純得有些神秘。在人口密度不太高的典型中西部優美社區教書、寫作，日常生活單調、平緩一如當地地形——單是這樣便足以叫來自叢山之島的我也感到莫大的寂聊——何況親人都在千里之外的老人？然而，周公似乎安適於這樣的日子，或者說，這樣的日子並沒能改變他的樂觀、熱忱、博聞與機智。

這使我覺得每天上午、中午、下午、晚上，當他獨自關在書房裡工作的時候，一定有些神秘的智慧或訊息產生，必須伴隨著孤獨與旺盛求知慾的……而那時，在他軒敞的客廳，必有一巨大的掛鐘，繼續催趕著時間；而所有被精心整理過並被精心擺設在木橱中的各種紀念品、化石和那塊撿自孔廟萬仞宮牆外的瓦片則安靜等待。

周公的生活，我相信，大部份神遊於知識與書籍之間。別的時辰，可能打電話、通信和餵養愛犬——那是指知非死前——之後，我相信，周公會有一段時間不太好排遣。每每我在趙岡教授家看到周公以錯落的行楷題寫的「犬與吾俱老，相看兩愈親……」時，都爲之悚然，好像不經意窺見他在親切、開朗之外，另一種心情。

周公是我的指導教授，以五四運動權威聞名於世。我到陌地生唸書幾乎就是受到那本被草率譯印的「五四運動史」的感召。但是認識他的人對他百科全書式的廣博知識印象更深刻。我相信，一個「文藝復興型」人物，最重要的特質是一種向宇宙整體開放的胸次，對當下世界巨大的關心與無私且非功利的好奇。這樣的靈魂要安置在一個相當傳統的中國學者身上，並不是那麼容易與切合——他因爲過度專注的心不在焉，他對時間的不靈敏，他對事務性效率的輕忽，在在顯示了另一些更有趣的事對他強烈的吸引。

周公的性格與信念不時使我聯想到胡適；對知識的巨大食量，不時使我想到未入歧途之前的浮士德。

他尊重所有以人類的真情與智慧完成的事。寫相當好的新詩，有一首「狂草」最具功力。整個人給我的印象是：

溫暖、孤獨與溫柔的頑强。

棄園中的中國風景

■張靄珠

出國留學那年，父親交給我一個人的住址，告訴我：「到了麥迪遜，可和他連絡，他是我大學時代的同學。」這個人就是周策縱先生。

因爲這層因緣，還未見到周公，就已覺著幾分親。覊旅麥城數載，雖未正式修他的課，卻得以在不同的場合私淑他，且受益良多。

父親告訴我，周公的舊學底子很深厚，又肯下苦功夫，腦子裡背了好多東西，他曾任先總統蔣公的秘書，許多文稿和講稿都出自周公如椽之筆。後來時局變色，蔣公引退，周公便負笈美國留學。

根據母親的記憶，在父親當年許多大學同學中，她對周公的印象最深刻：「那時我和你爸爸在南京結婚，好多他的同學都來鬧洞房。其中一個人唇紅齒白的，話最多，笑聲最大，那人就是周策縱。」

我到了麥迪遜，安頓下來後，第一個聯絡的人便是周公。周公在某一個周末開車來接我去他家吃火鍋。

那時麥城已秋，湖邊、山邊都鑲綴滿了艷紅的楓葉，如同夕陽在大地的倒影。周公從一片楓紅中下車走近來，那是我第一次見到他。只見他滿頭銀白茂密的髮絲，和楓紅相映成趣。深褐的膚色，精神矍鑠，笑起來一口白牙，仍然帶著孩子的天真未鑿，我便想起母親的話：「唇紅齒白的少年。」

周公聊天，愛談他感興趣的事物，而且自成一世界，哪管他外面光景如何流轉。這樣倒也好，使得坐在他身邊聊天的人會很自在。那天我們在車上，談曹禹，談姚雪垠，然後他不經意望望下午偏西的太陽，突然說一句：「眼睛不要直對著太陽望，很傷眼的。」他對待我，好像對待小女孩般。

周公的居所是他親自命名並題字的「棄園」。屋前是棵枝幹粗如碗口的柳樹，柳枝迢遞彎垂有如在美國的中西部小城闢了一隅中國風景。

進了屋，周公的兩個愛女和一條大狗在屋內忙碌。那時他的長女聆蘭和次女琴霓都仍在大學。聆蘭忙著張羅火鍋材料，琴霓忙著教訓那隻長得像靈犬萊茜的大牧羊犬，滿牆都是她幫大狗畫的畫像。聆蘭溫婉有禮，琴霓愛嬌而帶著文藝少女的夢幻和變化莫測，可以看出她們都是在寵愛呵護下長大的孩子，難得的是她們都沒有被嬌縱慣壞，也不像某些在美國長大的孩子那樣傲慢無禮，漫不經心。多年來，能幹爽利的周伯母因爲遠在南部德州達拉斯任醫生，只有長假才回麥迪遜，所以周公除了忙於教學與研究，還要父兼母職，照顧兩個女兒和一條大狗。但是可以看出來，他們父女情深，不拘泥形式，卻十分親密。琴霓一逕舉著錄攝影機，圍著父親團團轉，要拍下父親吃火鍋時的一舉一動、一顰一笑。她唸藝術，要製作一卷影帶交作業。在數年後，聆蘭和琴霓離家發展，往往只有那條大狗在風雪中陪伴周公。後來那條大狗死了，周公十分傷心。

周公家收藏許多典籍、字畫。他對於詩詞典故、詩人軼事，都能如數家珍，娓娓道來。興高采烈時，便一會兒從地下室搬來一卷收藏的字畫，一會兒從書架中抽出一本發黃的期刊，引證一番。和他談話，一不小心便掉入他的精神世界中，那世界很廣，你大可悠遊浸泳其中，古今中外，風和日麗一番。周公講古講學問，就像話家常一般，也許不像某些强調學院訓練的學者，那樣嚴謹、注重邏輯與起承轉合，並且儘是術語，堡壘森嚴，令外人有不得其門而入之嘆。周公有舊時人物的風華，令你覺得學問、生活、藝術是可以融合一體，而不覺突兀，也沒有太大的矛盾。

棄園的屋椽，比一般習見的美國住屋要高。後來才曉得，原來是周公刻意設計的，如此便於懸掛直幅的中國式字畫。周公在日常生活中，卻又帶著學者喜歡考證、重視資料與紀錄保存的習慣。周公好客，凡是到過他家的訪客，都要遵守規定，在簽名簿上留名。那簽名簿歷經歲月的軌跡，所有將漢學史上留名的華人學者，以及曾到訪麥迪遜的中國詩人墨客，他們的名字，都已先留在棄園的簽名簿上。有一回，我們幾個晚輩到周公家吃火鍋，周公細細對我們講起白菜有不同的種類，與不同的吃法，我們和他開玩笑說：「周公，您可以做一篇『白菜考』了，就像您做『五四考』或『紅樓夢考』一樣。」一八二年夏天，家父家母訪美，途經麥迪遜。周公招待他們晚餐，餐前先在棄園小坐。周公拿出一大疊那年夏天，他暢遊大陸一個月所拍下的照片給我們看。這一張照片是他們抗戰時遷往重慶，那口常常經過的井，那一張是山東曲阜孔廟失修的屋瓦，屋瓦上長出青苔。他滔滔不絕的談著，忘了晚餐時間。凡此種種，無不顯示他對歷史的興趣與關心。

周公曾在麥城籌辦了一次盛大的紅學（紅樓夢）會議。美國東、西兩岸的漢學學者，台灣、大陸的紅學專家，亦都共襄盛舉，前往赴會。在會前，我也偶爾幫他做一些小事。還記得我要幫他把一大堆書、期刊搬上樓。他沒有一點架子，自己也動手搬，還把兩袖一抹，就抹掉書上和桌上的積塵，那樣的不拘小節，令我有些訝異。整個紅學會議期間，雖然他有一些研究生幫他處理事務性的工作，但是聯絡、接待、會議的進行，乃至晚宴、休閒時的詩詞唱和、酬答，樣樣事周公都親自參與，他的精神抖擻，越忙越開心。

在會議結束時，有一位人士在致詞中風趣的引用了「周公吐哺，天下歸心」這句話，做爲對周公的答謝。說真的，周公雖然自謙自嘲爲「棄園主人」，然而他從未放棄對這個世界的熱情，而這個世界也從未忘記他。

策馬縱橫——周策縱先生的「五四運動史」

■周玉山

初見周策縱先生的名字，是在二十多年前的中華雜誌上，那時我還是個初中生，卻已留意到胡秋原先生專文評介周先生的「五四運動史」。此文後來收入陽山弟主編的「五四與中國」一書，與周先生的專書同樣歷久彌新。當時年少，未料自己終以「五四運動與中共」爲題，獲得博士學位。飲水思源，能不感激周先生的啟發？

「五四運動史」初版於一九六〇年，近三十年來的同類著作，還沒有一部超過它。大陸有關五四運動的出版品甚多，可分爲史料與論著兩大項，前者有其貢獻，但部份人士後來撰寫的回憶錄中，常有曲解五四運動之處，即使純粹的史料彙編，也經過刻意的選擇與排比，强調唯物史觀和階級鬥爭，以及共產主義在當時的地位，其他史料就被刪略了。至於後者，或繁或簡，皆以馬列主義和毛澤東思想爲本，欲尋一例外而不可得。相形之下，周先生的「五四運動史」免除了政治的干擾，而以學術價值取勝，因此可大可久。

「五四運動史」的要目如下：㈠導言，㈡促成五四運動的力量（一九一五——一九一八），㈢運動的萌芽階段：早期的文學和思想活動（一九一七——一九一九），㈣五四事件，㈤事件的發展：學生示威與罷課，㈥更進一步的發展：工商界及勞工界的支持，㈦新文化運動的擴展（一九一九——一九二〇），㈧外國人對五四的態度，㈨觀念和政治上的分裂（一九一九——一九二一），㈩社會政治上的後果（一九二〇——一九二四），⑴文學革命，⑵新思想與對傳統的重新估價，⑶新思想和後期爭論，⑷結論：各種不同的解釋和評價。周先生以五四事件爲五四運動的狹義定義，而以新文化運動爲廣義的定義，此種看法未蒙部分五四事件的親歷者首肯，但已爲學術界的多數人所接受。

據此，我個人認爲五四運動是雙重防衛的運動，一是防衛的民族主義，一是防衛的現代化。前者即羅家倫先生揭櫫的外爭主權與內除國賊，是政治運動，也就是狹義的五四運動。後者即陳獨秀高倡的德先生與賽先生——民主與科學，加上文學革命等，是新文化運動，也就是廣義的五四運動。五四運動所以受人重視，也正因爲就其廣義的定義而言，尚未完全成功，國人仍需努力。甚至，狹義的定義也待貫徹始終。

歷史是人創造的，也是人記錄的。或出有心，或出無意，歷史時常失真，無怪有的學者慨言，對過去而言，我們並未獲如實的圖像，僅給予詮釋與知性的重構。湯恩比亦感喟，片刻前的歷史已衆說紛紜，遑論遠古？我生也晚，距五四運動的爆發已久，非親眼所見的一代，但少數親歷者如毛澤東，又何嘗還五四於原貌？斯賓諾沙有謂：「不哭不笑，但求理解。」就五四研究的領域而言，周先生的書最能收到此效。

周先生以文學家的資質，在史學界享有盛譽，環顧中外，並不多見。文學可以有想像的天空，史學則言必有據。周先生雖文史兼通，但深諳此中的現代分際，觀乎「五四運動史」的詳盡註釋，即可確知。本書經正式授權的中譯本，可望近期在台灣出版，我們期待之餘，誠盼繼起有人，拿事實做材料，添增五四的光華。

（原載於77年12月「文訊」39期）

〈周策縱作品選〉

「胡適雜憶」序

「我的朋友」唐德剛教授前些時告訴我，他在撰錄胡適之先生口述歷史之餘，打算自寫一篇「短序」。我聽了一心想到我們時常在紐約十八層高樓高談闊論，一談就不知東方之既白的往事，就不禁暗忖，等着看他這序會怎麼短法。果然在「傳記文學」裡見他下筆千里，把胡先生一生牽惹到了的無數問題與糾葛，幾乎無所不談，談無不痛快。我正在連續欣賞，大過其癮，還幸災樂禍；不料突然收到他的來信，說現在真是没空，必須結束了，而劉紹唐先生急於要把他這已長達十餘萬言的「短序」出版成專書，他自己實在不能再爲自己的「序」作序了，就只好來拉伕。這確實是晴天霹靂，使我不免有大禍臨頭之感。

大家都知道，從前蔣方震先生寫了一册「歐洲文藝復興史」，要梁啓超先生作序，任公序文一寫就是數萬言，與原書一般長，結果「頭」大不掉，不能印在書前，序文成了專書「清代學術概論」，獨立出版，反而要蔣方震來爲這「序」寫了一序。這樣看來，德剛這「序」既然是胡先生的口述自傳招惹出來的，這「序」的序，本來應該請胡先生來寫纔算合史例，纔能了却這件公案。但上海靈學會既已不存，那就只好讓牽着黃牛當馬騎罷。好在多年以前，我曾經對胡先生說過：「你以前曾對梁任公說：晚清今文學運動對思想界影響很大，梁先生既然曾經躬與其役，應該有所紀述。後來任公便寫了『清代學術概論』那冊書。現在我要說，五四時期的新文化、新思潮、新文學運動，對中國近代思想社會的影響，比今文學運動恐怕更大更深遠，你也是躬親其役的人，你也應該把這幾十年來的思想潮流，作一番全盤的、徹底的、有系統的敍述、檢討、和批判，寫一册『五四時期思想學術概論』，纔算適合大衆和時代的需要。」胡先生聽了直望我一眼，笑着說：「你這話很對，現在一般人對這一時期的思想潮流，歪曲誤解的很多。我將來也許要寫些東西來澄清一下。不過你們年輕一代責任更大了，總結、檢討、批判還要你們來做。」後來他還要我代他找一些資料。不幸胡先生以後未能如願寫出這書來。現在德剛這篇「序」，也許可說正是胡先生心目中要年輕一代作出檢討批判的一部分。這樣說來，唐「序」便有點像我所提議的那種「概論」的引子，而我這篇「序」的序，也就不是毫無關係了。

我想讀者都會同意，唐德剛教授在這裡把胡適寫得生龍活虎，但又不是公式般裝飾什麼英雄超人。他筆下的胡適只是一個有血有肉，有智慧，有天才，也有錯誤和缺點的真實人物。這作法承襲了古今中外傳記文學的優良傳統。中國第一個最出色的傳記文學家司馬遷早就用好的例子教導了我們。他筆下的人物多是活的，立體的，可愛可佩的，可嗔可斥的，或可憐可笑的，但沒有使你打瞌睡的。在西洋，像鮑斯威爾的「强生博士傳」，主角也是活生生的，還在强生裡找得到鮑斯威爾。讀了德剛的胡適，你也可以和他握手寒暄，笑語談辯，不知夜之將盡，人之將老，也在胡適裡找得到唐德剛。

當然，我們不必要同意作者所說的一切。因爲我知道，他所提倡的，正是要大家去獨立思考，獨立判斷。他如能引起你多去想一想，那他的目的就已經達到一大半了。至於你作出什麼結論，那只是你自己的事。不論如何，他和他的朋友們，原先是白馬社的也好，「海外論壇」月刊社的也好，至少包括我自己，大概都會拍手叫好的。

大凡文字寫得最美最生動的，最難同時得事理的平實，因爲作者不能不有藝術的誇張。這在王充的「論衡」裡便叫做「藝增」。德剛行文如行雲流水，明珠走盤，直欲驅使鬼神，他有時也許會痛快淋漓到不能自拔。但我們不可因他這滔滔雄辯的「美言」，便誤以爲「不信」。德剛有極大的真實度，我們最好在讀他所說某一點時，再看看他在另一個所在說了些什麼，要看他如何從各種不同的角度，盡情極致，窮態極妍地描繪和辯論，如此，你纔能更好地把握到他的真意。德剛的「藝增」運用在不同的角度，這是他最好的絕招和自解。

德剛不信神鬼，也不怕神鬼，所以他敢說自己要說的話。你看他能「批孔」，也能尊孔，更能尊、能批耍隻手能打倒或支持孔家店的好漢。不但如此，還敢尊、敢批「周公」！因此不論你同意不同意他，德剛這獨行俠的高風傲骨不能不令人欽佩。他能替胡先生打抱不平，多已在胡死後，這點已不容易。更難得的是，他既不掩飾事實，又能以恕道處理胡先生的某些白璧微瑕。我個人已受益不淺，我在給他的信裡指出胡先生新詩某些文字上的缺失，不免誇大，這固然只是友朋間的閒談，但真有點像「詩律傷嚴近寡恩」了。在另一方面，我却素來不曾認爲五四時代是「時無英雄，遂使孺子成名」；相反的，我嘗說，五四時代產生的人才濟濟，比任何別的短時期可能都多些。德剛指出胡先生用「素菲」做他女兒的名字可能是紀念陳衡哲女士，這點確已補充了我之不及；至於胡先生那首詩是否也意味著陳女士在內，我看不能無疑，如果這樣，他恐怕就更不合情理了。德剛對這點似乎有進一步「求證」的必要。

我在前面已說過，胡適之先生一生牽惹的問題與瓜葛已非常多，而德剛對他的娓娓描述和檢討，不能不更多面和更複雜。胡適已經是中國近代史上一個箭垛式人物，德剛現在真實地把他畫得多采多姿，人們或許更會把他當成活箭垛了。如果我這裡再提出一些與胡適有關的問題來討論，那這篇「短序」的程序可能也要變成專書，豈不又要德剛來替我寫序?想來想去，時不我與，這種序還是讓讀者諸君來寫了，這也正如胡先生所說的，要年輕的一代來檢討批判罷。我想這也正是唐德剛教授寫作的初意，我便帶着這個期望，把這津津有味的好書鄭重推薦給讀者。　一九七八年七月于美國威斯康辛陌地生之棄園

（選自傳記文學第三十四卷第一期）

編後記

■封德屏

兩本各厚達三百餘頁的「筆墨長青」、「智慧的薪傳」即將完稿付印，望著它們，好像了卻一樁埋藏已久的願望，充滿了欣喜與感動。

在去年由文訊雜誌主辦、六家文學雜誌協辦的「文藝界重陽敬老聯誼活動」中，整個會場充滿了溫馨感人的氣氛。服務於新聞局國內處的作家丘秀芷，向總編輯李瑞騰提起合作爲這些前輩作家、學者出書的計劃。文訊雜誌自創刊以來持繼不輟的「文宿專訪」，正是這個計劃最好的基石。有了新聞局的贊助及鼓勵，這兩本書就開始進行編輯作業。

「文宿專訪」不但是「文訊」最重要的專欄之一，也是雜誌當期的封面人物。文訊雜誌用這個專欄，一方面爲前輩作家、學者留下珍貴的記錄，一方面表達我們對他們的敬仰與推崇。除了慎重的決定人選，敲定適合撰寫或採訪的作家外，照片、畫像，無不盡心拍攝、繪製。前輩作家的作品目錄，都藉此整理出來，以供後生晚輩們參考閱讀。

在「文訊」幾年的編輯生涯中，許多溫馨的回憶也隨著工作的進行留在心底深處。猶記得和李宗慈在楊雲萍教授杭州南路日式宿舍，從午后坐到天色全暗；大雨滂沱中和焦桐造訪曾虛白教授的住宅；和九十二高齡的何容先生在垂滿長鬚的老榕下合影留念；王文漪女士遠在天母的家，和她和靄溫煦的笑容；坐在台灣文壇前輩巫永福典雅的客廳中，謹慎地用不靈光的台語和他交談；鄭騫教授的滿室書香和他家那隻吠聲響亮的狗；楊乃藩先生樸實無華的住宅和他健筆如飛的架勢；張秀亞阿姨堅持要請我們一大票人午餐的隆情厚意……。

和這些七、八十歲，甚至九十高齡的作家、學者在一起，並不如想像中的拘謹。他們幽默健談、多禮謙遜，使人如沐春風。他們對事認真負責，對人體貼關懷，信守時間，講求文字，對我這個平日催稿有無力感、最氣逾時交稿的編輯人來說，他們無疑是全世界最好的作者。

如果將專欄中出現的作家、學者編成一巨册，實在太龐大。於是我們約略將卅一位前輩作家分爲兩類，一爲資深作家，計十六位，書名定爲「筆墨長青」；一爲學界耆宿，計十五位，書名定爲「智慧的薪傳」。除了每人有一篇長文敍述他們的文學思想、生平主要經歷外，我們還在他們「著作等身」的作品中挑選了一篇文章做爲代表作品。在所有文章的最前面，我們用銅版紙將他們的照片留影下來，讓讀者藉文與圖的對證，加深印象。

必須要説明的是，藉著這一次出書我們對各篇内文作了精細的校正；同時爲了統一，我們重訂了不少標題，以期更能與内容契合。

感謝卅一位前輩們，由於他們的努力耕耘、默默奉獻，成就了這兩本書的内在光華，也感謝二十位執筆撰寫介紹文字的作家學者們，由於他們的生花妙筆、辛勤探訪，使得前輩的智慧得以集中。當然更感謝新聞局的大力鼎助，使這兩本充滿智慧、經驗與文采的好書，能夠順利出版。

祝福前輩作家們「筆墨長青」；願這些「智慧的薪傳」，生生不息，綿延不斷。

七十八年三月十三日

文訊叢刊⑩

智慧的薪傳 十五位學界耆宿

主　　編／文訊雜誌社
封面設計／劉　開
內頁完稿／詹淑美

發 行 人／蔣　震
出 版 者／文訊雜誌社
社　　址／臺北市林森北路七號
電　　話／(02)3930278・3946103
編 輯 部／臺北市復興南路一段127號三樓
電　　話／(02)7711171・7412364・7529186

總 經 銷／聯經出版事業公司
地　　址／臺北縣汐止鎮大同路一段367號三樓
電　　話／(02)6422629代表號
印　　刷／裕臺公司中華印刷廠
臺北縣新店市大坪林寶強路六號

定價140元（如有缺頁、破損，請寄回本社調換）
郵撥帳號第12106756號文訊雜誌社

中華民國七十八年四月初版
行政院新聞局局版臺誌字第6584號